KURT KMENT

Leonhardifahrt

KURT KMENT

Leonhardifahrt

Kriminalroman

GMEINER

Immer informiert

Spannung pur – mit unserem Newsletter informieren wir Sie
regelmäßig über Wissenswertes aus unserer Bücherwelt.

Gefällt mir!

Facebook: @Gmeiner.Verlag
Instagram: @gmeinerverlag
Twitter: @GmeinerVerlag

MIX
Papier aus verantwortungsvollen Quellen
FSC® C014496

Besuchen Sie uns im Internet:
www.gmeiner-verlag.de

Im Ehnried 5, 88605 Meßkirch
Telefon 07575/2095-0
info@gmeiner-verlag.de

1. Auflage 2020

Lektorat: Susanne Tachlinski
Herstellung: Mirjam Hecht
Umschlaggestaltung: U.O.R.G. Lutz Eberle, Stuttgart
unter Verwendung eines Fotos von: © cloudless / stock.adobe.com
Druck: GGP Media GmbH, Pößneck
Printed in Germany
ISBN 978-3-8392-2727-5

Personen und Handlung sind frei erfunden.
Ähnlichkeiten mit lebenden oder toten Personen
sind rein zufällig und nicht beabsichtigt.

PROLOG

Rückschau 1: 3. Oktober 1895 – Arnold-Zeche Bad Tölz

Genau weiß man's freilich nicht mehr, aber was man so bei den Nachkommen hat erfragen können, ist schon interessant. Eine Geschichte hier, ein Foto da. Ein Opa erzählt dem Enkel. Die Uroma hat gewusst, dass … und so weiter … Da kann man sich schon allerhand zusammenreimen. Es müsste so gewesen sein:

Der Melchior Unterweger, Kaspar Schelling und Melchiors Cousin, der Dietrich von Kronen, saßen in absoluter Dunkelheit und machten Brotzeit. Das Gespräch ging mal wieder um Dietrichs Namen.

»So ein preußisches Bluat da herin in Tölz und auch noch verwandt sein damit, das ist eine Schand!«, sagte Melchior in überzeugtem Ton, entrüstet. Ob er danach lächelte und es damit aus Spaß gesagt war, sah man in der Dunkelheit nicht. Dietrich wusste aber aus vergangenen Gesprächen, dass Melchior das schon zum größten Teil ernst meinte. Das Thema nervte von Kronen ungemein. Er redete inzwischen besser Bayerisch als manch andere Tölzer, vor allem solche, die meinten, was Besseres zu sein als das gemeine Volk. Und Melchi, der blöde Stänkerer …

»Wenn ich dir deine Lore hinausschiebe, macht's dir nix aus, du bayerischer Quadratschädel! Dass meine Mutter einen anderen Geschmack hatte als deine und meinem Vater nach Hannover folgte, kann ich auch nicht ändern. Warum meinst, dass wir jetzt wieder hier in Tölz sind? Mit dem ›von‹ im Namen und ein paar Hektar Ackerland ist keine Sau mehr zu ernähren! Meinst, ich bin freiwillig gekommen? Inzwischen bin ich aber mehr ein Einheimischer als du! Wir können das nachher ja mal ausrankeln! Mein Papa ist wenigstens ehrenhaft in Frankreich gefallen, deiner hat sich im Bergwerk versteckt. Mit solchen Drückebergern als Verbündete gewinnst du keinen Krieg!«

»Jetzt gebt's Ruhe!«, echauffierte sich jetzt auch der Dritte, der Kaspar. »Des bringt Unglück, wenn man sich unter Tage streitet! Der Berg mag so was gar nicht! Ich mach jetzt die Grubenlampe wieder an und dann gebt's ihr euch die Hand! Seid's froh, dass der Krieg vorbei ist!«

Die Mutter von Dietrich hatte inzwischen wieder geheiratet, und zwar einen Schmalzner, von denen es in Tölz eine ganze Dynastie gab, zuoberst vier Brüder. Den Schmalzner-Brüdern gehörten eine große Brauerei mit Wirtshaus, allerhand Grund und zufällig auch dieses Stück von Tölz, wo Kohle gefunden wurde. Die drei waren über diese Beziehungen zum Grundeigentümer zu ihrer Arbeit gekommen und heilfroh. Einige ihrer gleichaltrigen Freunde lebten als Tagelöhner von der Hand in den Mund.

Sie hatten das Licht gelöscht, was eigentlich gar nicht erlaubt war. Aber in diesem recht kurzen Erkundungsstollen, da konnte nichts passieren. Und in absoluter Dunkelheit über interessante Dinge reden, das war einfach ein bisschen Abenteuer.

Sie waren zusammen mit 27 anderen Kumpeln auf der Suche nach Kohleflözen im Süden von Tölz. Ergiebige Pechkohle-Vorkommen in Marienstein, nur 15 Kilometer Richtung Osten entfernt, und ebensolche in Penzberg, genauso weit im Westen, ließen hoffen, dass auch in Tölz damit das große Geld zu machen war. Doch die Flöze waren zu dünn, nicht rentabel.

Die drei verfolgten gerade ein solches Flöz in den Berg hinein, weil es anfangs immer dicker geworden war: von zehn Zentimeter auf 20 und dann fast 30 Zentimeter. Doch plötzlich wurde das Flöz wieder dünner und verschwand fast, es keilte aus, wie die Bergleute sagen. Sie waren inzwischen 50 Meter vorangekommen und wussten auch ohne besondere Ausbildung, dass das keinen Sinn mehr hatte.

Gerade als sich Melchior und Dietrich die Hand ein wenig widerwillig schüttelten und die Grubenlampen wieder brannten, kam ein Licht den Stollen entlang: Der sogenannte Steiger war's, der hier in der Zeche das Sagen hatte.

»Und, wie schaut's aus, Jungs?«, fragte er die jungen Männer. Keiner war älter als 19, da war die Anrede schon angemessen.

»Das Flöz bleibt bei etwa 15 Zentimeter«, sagte Dietrich, der etwas mutiger als die anderen war.

Der Steiger nickte. »Ich hab's befürchtet. Das hat dann keinen Sinn mehr. Meldet euch morgen im östlichen Stollen II, da werdet ihr dann eingewiesen. Heute reißt's noch die hinteren zwei Meter der Grubenzimmerung raus, dass jeder sieht, dass das hier eine Sackgasse war. Aber Vorsicht auf eure Köpfe! Kapiert?«

»Jawoll!«, sagte Dietrich, die anderen streckten auch die Brust heraus.

»Euch kann man inzwischen schon brauchen, euch Milchbubis! Wer hätt des letztes Jahr denkt!«, meinte der Steiger kopfschüttelnd und ging.

Die Grubenzimmerung bestand aus Stützelementen aus Fichtenstämmen und seitlich und oben grob gesägten Brettern. Die musste man vorsichtig herausschlagen, weil es sein konnte, dass der Stollen sofort einstürzte.

Sie begannen ganz hinten und hebelten auf zwei Meter Länge die Querverstrebungen am Boden weg. Als Nächstes kamen einige der seitlichen Bretter dran. Als nur noch ein Gerippe der wesentlichen Stützelemente übrig war, holte Melchior den großen Hammer und schlug einen der senkrecht stützenden Stämme, einen sogenannten Stempel, in Bodennähe Zentimeter für Zentimeter zur Seite weg. Die anderen hatten um seinen Bauch ein Seil gebunden und waren bereit, sofort anzuziehen, sollte der Stollen plötzlich komplett zusammenfallen. Und tatsächlich war es kurz darauf so weit. Der inzwischen schräg stehende Stempel wurde vom Gewicht der auflastenden Decke seitlich weggedrückt und prallte mit einem lauten hölzernen Geräusch an den gegenüberstehenden. Gleichzeitig kam die Decke im hinteren Bereich nach unten und Melchior wurde von seinen Kumpeln nach hinten weggerissen, dass ihm die Luft wegblieb.

»Einwandfrei angezogen, danke«, keuchte er auf dem Rücken liegend. Sie hielten sich ihre Hemden vor Mund und Nase und warteten ein paar Minuten, bis sich der Staub einigermaßen legte. Das wäre erledigt!

Doch die drei staunten nicht schlecht: Die eingestürzte Decke bildete nicht wie normal einen Schuttkegel, der alles verstopfte, sondern mehr eine Rampe und dahinter beziehungsweise darüber war ein schwarz gähnendes Loch – ein Hohlraum!

»Des schau ich mir an!«, rief Dietrich. »Kimm, Melchi!«

Der antwortete kopfschüttelnd: »Da geh ich nicht nei. Des kann jeden Augenblick zusammenfallen! Was machst dann? Dann bist hin! Bleib da!«

Aber Dietrich war schon unterwegs und kraxelte den losen Schutthaufen hinauf ins Ungewisse. Sie leuchteten ihm nach, bis er verschwunden war, und lauschten atemlos auf irgendwelche Geräusche. Jedes »Plupp«, mit dem sich ein Stein löste und irgendwo herabfiel, ließ sie zusammenzucken. Jedes Rieseln von kleinen Steinen ließ sie frösteln. »Schick di!«, rief leise Kaspar.

Nach endlosen Minuten der Warterei plötzlich ein grinsendes Gesicht und ein Dietrich darunter, der sich mit einer kleinen Kiste in den Händen an den Abstieg machte.

»Jetzt erzähl endlich!«, drängelte Melchior.

»Da oben ist ein Gang, wie es ausschaut, der aber in der einen Richtung komplett eingefallen ist. In der anderen endet er bald nach 15 Metern – eine Sackgasse! Ein paar solcher Kisten stehen herum. Zehn hab ich gezählt. In allen sind nur so Lederrollen mit irgendwelchen Dokumenten. Na ja, in fast allen. In der da …«, er deutete auf die Kiste, »sind auch ein paar andere Sachen mit dabei.«

Hinter ihm rumpelte und polterte es. Der Stollen stürzte weiter ein.

Rückschau 2: 3. Oktober 1945 – ehemalige SS-Junkerschule Bad Tölz

Man kann sich gut vorstellen, wie der General Patton (George S.), Militärgouverneur von Bayern, in seinem Büro auf dem Gelände der ehemaligen SS-Junkerschule in Bad Tölz saß und träumerisch in die Berge blickte. Das kann den nicht kaltgelassen haben: das Brauneck, die Benediktenwand, der Blomberg mit Heigelkopf. Die sagenhafte Landschaft! Na gut, das große Hakenkreuz auf dem Gipfel des Heigelkopfs ist Geschmackssache gewesen. Ein paar »innovativen« Bürgern hat's gefallen, auch wenn sie sich nach dem Einmarsch der Amis irgendwie nimmer dran erinnerten, dass der Heigelkopf sogar eine Zeit lang »Hitlerberg« geheißen hatte. Den meisten Isarwinklern, die schon der Napoleon nicht wirklich hat umbiegen können, ist immer schon ein einfaches, althergebrachtes Gipfelkreuz das Liebste gewesen. Im Falle des Heigelkopfs von einem Gipfel zu sprechen, ist natürlich ebenfalls Ansichtssache. Na ja, der Patton hätte gewiss ganz schön geschnauft bis hinauf. Die Generäle sind ja die meiste Zeit immer mit ihrem Jeep herumgefahren. Da kann der Arzbacher Bursch, der – bekleidet mit Lederhose und weißem Hemd – schnell nach der Feldarbeit in 20 Minuten auf den Heigelkopf hinaufrumpelt, um seiner Liebsten einen Juchitzer hinunterzuschicken, halt gar nicht mitreden. Der Patton war schon ein Schlauer, der hat den Arzbacher Burschen sicherlich ein bisserl beneidet. Dafür hat er andere Sachen erlebt. Das besagte Gipfelkunstwerk war jedenfalls inzwischen entfernt worden, das war, wenn wir ehrlich sein wollen, eine echte optische Beleidigung für den Isarwinkel.

Ein weiteres Nazisymbol, der Reichsadler von der Isarbrücke, war auch entfernt worden und wurde jetzt gerade eingeschmolzen und umgegossen in eine Marienfigur. Den Entwurf hatte Patton genehmigt. Also wirklich ein schlauer Mensch: hat trotz Weltpolitik nicht den Sinn für kleine Dinge verloren.

Er sinnierte gewiss oft darüber, was er schon alles erlebt hatte in den letzten Jahren: die Invasion, der entscheidende Durchbruch an der Westfront, seine Ankunft in Tölz, sein Entschluss, hierzubleiben. Das war wahrscheinlich die beste Idee seines Lebens, dachte er – könnte man sich vorstellen!

Er hatte seitdem ordentlich zugenommen. Das gute Essen und die Ruhe taten ihm gut.

Aus Briefen weiß man, dass er einen großen Respekt vor diesem Alpenvolk hier im Isarwinkel hatte. Einige wenige einflussreiche Tölzer zum Beispiel hatten ihr Schicksal selbst in die Hand genommen und mutig die Stadt den Besatzern übergeben. Sie hatten Leib und Leben riskiert, weil immer noch fanatische SS-Gruppen die Stadt und die Umgebung »besetzten«. Er hatte mit den Mutigen lange gesprochen und ein paar Biere getrunken. Er kam sich als General gar nicht mehr so draufgängerisch vor. Er hatte eine Armee dabei, die betroffenen Tölzer standen quasi allein gegen ihre Mitbürger. Hätte jemand in der Bevölkerung deren Part übernommen, wenn sie von Nazi-Fanatikern erschossen worden wären? Er bezweifelte es.

Ein weißes Laken aus dem Turm der Stadtpfarrkirche, drei städtische Abgesandte auf der Isarbrücke, und schon war alles erledigt. Die Stadt war, ohne Schaden zu nehmen, den Besatzern übergeben worden. Na ja, ein paar Granaten hatten sie ein bisschen außerhalb schon auf uneinsichtige Kleinstverbände abfeuern müssen. Der Effekt war maximal, der Schaden gering.

Man sieht ihn förmlich vor dem Fenster stehen und hinausschauen: Er atmet tief durch. »Schnauffa« sagt man hier, fährt es ihm durch den Kopf. Die Alpenbewohner wachsen ihm allmählich ans Herz.

Sogar die Verfolgung des Reichsgoldschatzes aus Berlin hatte er maßgeblich beeinflussen können. Inzwischen war das meiste davon in der Nähe des Walchensees gefunden worden und gesichert.

Und dann bekam er jetzt wegen seiner Äußerungen zum deutschen Soldatentum aus seiner Heimat zunehmend Gegenwind.

Wie sich herausgestellt hat, muss er sich schon auf die Ankunft von Major Miller gefreut haben – gefreut wie blöd sozusagen! Der hatte vor einigen Tagen abschließende Recherchen in München anstellen wollen. In vielen persönlichen Gesprächen und in mehreren Briefen hatte Patton wirklich

Erstaunliches erfahren. Es ging um eine Sache, die zwar kein Vergleich zum Goldschatz aus Berlin war, aber für den Standort der amerikanischen Truppen hier in Bad Tölz angeblich von höchster Wichtigkeit. Er sprach vom zentralen Stützpunkt der Amerikaner in Mitteleuropa. Miller hielt sich aber hinsichtlich weiterer Erklärungen immer noch bedeckt; es war einfach nichts aus ihm herauszubekommen. Er wollte in den nächsten Tagen die Bombe platzen lassen, wie er sich ausgedrückt hatte. Jetzt war aber noch etwas »Dienstliches« dazwischengekommen und Miller war für vier Tage erst einmal weiter nach Nürnberg gefahren.

Er hatte nie gefragt, woher Miller die vielen Informationen hatte, die ihn zuerst in die Berge nach Hausham und andere kleine Ortschaften in der Umgebung, schließlich bis in eins der Archive nach München führten. Oder was er als Major da überhaupt zur Standortfrage der amerikanischen Truppen zu sagen hätte. Andererseits, mit einem guten Konzept, wer weiß? Ihn hatte er eh schon fast überzeugt – nur durch seine Begeisterung! Gewiss war Patton furchtbar neugierig.

Er hoffte sicherlich, das Projekt von Major Miller würde ihm wieder einen Bonus bei seinen Vorgesetzten einbringen. Nicht, dass er ihn persönlich nötig gehabt hätte, aber als Soldat aus Überzeugung freute er sich natürlich über jede gewonnene Schlacht.

Vielleicht fiel ihm plötzlich ein, dass er die letzte Korrespondenz mit Miller noch gar nicht verbrannt hatte. Wo war die nur? Sie hatten sich geeinigt, dieses inoffizielle Projekt geheim zu handhaben, bis es spruchreif war.

Hatte er wirklich alle Briefe vernichtet? Und wenn schon, dachte er bei sich. In einer Woche ist das längst Geschichte. Geschichte schreiben war schließlich seine Spezialität!

Er nahm sich die Mappe mit den Unterlagen des Tagesgeschäfts vor, die er unterzeichnen musste. An der Front zu sein und seinen Leuten zur Seite zu stehen, war sicher wesentlich interessanter gewesen, als hier den Politiker und Beamten zu verkörpern! Er war ein guter Soldat, keine Frage. »So ein Hund!«, würden die Isarwinkler anerkennend sagen (oder haben es gesagt. Sicher sogar!).

Drei Tage später wurde er dann seines Kommandos in Tölz enthoben. Der Brief, der von Miller daraufhin eintraf, erreichte Patton nie. Er wanderte mit den anderen Dingen aus dem Büro des Generals zuerst nach Berlin, dann auf Umwegen ins Stadtarchiv in Bad Tölz.

Bis zu seinem überraschenden Tod im Dezember fragte sich Patton sicher vergeblich, was eigentlich aus der Sache geworden war. Schade. Man hätte ihm den Erfolg bei seinen Vorgesetzten gegönnt! Warum da auch so eine blöde Geschichte passieren musste, die dann mehr als 60 Jahre später solche Folgen hatte! Wer hätte das gedacht?

KAPITEL 1

Sonntag, 3. Oktober – Gasthof Schmalz-Bräu, Bad Tölz

Das ist jetzt schon ein Schlamassel, weil man ihn nicht mehr fragen kann, was eigentlich genau passiert ist am Tag der Deutschen Einheit. Einiges kann man sich schon zusammenreimen, anderes halt nicht. Auf besagten Feiertag, der in dem Jahr auf einen Sonntag fiel, wollte Andreas Schmalzner am liebsten verzichten. Er bewirtschaftete in 14. Generation den Schmalz-Bräu, eine Gaststätte in der historischen Marktstraße in Bad Tölz. Trotz der ganzen Griechen, Italiener und Kroaten, die Bad Tölz mit ihren einheimischen Leckereien verwöhnten und die Bayern nicht selten locker links liegen ließen, hatte sich der Schmalz-Bräu bis heute behaupten können. Das einfache Konzept, das bereits Andreas' Großvater erkannt und praktiziert hatte, war inzwischen das am besten gehütete Geschäftsgeheimnis, das nur jeweils vom Chef an den Nachfolger (vom Vater auf den Sohn) übergeben wurde. Erstens: Leiste dir einen hervorragenden Koch und gut aussehende Bedienungen. Zweitens: Halte Maß mit den Preisen. Drittens: Der Service ist heilig. Nur ein zufriedener Gast kommt wieder.

So einfach kann es sein, dachte Andreas. Er war inzwischen ein Geschäftsmann mit leidlichem Talent. Nach dem plötzlichen Tod seines Vaters musste er den Betrieb kurzfristig übernehmen. Zu dieser Zeit war er auf dem besten Wege, Polizeibeamter zu werden, und hatte vom wahren Leben keine Ahnung. Er war fit ohne Ende und hatte sich den Jugendspeck mit viel

Mühe wegtrainiert. Ein Frauenschwarm war er trotzdem nicht, da störte die dicke, unansehnliche Schmalzner-Nase, die alle Schmalzners mehr oder weniger stolz vor sich hertrugen.

»Hals-Nasen-Ohren-Schmalz« hatten ihn seine Klassenkameraden lange genannt. Oder »Da Gschmoizne«. Kurz vor dem Abitur dann nur noch »Schmoizä«. Da war man ja schon erwachsen – mehr oder weniger. Das Abi hatte er gerade so geschafft, bis fast zum Schluss war er zwar gern zur Schule gegangen, aber trotzdem nicht wirklich fleißig gewesen. Er musste immer viel in der Metzgerei und im Gasthof helfen, obwohl er lieber Bücher über die Stadtgeschichte und die Besiedelung des Isarwinkels gelesen hätte. Am liebsten war er draußen in der Natur, stieß da aber immer schnell an seine Grenzen, weil er einfach zu dick war. Kurz nachdem er den Führerschein hatte, fuhr er nach Lenggries und wollte zur alten Hohenburg hinauf. Total nass geschwitzt und kurzatmig kam er oben an, dabei waren das nur ein paar Meter! Einige, das wusste er sicher, verlachten ihn immer noch wegen seiner Statur damals. Einer davon saß sich jetzt den Arsch platt bei der örtlichen Polizei. Immer blöd dahergeredet und es nie zu etwas gebracht.

Der Schwendner, der Depp. Sucht sich einen Schwächeren und hackt dann darauf herum.

Ein Trost war es auf jeden Fall, dass es besagter Polizist nie zu etwas bringen würde. Wahrscheinlich nicht einmal zu einer Frau. Na gut, Schmalzner selbst hatte hier auch seine Probleme. Ein paar kurze Beziehungen, die irgendwie alle schiefgegangen waren. Freunde aus der Schulzeit hatte er jedenfalls keine.

Erst bei der Bundeswehr traf er neue Leute, die seine Vorgeschichte nicht kannten. Die Torturen (und das waren sie mit 130 Kilogramm Lebendgewicht) schweißten ihn mit den Kameraden zusammen. In den 18 Monaten bei der Gebirgstruppe schaffte er es, bis auf 110 Kilogramm abzuspecken. Er und seine engsten Freunde beim Bund sangen damals »I bin da Schmalzner« in Anlehnung an das Lied von Georg Danzer vom Doppelgänger »I bin da Danzer«. Es war eine schöne Zeit, trotz der ganzen Entbehrungen.

Da war er auf den Geschmack gekommen und hatte bei der Polizei angeheuert. Ein eingeschworener Haufen, eine respekteinflößende Uniform, den Leuten helfen, gutes Geld verdienen und noch viel mehr sprach für diese Laufbahn statt die eines Metzgers oder Gastwirts. Sogar ein paar seiner Bundeswehrkameraden hatten mitgezogen. Er war erst ein, zwei Jahre dabei gewesen, da starb plötzlich sein Vater an einem Herzinfarkt. »Die Wampn muass weg«, hatte der Arzt immer wieder gesagt, aber der alte Schmalzner hatte es fleißig ignoriert.

Nur mit viel Papierkram konnte er innerhalb von drei Monaten seine polizeiliche Laufbahn beenden. Er hatte das seinem Vater zuliebe gemacht und sich dann aber, soweit möglich, aus dem Betrieb zurückgezogen. Er war Realist. Sein teures, aber gutes Personal hielt den Laden am Laufen. Jetzt hatte er seine alte Figur wieder, na ja, ein wenig mehr davon, und war eine stattliche bayerische Erscheinung. Ein gestandenes Mannsbild halt. Eine zur Nase passende Frau gab es immer noch nicht.

Die alten Träume waren immer noch da – aber alles hinzuschmeißen und irgendwo neu anzufangen, dazu war er zu feige. Er fühlte sich in der Pflicht, den Betrieb, der seit Jahrhunderten im Familienbesitz war, weiterzuführen.

Demnächst musste er einen Nachfolger organisieren, am besten auch gleich noch adoptieren. Die Schmalzner-Linie musste weitergehen und er wurde nicht jünger! Mangels Nachkommen ging es vielleicht nur so. Seine Verwandtschaft war überschaubar, da gab es keine geeigneten Kandidaten.

Trotz der mangelnden Ausbildung im Hotel- und Gaststättengewerbe war er der Chef. Feiertag oder Sonntag hin oder her, er war trotzdem unentbehrlich und hatte erreichbar zu sein. Der Erfolg gab seiner Unternehmensführung recht. Heute musste er im ersten Untergeschoss das Mauerwerk besichtigen. Zwei Wochen Dauerregen hatten am Samstag plötzlich einen großen feuchten Fleck an der Ostwand hervorgerufen, ausgerechnet da, wo das große Weinregal stand.

Der Küchenchef hatte den Fleck bemerkt und sich zuerst nichts gedacht. Sonntag früh um acht war der Fleck bereits stark angewachsen. Das war dann seinem Personal nicht mehr geheuer und der Chef wurde informiert. Schmalzner kam sich eh oft genug wie der Hausmeister vor.

Ausgerechnet der Olaf musste den Fleck bemerken. Er ist schließlich mein Küchenchef und ich nicht sein Hausl. Warum war ich nicht selber im Keller zu der Zeit? Der Olaf, der gut aussehende, sportlich braun gebrannte Depp. Dem die feschen Bedienungen immer nachschaun, sogar während sie mit mir, DEM CHEF!, reden. Und aus Osnabrück is er aa no. Der Preiss, der. Ich müsste mal wieder mehr Sport machen.

Er musste handeln. Gleich früh um sieben ging er die ausgetretenen Steinstufen in den Keller hinunter. Er musste aufpassen, wo er hintrat, denn die wenigen Lampen spendeten nur unzureichend Licht. Und wenn er gerade an einer vorbei war, wurde es merklich dunkler, weil er mit seiner Körperfülle (klein war er auch nicht gerade) fast den ganzen Gang einnahm.

Der recht große Kellerraum wurde dominiert von zwei dicken Säulen, die den Raum in der Mitte zu jeweils einem Drittel abstützten. Dass es noch zwei handgeschlagene Kellergeschosse darunter gab, wussten wenige. Das weiche Gestein im Untergrund machte solche Bauten möglich, danach wurden die Keller mit reichlich vorhandenem Quelltuff ausgemauert. Durch die vielen Löcher im Gestein hatte es Eigenschaften wie ein natürlicher Ziegel: wärmeisolierend und sehr stabil. In diesen Kellern ließ sich früher das Bier in den Holzfässern besonders lang lagern, indem man im Winter Eis hinunterbrachte, das oft im August noch nicht ganz geschmolzen war. Die Münchner zahlten Höchstpreise für den Tölzer Gerstensaft damals. Sie konnten in der Stadt im Sommer nicht so viel beziehungsweise wochenweise gar nichts brauen, weil das Bier nicht ausreichend gekühlt werden konnte. Die Flöße fuhren täglich und die Tölzer wurden wohlhabend. Der sechste Schmalzner, ein Gotthold, baute zu dieser Zeit großzügig auf der vom Markt abgewandten Seite an: einen großen Saal im Erdgeschoss, darüber Wohnraum für viele noch folgende Generationen. Der Markt, die »Marktstraße«, sieht heute immer noch so aus wie damals. Sie verläuft vom Isarufer (Isarbrücke) nach Osten den Berg hinauf, gesäumt von zwei parallelen Reihen Häusern, die so gut wie keine Lücke frei lassen. Freilich gab es seit damals kleine Aufstockungen, öfter ein neues Pflaster und so weiter ... Gebrannt hat es ja auch immer wieder mal oder ein Haus in der Reihe musste einer neuen Straße weichen. Zum Beispiel wurde für die Hindenburgstraße zum neu angelegten Bahnhof Anfang des 20. Jahrhunderts ein Haus aus der südlichen Reihe herausgerissen. Gabriel von Seidl, der berühmte Baumeister, hat ebenfalls einige Gebäude in Bad Tölz umgestaltet. Auch dem hat es offensichtlich im Oberland gefallen.

Zurück zum Gotthold. Während seiner Zeit wurde ein Großprojekt in Tölz abgeschlossen: Zu beiden Seiten der Marktstraße gab es in den Kellern der Häuser einen durchgehenden Gang, in denen vierspännige Pferdefuhrwerke passieren konnten. Sie fuhren an der Isarbrücke hinein und kamen oben am Kahnturm wieder heraus. Fast jedes Haus hatte einen Kellerzugang. So bekamen die Bürger nicht mit, wann oder wie die Waren geliefert wurden. Natürlich war das auch der zwielichtigen Gestalten wegen gemacht worden. Der moderne Andreas Schmalzner schüttelte den Kopf und vertrieb den

Gotthold aus seinen Gedanken und damit auch die Träume der – interessanten, aber gewiss beschwerlichen – alten Zeiten.

Um 8 Uhr, als der Kochlehrling anfing, schnappte er ihn sich und verdonnerte ihn zum Weinregal-Ausräumen. Bei der Gelegenheit konnte er gleich was lernen über den Umgang mit den edlen Tropfen und die Systematik der Ablage.

Schmalzner, der schon immer historisch interessiert war, kam an diesem frühen Sonntag gleich wieder ins Schwelgen und dachte an diesen Gang, als er die feuchte Stelle inspizierte.

Genau hier muss es gewesen sein. Ich höre schon beinahe die Pferde wiehern. Vierspännige Fuhrwerke werden mit Bier vom Schmalz-Bräu beladen, die stämmigen Pferde scharren ungeduldig mit den Hufen … Mein stattlicher Vorfahr dirigiert seine Lakaien und alles klappt reibungslos. Das Fuhrwerk macht sich mit zehn großen Fässern auf den Weg. Hüah! Das nächste wartet schon: Ein klösterlicher Zweispänner bringt 25 Säcke Gerste aus der Gegend von Freising. Das waren Zeiten!

Zwei Stunden dauerte es, bis das zwei mal drei Meter große Regal leer war. Es war aus Schmiedeeisen und konnte im leeren Zustand gerade so zu zweit verrückt werden. Weitere zwei Stunden erforderte es, die Nordwand von diversem Gerümpel zu befreien *(hier muss ich auch mal ausmisten)*, das Regal dorthin zu schieben und wieder einzuräumen. Jan, den er als wortkargen Burschen kannte, packte gut an, wenn auch mit lustlosem Gesicht. Ein rechtes Gespräch kam nicht auf, obwohl Schmalzner allerhand erklärte. Verstand der Bursche, was gesagt wurde, oder dachte er an das nächste Stadelfest? Oder an Facebook? Beides wahrscheinlich. Oder gab's schon was Neueres, Wichtigeres? Schmalzner wusste es nicht. Er hatte aber wohl bemerkt, wie Jan manchmal kurz sein Smartphone gezückt hatte. Natürlich gab's in diesen Gewölben keinen Empfang irgendwelcher Art. So konnte man die jungen Leute wenigstens unabgelenkt bei der Arbeit halten. Er ertappte sich dabei, dass er schadenfroh grinste.

Um 13 Uhr schließlich war das Malheur klar und deutlich: Durch das östliche Mauerwerk sickerte sichtbar Wasser, dahinter stieg der Hang vermutlich weiter an. Wenn nicht hier das Grundwasser drückte, wo dann? Was lag eigentlich weiter in dieser Richtung? Da müsste man ganz nah an der Kirche sein. Er schnappte sich ein loses Stück Schmiedeeisen und kratzte an der Mauer herum. Die Ziegel waren weich wie Butter unter einer fünf Millimeter dicken Kruste von Sinterkalk. Spontan, aus einem männlichen Spieltrieb heraus, holte er aus und ließ das ein Meter lange, am Ende verschnörkelte Stück Schmiedeeisen mit Schwung auf die Mauer prallen. Es prallte aber nicht ab, sondern drang einfach ein. Mit einem leisen »Flupp« stürzte ein halbkreisförmiger Teil von etwa 50 Zentimeter im Durchmesser ein. Und zwar nach hinten! Seine Vermutung hatte sich bestätigt: Dahinter war der alte Gang, der irgendwann nur zugemauert worden war.

Ein munteres kleines Bächlein spülte durch das neu entstandene Loch Ziegelreste in den Keller und eine rote Brühe, die an Blut erinnerte. Der Gully hinten in der Ecke schluckte alles, bis es zwei Stockwerke tiefer im Nirwana verschwand. Die drei Holzkisten, die dem natürlichen Bachlauf im Weg standen, waren schnell weggeräumt. »Da würd ich am liebsten einen schönen Staudamm bauen wie vor zehn Jahren immer«, sagte der Lehrling. Der Jan. Aus Dietramszell. Jetzt auf einmal begann er, gesprächig zu werden!

»G'scheiter is', du ziagst di um und meldest dich in der Küchn! Danke fürs Helfen. Den Rest schaff ich allein«, sagte Andreas mit seiner ganzen Autorität.

Jan trödelte zur Tür.

»Eins noch – bring mir vorher noch eine Taschnlampn, die liegt im Schrankl unterm Telefonanschluss.«

Andreas meinte, ein missbilligendes Seufzen zu hören.

Die Lehrlinge können froh sein, dass Watschen nicht mehr erlaubt sind. So einer gehört zur Bundeswehr. Die ganze aktuelle Generation ist so was von verwöhnt!

Jan latschte zur Tür hinaus.

»Aber heit no!«, rief ihm Schmalzner genervt hinterher.

Jan verschwand.

Im roten Wasser schwammen dunkle Plättchen. Schmalzner kniete sich nieder und sah genau hin: Es waren Lackreste! Der Entdeckergeist in ihm erwachte, die Neugier war unerträglich. Was war hinter der Wand? Ein altes Fahrrad, das Bernsteinzimmer oder etwas à la Indiana Jones, der die Welt rettet? Er sah sich schon mit einem Lederhut und Peitsche ausgerüstet durch die Giebel von Bad Tölz schwingen, als Jan plötzlich vor ihm stand: »Dei Lampn«, sagte er.

»Ihre Lampe, Herr Schmalzner, heißt des!«, polterte Schmalzner.

Aber Jan war schon wieder in der Tür. »Von mir aus«, sagte er leise.

»Vor 200 Jahren war es auf Hawaii bei Todesstrafe schon verboten, auf dem Schatten des Häuptlings zu stehen. Überleg amoi, Bürscherl!« Jetzt wurde es Schmalzner zu bunt.

Jan zuckte mit den Schulten und trollte sich. Die offene Tür störte ihn nicht.

»Tür zu!«, brüllte Schmalzner.

Wenigstens das laute »Rrumms«, mit dem Schmalzner sie zutrat, musste den Lehrling eines Besseren belehren. Die Tür war aus eisenbeschlagenen Eichenbohlen und schwerer als erwartet und krachte ordentlich. »So eine Schlaftablettn!«, schimpfte Schmalzner. »Wenn die Tür hin ist, kann er was erleben.«

Als er sich zur nassen Wand umdrehte, war sie von der Erschütterung zur Hälfte eingestürzt, und was er sah, ließ ihm den Kreislauf versagen. Er sank bewusstlos in die Knie, fiel dabei in das Bächlein und blockierte dessen Lauf so, dass es vom Knie am angewinkelten Bein über den Bauchnabel (der herausschaute!) bis zum Hals gestaut wurde, um dann knapp unterhalb des Mundes abzufließen und endlich wieder in Richtung Gully verschwinden zu können. Jan hätte seine Freude gehabt. Ein Eins-a-Staudamm! Als Schmalzner nach zwei Minuten wieder wach wurde, war sein erster Gedanke: Bäh, alles nass! Der zweite war: Ich muss den Hans-Jürgen anrufen.

Mittwoch, 6. Oktober – Stadtarchiv Bad Tölz

Eine schwarz gekleidete Gestalt schlich durch die enge Gasse. Die Glastür am Haupteingang war nur durch ein einfaches Zylinderschloss gesichert. So eines öffnete der Einbrecher normalerweise innerhalb weniger Sekunden, ohne eine Spur zu hinterlassen. Das gehörte schließlich zu seiner Ausbildung. Heute aber brach er eins seiner Werkzeuge ab und an ein spurloses Öffnen war nicht zu denken. Er holte den Plan B in Form einer Mini-Bohrmaschine heraus und öffnete die Tür nahezu lautlos.

Schnell fand er sich in den zahlreichen Regalen zurecht. 1920–1930–1940 …

Da gab es ein Sonderregal zum Jahr des Kriegsendes 1945, das für Bad Tölz besonders wichtig war. Die Stadt wurde friedlich den Besatzern übergeben, die übernahmen die Kaserne der SS-Junkerschule als Hauptquartier für Südbayern. General Patton, der nach der Invasion maßgeblich am Kriegsgeschehen beteiligt war, marschierte bis hierher und blieb da. Weil's so schön war! Der Einbrecher schmunzelte: Heute blieben bloß noch wohlhabende Urlauber im Rentenalter hier und kauften sich eine Wohnung oder eine Villa aus den ehemals goldenen Kurstadt-Zeiten. Keine amerikanischen Generäle kamen mehr, die ganze Kasernen übernahmen. Man stelle sich vor: Ein Milliardär kauft das marode Kurviertel komplett. In Garmisch andererseits gab es so was inzwischen. Da waren ganze Ortsteile in ausländischer Hand. Von Tegernsee und Rottach-Egern wusste er es nicht sicher.

Schnell fand der Vermummte einen kleinen Packen Briefe und Telegramme, die von und an General Patton höchstpersönlich geschrieben waren, und ein paar Antworten. Sie beschränkten sich auf wenige Wochen, ein paar Monate vor seinem Tod.

Diese Briefe wird in den nächsten Monaten niemand vermissen, dachte er. Vielleicht würde er sie einfach später anonym in den Briefkasten werfen. Um vom wahren Einbruchsgrund abzulenken, fand er im Schreibtisch eine Geldkassette und räumte sie aus.

Genauso schnell, wie er kam, war er auch wieder verschwunden.

Was er nicht wusste: Die Überwachungskamera hinten in der Ecke des Stadtarchivs hatte alles aufgezeichnet. Sie war erst vor einer Woche installiert worden, weil demnächst eine kleine Ausstellung mit wertvollen Dokumenten stattfinden sollte. Hätte nicht der zuständige Polizist die Ermittlungen schleifen lassen, wäre vielleicht alles ganz anders gekommen. Aber nur vielleicht.

Montag, 11. Oktober – Isarufer unterhalb des Kalvarienbergs, Bad Tölz

Rudi Eberhardt kämpfte sich durchs Gebüsch am steilen Abhang. Irgendetwas rieselte ihm ins Genick. Er ignorierte die Möglichkeit, dass es vielleicht Insekten sein könnten.

Ein paar Fichtennadeln oder irgendwelche Samen sind's halt.

Beim Blick nach oben sah er aber nur Laubwald: Buchen vor allem.

Die Zeckenimpfung ist wie lange her? Meningitis oder Borreliose?

Was hatte er zuletzt in seinem Medizin-Lehrbuch »Die häufigsten Krankheitserreger« gelesen? Wie lange war die Inkubationszeit? Erste Symptome? Das sollte man mal wieder nachschlagen!

Weitere unangenehme Gedanken waren schnell weggewischt, als ein neues Hindernis auftauchte: eine Geländestufe, die etwa zwei Meter nach unten ging. Der einzige zumutbare Weg führte zwischen zwei halbwüchsigen Buchen hindurch. Das erste Augenmaß verriet schnell, dass zwar der Rudi längs durchpassen würde, der Rucksack aber nicht. Das stabile Alugestell bliebe unweigerlich hängen.

Ein Zwei-Meter-Absturz wäre das Letzte, was er jetzt brauchen konnte. Am nächsten Tag sollte er wieder gesund im Büro sitzen.

Rudi war der biedere Beamtentyp schlechthin: Er plante sein Leben, vor allem die Freizeit, war pünktlich, gewissenhaft und immer tadellos und freundlich. An dieser Stelle kam gewiss die Sinnfrage auf: Warum tue ich mir das überhaupt an? In diesem Scheißhang ist eh nichts Gescheites zu finden. Und irgendwas ist mir hinten hineingefallen …

Wie so oft biss der Rudi die Zähne zusammen und machte weiter. Er war heute in Sachen Fossilien und Geologie unterwegs und immer auf der Suche nach Neuigkeiten. Hier im Stadtgebiet von Bad Tölz am Fuße des Kalvarienbergs versuchte er gerade, die ihm noch unbekannten Stellen abzugehen, an denen die fossilreichen Sandsteine aus dem Oligozän aus dem Hang herausschauten.

Jaja, das Oligozän: Ein tropisches Meer lag damals vor der Haustür und die Alpen waren grad mal ein paar windige Inseln. Massenhaft kleine Turmschnecken, Muscheln, Fische, auch Haie und so allerlei tropisches Getier. Die Stellen im Hang sind bereits viele, viele Jahre der Witterung ausgesetzt, da sind wirklich keine besonderen Funde zu erwarten. Oder doch?

»Wenn man nicht da ist, kann man auch nicht finden, was herumliegt«, war Rudis Devise. Und in den vergangenen Jahren hatte er schon viel gefunden, was einfach so herumlag. Auch mal ein schönes Knabenkraut dazu – mit der Kamera dokumentiert und inventarisiert. Oder ein Waldvöglein – ebenfalls eine Orchidee –, und zwar das violette, nicht das weiße.

Hier zum Isarufer hinzukommen, war nicht leicht. Der Hang war gefährlich steil, unten gurgelte die Isar und verschlang alles: herabgefallene Blätter, Äste und natürlich auch gerne strauchelnde wilde Kraxler. Ein nimmersattes, nicht wählerisches Wassermonster! Seit er einmal eine Leiche in einem einsamen Bergbach gefunden hatte, rechnete er an solchen unzugänglichen Stellen immer mit dem Schlimmsten. Irgendwelcher Zivilisationsschrott führte da nicht selten zum kurzfristigen Herzstillstand. Einmal lag ein gelber Völkl-Ski in der Nähe eines Skigebiets im Bach. Rudi suchte damals den Fahrer dazu – Gott sei Dank vergeblich!

Plötzlich aus den Gedanken aufgeschreckt hörte er einige Meter oberhalb Leute reden. Dort oben verlief der Wanderweg entlang der Isar. Die bunt gekleideten und originell behüteten Touristen, die gummibesohlten Rentner, die hechelnden Jogger, keiner ahnte was von der Geologie unter ihren Füßen: Auf den fast senkrecht aufgefalteten Schichten aus dem Oligozän (damals war hier an dieser Stelle ein Karibik-Traum!) lagen mehr als 20 Meter Eiszeitschutt, sogenannter Nagelfluh, der wie Beton verfestigt war. Mancher Rentner dachte sich am Weg: »Was ham s' denn da betoniert? Ob das der Hitler war?« Nein! – Ein großer Haufen Naturbeton von Tante Eiszeit.

Rudi ließ seinen Rucksack vorsichtig hinab und zwängte sich durch die beiden Buchen hindurch, rutschte mit dem rechten Fuß aus und landete seitlich verdreht mit dem Oberschenkel auf dem Boden. Ein kleiner Stich im Knie war die Belohnung seiner Unaufmerksamkeit. »Kruzifix!«, entfuhr es ihm. »So ein Scheißdreck da!« Und ganz leise: »Ich bläder Depp!« (Respekt, wer so was zugibt!)

Die erste Diagnose war schnell gestellt: leichte Bänderdehnung, kein Problem. Ja, das Interesse für Medizin ist Gold wert.

Rudi war immer sehr auf Sicherheit bedacht. Überhängende Felsen oder lockeres Geröll über gefährlichem Grund mied er. Am wenigsten konnte er sich damals vorstellen, in einen alten Bergwerksschacht einzusteigen, in dem das Grubenholz nur noch butterweich war und bei der leisesten Erschütterung alles zusammenfallen konnte. Er fühlte Beklemmung in engen Räumen. Hier aber war die Steigung überschaubar, große Bäume verhinderten einen unkontrollierten Absturz. Die Lage war berechenbar.

Er war überhaupt ein Mensch, der gerne alles im Voraus berechnete und überlegte. Seine Urlaubstage mit Programm, inklusive Ersatzprogramm bei schlechtem Wetter, plante er bereits im Januar. Und davon rückte er auch nicht ab. Ja, er musste auch auf niemanden Rücksicht nehmen. Eine Frau gab's nicht (schon lange nicht mehr) und das genoss er. Jede unvorhergesehene Wendung des Tagesablaufs, vor allem am Wochenende, war ihm unangenehm. Freunde? Hatten keinen Platz. Sie hatten die schlechte Angewohnheit, einem die Zeit zu stehlen oder gar am Wochenende etwas unternehmen zu wollen.

Beim ersten Rundumblick an der neuen Stelle fiel außer ein paar zerbröselnden Schnecken im Gestein nichts Besonderes ins Auge, was Rudi dann auch augenblicklich aufgeben ließ. Das nächste Mal werden wieder ältere Gesteine aufgesucht, deren Versteinerungen weniger verwittert sind und wo der Hang nicht so unzugänglich ist, nahm er sich vor.

Mit einem Rucksack voll Werkzeug (*Man weiß ja nie!*), aber ohne Funde kraxelte er auf allen vieren zum Weg hinauf. Mit einem Sprung wollte er über das Holzgeländer setzen.

Obwohl Rudi sportlich einigermaßen trainiert und erst 56 Jahre alt war, berechnete er wegen des träge mitschwingenden Zehn-Kilogramm-Rucksacks den Schwung falsch und blieb mit dem linken Knöchel am Geländer hängen. Er lag schneller rücklings auf dem Weg, als er reagieren konnte. Ein Blick nach rechts und links: Gott sei Dank war kein hilfsbereiter Zeuge unterwegs: »Ham S' Eahna wos doo?« Oder: »Was machen Sie für Sachen, in Ihrem Alter?« Den Fluch schluckte er hinunter. Das war insgesamt sein Pechtag, dachte er schon zu dem Zeitpunkt.

Um wenigstens noch die mitgebrachte Brotzeit samt Ausblick zu genießen, machte er sich auf den Weg zum Kalvarienberg hinauf, vorbei an Unmengen Naturbeton.

Als er oben in Sichtweite der Kirche den Wald verließ, stand er unvermittelt vor einem großen Gefährt mit seltsamen Aufbauten. Er erkannte es sofort: ein Bohrfahrzeug! Es war nicht größer als ein Kleinwagen, mit Kettenantrieb wie eine Planierraupe. An einem Ende ragte ein etwa sechs Meter langer

Gestängeturm in die Höhe, in dessen Inneren sich ein etwa 20 Zentimeter dickes Metallstück drehte. In Sichtweite stand ein größerer Pick-up mit Pkw-Anhänger. Damit war das Fahrzeug offensichtlich hergebracht worden. Drei Leute waren tätig, alle mit einem grünen Kunststoffhelm. Es wurde eindeutig ein Loch gebohrt, allerdings konnte er auf die Schnelle nicht erkennen wie tief.

Von Haus aus neugierig ging Rudi näher heran und lauschte der eh recht dürftigen Konversation der Arbeiter. Die vielen zischenden Laute und Gesprächsfetzen, die er hörte, klangen nach einer Sprache aus dem Balkan. Die drei wurden auf ihn aufmerksam und einer sprach ihn an: »Geh du weg! Schleich di!« Die zwei Befehle waren eindeutig.

Bevor er noch irgendwas fragen oder schauen konnte, kam ein Vierter (mit weißem Helm) um das Fahrzeug herum und auf ihn zu. Er kaute gerade etwas, wahrscheinlich den letzten Bissen einer Brotzeit. Ein Anheben der Augenbrauen war die einzige Begrüßung, die Rudi erntete.

»Servus. Scheens Weda habt's eich do ausgsuacht zum draussen Arbatn, ha? Da is ma gern unterwegs, gell? Des is ja ein sagnhaft's Fahrzeig! Da hätt ich fei aa Verwendung dafia!«

Der Capo ignorierte ihn und popelte mit dem Zeigefinger im Mund herum.

»Warum bohrt ihr denn da? Das hab ich ja noch nie gesehen, so nah bei der Innenstadt.«

»Vorbereitung Thermalbohrung.«

»Was, da? Neben der Kirch? Brauchen's a warm's Weihwasser?« Rudi kicherte und lachte sich innerlich tot über seinen eigenen Witz.

Ein Achselzucken war die Antwort, als sich der Weißhelm schon wieder zum Gehen wandte. Rudi holte noch einmal Luft, um weiterzufragen, als in sein Ohr »Schleich di« geflüstert wurde. Er erschrak. Hinter ihm stand ganz nah einer der

Grünhelme. Ein weiterer war in Sichtweite und hatte eine große Rohrzange in der rechten Hand, die er immer wieder in die Linke hineinklatschen ließ. Eine unmissverständliche Geste!

Da der Tag bisher eh schon so bescheiden verlaufen war, wollte Rudi nicht mit irgendwelchen Leuten streiten, die er von der Arbeit abhielt. Es konnte ja nicht jeder montags freinehmen. Außerdem knurrte ihm der Magen. Kopfschüttelnd entfernte er sich von den Grünhelmen, die ihm gefährlich erschienen und eh nur unfreundlich waren. Sie blickten ihm argwöhnisch hinterher.

Vor der – zugegeben – recht kitschigen Kirche aus dem 18. Jahrhundert, auf der Holzbank, schlug dann das Sammlerherz höher: zwei Debrecziner, ein halber Camembert und zwei Vollkornsemmeln vom Bäcker ums Eck, hurra! Die grandiose Aussicht auf das Isartal, Gaißach und Lenggries in der wärmenden Herbstsonne – spitze!

Die elegant gekleidete Frau im grünen Kostüm mit ihrem Collie störte das Bild anfangs auch nicht. Sie fiel ihm überhaupt nur auf, weil sie kurz einen Schatten auf ihn, den Brotzeiter, warf, als er gerade vor lauter Genuss die Augen zugemacht hatte. Er schaute ihr nach, ohne Grund, nur weil sich sonst nichts rührte in seinem Blickfeld auf der von der Sonne beschienenen Bank auf dem Kalvarienberg. Der Hund zerrte an der Leine in Richtung Wiese, die Frau hielt dagegen. Erst als der Hund mitten auf dem Weg ansetzte, ein Häufchen (einen Haufen!) zu machen, und dem Rudi der ganze Vorgang in zwei Meter Entfernung bei bester Sicht präsentiert wurde, wachte er aus seinen Träumereien auf. Bevor er bewusst wegschauen konnte, kam eine Plastiktüte zum Vorschein, die – zugegeben – recht großen und auch bissl weichen, nachgiebigen Würste wurden komplett eingetütet, was mehrere Versuche erforderte. Dann landete alles elegant versenkt im Mülleimer direkt rechts von seinem Sitzplatz. Da die Wurst wie gesagt sehr weich war, blieb ein hellbrauner Streifen auf dem Kiesweg zurück. Die Frau lächelte milde und grüßte freundlich.

Rudi dagegen war auf einmal schlecht. Warum hatte er nicht weggeschaut? Wie beim Fernsehen, wenn es plötzlich grausig wird beim Dr. House oder so. Wegschauen ist die Lösung. Rudis Hirn war aber irgendwie im Stand-by-Modus gewesen und bis er absichtlich reagieren konnte – zu spät! Das Stück Debrecziner in seinem Mund schmeckte plötzlich seltsam. Er packte seine Brotzeit wieder in den Rucksack und machte sich missgelaunt auf den 20-minütigen Heimweg.

Die blöde Kuh hatte sogar noch höflich gegrüßt! Er brauchte einen Schnaps.

Donnerstag, 14. Oktober – Blombergstraße, Bad Tölz

»Thermalbohrung in Geretsried wegen Insolvenz der Bohrfirma verzögert«, las Rudi dann ein paar Tage später beim Frühstück in der Zeitung. Irgend so ein Scheich wollte dem Nordlandkreis eine große Badelandschaft schenken und jetzt gab's ständig Schwierigkeiten mit der Sache. Der Scheich hatte die Wirtschaftskrise wahrscheinlich auch zu spüren bekommen. Obwohl er so reich war, dass er sogar sein eigenes Öl kaufen könnte. Auch viele der im Mittleren Osten auf Verdacht gebauten Hotel-Wolkenkratzer standen leer, wusste Rudi. Da war also auch nicht mehr alles so rosarot.

Da fiel ihm wieder die Bohrung am Kalvarienberg in Bad Tölz ein. Interessant wäre sicher, wie der Untergrund dort genau beschaffen war. Man kann ja von oben nicht in den Boden hineinschauen. Ein Steinbruch oder eine große Baugrube geben immer den perfekten Einblick in die Lagerung der Gesteine. Die hat man aber selten. Eine Bohrung, bei der das Bohrgut ausgewertet wird, ist fast genauso gut. Ob man vielleicht mit dem Wissen ein schönes Modell für das Stadtmuseum machen konnte? Über anschauliche Modelle sind die Museumsbetreiber immer hocherfreut. Die Schulkinder und anderen Gäste sollen ja was lernen beim Museumsbesuch! Rudi war stets auch für ehrenamtliche Dinge zu haben, so zum Beispiel engagierte er sich für das Stadtmuseum, das gerade renoviert und neu konzeptioniert wurde.

Er suchte sein Telefonverzeichnis. In dem kleinen Büchlein hatte er alle Nummern gespeichert, auch die von Hans Reiter, der beim Landesamt für Umwelt inzwischen einen festen Beamtenstatus erreicht hatte. Das LfU war das bayerische Amt für Umwelt (Geologie, Wasserwirtschaft und Umweltbelange). Hans war für Bodenschätze aller Art zuständig und bezog seinen Etat aus dem Wirtschaftsministerium. Da war es egal, ob man auf der Suche nach einem möglichst reinen Quarzsand 30.000 oder 100.000 Euro investierte. Hauptsache, man fand ihn. Hans hatte deswegen auch immer Zugang zu den neuesten Bohrungen. Und das waren nicht wenige!

Donnerstag, 14. Oktober – irgendwo außerhalb von München

Ein paar Stunden später in der Arbeit dann, während der allgemeinen Raucherpause um 10 Uhr, bei der sich immer viele seiner Kollegen an die »frische« Luft begaben, konnte er ungestört telefonieren. Die muffige Büroluft war zu diesem Zeitpunkt tatsächlich frischer als die Rauchschwaden draußen. Da musste man schon mit dem Wind Glück haben, um frische Luft zu erhaschen.

»Servus, Hans, da is der Rudi aus Tölz«, begrüßte er seinen Spezl. Sie hatten sich bei einer Exkursion kennengelernt, bei der sie die Tiefbohrung in der Oberpfalz in Windischeschenbach besichtigt hatten. Das war schon lange her! In den 80ern!

»Ja, Rudi, lang scho nix mehr g'hört. Was macht die Geologie? Oder bist grad mehr auf Botanik aus? Hier im Amt kommt man ja nicht dazu, mal wieder mit dem Hammer ins Gelände zu gehen. Schön, dass du dich mal meldest. Bist immer noch so aktiv und fundsicher, alter Maulwurf?«

Rudi Eberhardt erwiderte: »In letzter Zeit hab ich schöne Sachen finden können. Unberührte Stellen im Wald, stell dir das mal vor! Du klappst das Moos weg und schon schauen die Versteinerungen heraus. Früher dachte ich immer, so was gibt's nur im Urwald oder in überwiegend unbewohnten Gegenden! Derweil ist hier im Gebirge auch vieles unberührt! Je mehr Erfahrung man hat, umso besser sind die Sachen, die man findet.«

Rudi musste sich zwingen, nicht zu monologisieren. Er monologisierte gern! Wer ihn kannte, konnte das beurteilen! Wenn es um eins seiner Lieblingsthemen ging, konnte er nicht mehr aufhören. Nicht jeder Gesprächspartner war davon begeistert. Er hatte aber inzwischen gelernt, immer wieder aufzuhören und zu beobachten, ob sein Gegenüber noch interessiert war.

»Ja, wenn *du* in den Alpen nix findest, wer denn dann?«, sagte Hans. »Einige Kollegen halten sehr viel von deiner Spürnase. Und von deinem Arbeitseifer. Nur so rausfallen tun die ja auch ned, die toten Viecher.«

Rudi lächelte. »Hans, du bist einer der wenigen, die wissen, wie viel Glück oft dabei ist, wenn man einen sagenhaften Fund macht. Können ist da nicht immer notwendig. Aber mit der Arbeit hast du recht. Eine Scheißschinderei ist das oft. Das Glück des Tüchtigen halt.«

»Wie geht's deiner Familie?«, fragte Rudi dann. Hans hatte eine nette Frau und zwei kleine Kinder.

»Passt scho, danke. Warum rufst denn eigentlich an? Sonst quatschen wir ja immer abends. Brauchst was Besonderes?«

»Hast mich derwischt«, gab Rudi zu. »Ich war letztens auf der Suche im Stadtgebiet von Tölz unterwegs. Oben am Kalvarienberg neben der Kirche hat eine Bohrfirma ein paar Löcher gebohrt. Eine Erkundungsbohrung zwecks Thermalwasser. Mich würd interessieren, wie dick die Nagelfluhauflage da oben ist. Des wär recht interessant. Kannst du da bitte bei deinen Kollegen mal nachfragen, ob die das Bohrgut auswerten?«

Hans erklärte: »Die ersten Bohrmeter machen die immer als Kernbohrung. Das dürfte kein Problem sein.«

»Bei der Gelegenheit sag denen aber, dass die von der Bohrfirma unfreundliche Arschlöcher waren«, bat Rudi. »In der heutigen wirtschaftlichen Situation sollte man sich als Unternehmen schon etwas mehr Mühe geben, was meinst?« Er erzählte von seiner Begegnung mit den Arbeitern.

»Naa! Solche Muhackln! Auf jeden Fall mach ich das. Kannst dich drauf verlassen. Pfiate«, schloss Hans das Telefonat.

Am nächsten Tag hatte Rudi Eberhardt das Gespräch schon wieder fast vergessen und machte sich Gedanken, wo er denn als Nächstes in den unzugänglichen Felsen der Benediktenwand ein paar Steinböcke beobachten konnte.

Freitag, 15. Oktober – Polizeidienststelle Bad Tölz

Das Überwachungsvideo aus dem Stadtarchiv war jetzt schon 20-mal durchgelaufen. Die interessanten fünf Minuten lieferten dürftige Informationen: Eine dunkle Gestalt bricht ein, geht langsam an einigen Regalen entlang und bleibt gelegentlich mal stehen. Manchmal sieht man nur ihren Rücken, sodass man nicht sicher sagen kann, ob die Person etwas in der Jacke verschwinden lässt oder sich nur zufällig einmal seltsam bewegt. Schließlich geht sie zielstrebig auf den einzelnen Schreibtisch der Anmeldung zu, durchsucht ihn und nimmt einen Kasten heraus. Die Taschenlampe leuchtet immer wieder kurz auf. Sie wird aber wieder halb vom Rücken des Einbrechers verdeckt. Der sichtbare Teil der Person sagt auch nichts aus: Sie war maskiert. Das Licht geht endgültig aus und der Eindringling verlässt den Raum.

»Da können wir nur einen Bericht schreiben und fertig«, sagte Polizeiobermeister Schwendner zu einem jüngeren Kollegen, der gerade eingearbeitet wurde. »Da kannst gar nix damit anfangen. Größe ja, aber ob Mann oder Frau ist schon zweifelhaft. Sicher ist, er oder sie wusste, wo er was findet. Und ein Profi war des aa. Sonst hätte man nicht so oft den Buckel gesehen. Den Bericht hab ich in einer Viertelstund', dann freu ich mich auf eine Leberkassemmel.«

Dass die DVD mit der Aufnahme erst zwei Tage nach der Tat bei der Polizei eingetroffen war, bekräftigte Schwendner darin, den Vorfall als »unwichtig« abzutun. »Morgen kimmt dann die Frau Obermeier, die das Stadtarchiv leitet. Weil sie die Schwester vom Chef is, müssen wir das alles genau aufnehmen. Aber rauskommen wird da eh nix. Ihre Aussage legen wir da dazu und schon ist der Fall erledigt. Die paar Euros kann die Stadt verschmerzen, was meinst?« Er schlug dem Praktikanten auf die Schulter. Der lächelte schief, eigentlich wehleidig.

Hab ich zu fest zugeschlagen? Wie viel hält so ein Praktikant aus?

Ja, viel ist nicht zu tun mit den Kleinkriminellen. Die erwischt man eh nicht. Und den Jugendlichen, die in Tölz ständig alles Mögliche demolieren, denen kann man nichts anhaben. Über 20 Sozialstunden lachen die doch bloß. Eine handfeste Watschn (oder drei) wären da eher was.

Er freute sich drauf, solche Gedanken bei einer warmen Leberkässemmel zu vergessen. Nicht, bevor er dem Praktikanten noch ein paar »wirklich wichtige Dinge« erklärt hatte, so wie sie sich halt im Schwendner-Universum ereigneten beziehungsweise wie er erwartete, dass sie sich ereignen würden.

Der Schwendner ist schon einer! Damals war er ein echter Kotzbrocken. Inzwischen – ach, das ist jetzt der falsche Platz dafür. Wie ausgewechselt! Man kann das mit einem Herd vergleichen, wo du ein Knöpferl drückst oder an einem kleinen Radl drehst – zack! 200 Grad Celsius, dass die Schwarte vom Braten nur so brutzelt. So ein Radl ist in dem Schwendner auch drin. Und gedreht worden. Nur irgendwie ist's inzwischen kaputt – »one way« tät man heute sagen. Ja, Gott sei Dank. So ein Obermeisterarschloch braucht kein Mensch mehr! Wenn nur andere auch so ein Radl hätten! Natürlich ist die Rede nicht nur vom Polizeidienst, das wär äußerst ungerecht. Sondern den menschlichen Schwächen allgemein. Bevor es jetzt noch politisch wird – es ist klar, was gemeint ist!

Samstag, 16. Oktober – Polizeidienststelle Bad Tölz

Frau Obermeier war jedenfalls völlig außer sich. Echauffiert trifft's ganz gut. Oder stocknarrisch vielleicht. Halbdurchgedreht. Mittelfuxteufelswild.

»Die wenigen Einnahmen sind weg. 34,15 Euro! Wer macht denn so was? Das Schloss ist hin und wir mussten ein neues einbauen lassen! Des war ein Agent, ein Profi, sag ich Ihnen, Herr Schwendner! Vielleicht hat er wichtige Unterlagen mitgenommen, die von internationaler Bedeutung sind?«

»Ja, des kann schon sein, gell, Frau Obermeier. Da müssen S' halt mal in den internationalen Unterlagen nachschaun, ob welche fehlen.« Er verdrehte die Augen.

Was hätten wir denn da? Die NATO-Gründungsurkunde von 1948? Oder war's 1949? Oder das Tagebuch des Christopher Columbus? Oder die Erstausgabe des Playboy? Na ja. So was Interessantes gibt's weniger im Stadtarchiv.

»Aber 34 Euro lassen eher auf einen Anfänger schließen, finden S' nicht?«, beschwichtigte Schwendner. »Da hat doch jeder Zigarettenautomat mehr drin, was meinen S'? Oder die städtischen Parkautomaten. Ach, 34 Euronen, die hab ich in zehn Minuten beianander, wenn ich will.«

Sein Praktikant schmunzelte und drehte den Kopf weg, dass die Obermeier es nicht sehen konnte.

»Und 15 Cent!«, rief sie. Sie war sowieso so in Rage, dass sie gar nichts von der Stimmung um sie herum mitbekam.

Die beiden komplimentierten sie hinaus, nachdem sie zähneknirschend hatte zugeben müssen, dass sie nichts weiter zu sagen wusste.

»Mir rührn uns, wenn wir was rausfinden«, rief Schwendner ihr ermutigend hinterher. »Ich hab's ja gleich gewusst: nix Wichtiges«, murmelte er und legte das Gesprächsprotokoll zu der DVD.

»Ich hatte Angst, die bekommt einen Herzinfarkt!«, meinte der Praktikant. »So mit Wiederbelebung und so. Krass, Oida!« Er schauderte.

Schwendner wusste genau, was der Bursch meinte. Bloß keine Überraschungen im Dienst! Schon gar nix, wo der Staatsanwalt anrückt. Oder die Kripo – Hilfe! Sie waren irgendwie auf einer Wellenlänge.

Fünf Minuten später war die Akte verstaut und vergessen.

Samstag, 16. Oktober – Blombergstraße, Bad Tölz

Rudi Eberhardt schreckte durch das laute Klingeln auf. Das Telefon! Bei Rudi hing es noch an der Wand – mit Schnur. Er war stolz drauf. Da er seit 20 Jahren Single war, störte das auch niemanden. Er saß gerade beim Abendessen und schmökerte nebenbei in einem geologischen Fachbuch von 1976, das in den größten Bereichen immer noch Gültigkeit hatte. Immer wieder fand er darin Anhaltspunkte, um seine Fossilfunde altersmäßig einzuordnen. Er fand nämlich oft an Stellen etwas, wo schon viele vor ihm sagten: »Da gibt's eh nix. Da brauchst gar ned zu schaun.« So hatte er zufällig Megalodonten gefunden, die mitsamt der Schale aus dem Gestein herauspräpariert werden konnten, was sonst selten möglich war. Das waren über zehn Zentimeter große Muscheln. Oder auch schon mal ein paar Knochen eines Sauriers, der sich eben von diesen Muscheln ernährte. Im Gebirge latschten einfach zu wenige von Rudis Sorte herum – Gott sei Dank!

Das Telefon war genauso laut wie alt. Er erschrak wieder einmal und ging hin. »Eberhardt, guten Abend«, meldete er sich monoton.

»Da ist der Hans Reiter, griaß de«, sagte der und dachte: Ein Navigationssystem wäre gegenüber dem Rudi Eberhardt erblasst, wie emotionslos diese Begrüßung ausgesprochen wurde. Na ja, 100-mal am Tag, 40 Jahre lang – da schleift sich so was ein …

Der Rudi war schon ein besonderer Mensch, fast schon rückständig, aber dann doch blitzgescheit und irgendwie cool. Ein »wuider Hund«, wie man in Bayern anerkennend sagt.

»Ja, servus, Hans. Rufst du wegen der Bohrung am Kalvarienberg an?« Schlagartig fiel ihm das Bohrfahrzeug wieder ein, zusammen mit den Deppen, die ihn verjagt hatten. Auch der Hundekot im Plastiktüterl fiel ihm wieder ein. Der Bissen Salamibrot mit Meerrettich blieb ihm bei dem Gedanken im Hals stecken. Er würgte mühsam – bekam einen Hustenanfall.

»Rudi, varreck mir fei ned jetzt! Geht's wieder?«

Der schaffte es, das meiste hinunterzuschlucken. Ein Teil war auf dem Fußboden verteilt. »Zefix!«, entfuhr es ihm.

Reiter redete weiter: »Gott sei Dank, des hat sich angehört, als ob du – äh … Schwamm drüber. Also: Da hast mir was Schönes eingebrockt mit deiner Bohrkampagne«, sagte Reiter.

»Hm?«, konnte Rudi nur antworten. Er kaute mühsam und versuchte, die erreichbaren Brocken am Boden einzusammeln.

Reiter fuhr fort: »Die Kollegen wissen gar nix drüber. Ich hab mehrere meiner Bekannten abgeklappert, bis zum Chef. Der hat gleich einen Alleingang eines übereifrigen Kollegen in einer der Außenstellen vermutet und alle antanzen lassen. Wir sind doch letztens umgezogen, weißt eh. Die Zentrale ist jetzt in Hof, trotzdem gibt's noch immer Leute von uns, die von Augsburg oder München aus arbeiten.« Eine Pause entstand. »Oder von zu Hause. Das sind dann die ganz Wichtigen.« Der Groll in Reiters Stimme war nicht zu überhören. Er pendelte wöchentlich von Fürstenfeldbruck nach Hof und war nur am Wochenende daheim. Die Entscheidung damals war: Arbeitsplatzwechsel, wie vom Ministerium befohlen, oder kündigen.

»Fakt ist, dass diese Bohrung nicht angemeldet war, und keiner was weiß. Auch woher das Bohrfahrzeug stammt, ist nicht klar. Die Kollegen forschen weiter nach«, schloss Reiter.

»Na, so was. Wer bohrt denn illegal? Was hat denn das für einen Sinn?« Rudi dachte laut nach. »Wenn es Erdöl gäbe, könnte man das ja noch verstehn. Ach, Schmarrn, dafür war das Ding viel zu klein. Meinst, die wollen da oben was hinbauen? Aber dann wär's ja offiziell mit Bautafel und so weiter.

Jetzt weiß ich auch, warum die so unfreundlich waren. Die wollten mich weiterhaben. Da mach ich gleich morgen eine saftige Anzeige.« Rudi war in manchen Dingen mehr als korrekt. Der Ungerechtigkeit hatte er immer schon den Kampf angesagt. »Danke, Hans. Für deine Mühen. Ich schmeiß dir auch mal wieder einen Stein in' Garten eine.« Rudi verwendete gerne Redensarten, die sein geologisches Interesse widerspiegelten.

»Servus, ich halt dich auf dem Laufenden. Glück auf, gell!«

Sie verabschiedeten sich.

Rudi schüttelte den Kopf und murmelte: »Schwarzbohrer! So was!« Er schaute auf die Essensreste am Boden, auf sein angebissenes Brot. Es erinnerte ihn an den Hund, den Kot in der Tüte und die braune Spur auf dem Kiesweg. Das Brot warf er in den Müll. Er brauchte einen Schnaps.

Sonntag, 17. Oktober – Polizeidienststelle Bad Tölz

Rudi saß auf dem Polizeirevier. Seit einer halben Stunde wartete er, bis er drankam. Ein paar dubiose Jugendliche waren vor ihm. Vom Schulausflug bis zum Ableisten von Sozialstunden für minderschwere Vergehen war alles möglich. Die seltsamen Klamotten heutzutage sagten nichts mehr aus über den Lebenswandel der jungen Leute. Natürlich kam ein Schulausflug nicht infrage, weil Sonntag war. Umso rätselhafter, dass so viel los war.

Auf einmal waren alle weg. Einige nickten wenigstens höflich. Einer sagte sogar freundlich, aber leise: »Oida …« Dass Rudi auch ein Dubioser sein könnte in den Augen der Jugendlichen – da kam er nicht drauf!

Ein mürrisch aussehender Polizist öffnete ihm die sicherheitsverglaste Tür. »Grüß Gott. Und was wolln Sie?«, sagte er.

»Eberhardt heiß ich«, sagte Rudi. »Mit Nachnamen«, fügte er hinzu. Da gab's schon wilde Verwechslungen in seinem Leben. »Wie heißen Sie nacherd?« Rudi hasste mundfaule Menschen und hatte damit sein Gegenüber genau richtig eingeschätzt.

»Obwohl das nix zur Sache tut: Schwendner, Polizeiobermeister. Wos is jetzt so dringend, am Sonntag, kurz vor Mittag?«

»Eine Anzeige hätt ich g'macht. Sonntag hin oder her, das Verbrechen kennt kein Wochenende, oder wie is des?« Herausfordernd grinste Rudi den Polizisten an. Wenn die Chefs das Band der Überwachungskamera da hinten im Eck mal anschaun würden, schaute der Schwendner aber nicht besonders gut aus, dachte er bei sich.

Nach einer fünfminütigen Diskussion über den Sinn und Zweck des Polizeidienstes unter Berücksichtigung der notwendigen mittäglichen Nahrungsaufnahme für Menschen, auch wenn sie Polizisten sind, nahm endlich Schwendner am Computer Platz.

»So, oiso dann, was hamma jetz? Unterschlagung? Ruhestörung? Mord oder Dings … na ja, hoffentlich neda. Welches Verbrechen melden Sie?« Schwendner gab sich geschlagen. *Diesen Menschen in seiner blauen Regenjacke und dem breitkrempigen, dreckigen Hut werde ich nicht anders los, als dass ich ihn bediene. In zehn Minuten is alles vorbei!*

Als Rudi Eberhardt sagte: »Schwarzbohren im Stadtgebiet«, sank seine Laune ganz in den Keller und die Leberkässemmel musste er sich wohl oder übel abschminken.

Er war eigentlich gerne Polizist. Er wollte als Kind schon immer à la Kojak ermitteln, die Waffe ständig geladen und die Sonnenbrille auf der Nase. Entzückend! Später dann wie die Jungs von Miami Vice. Erst schießen, dann fragen.

Aber Tölz High Noon gab es nicht, auch keinen »Bullen« wie im Fernsehen, keinen korrupten Bauunternehmer und schon gar keine Kripo.

Da hatte er einfach den Elan verloren. Oder nie richtig gefunden. Er sah seinen Job als Mittel zum Geldverdienen und fertig.

Einen Haxen werde ich mir gewiss nicht mehr ausreißen.

Und bei den Mädels klappte es irgendwie auch nicht. Er versumpfte zu oft bei ein paar Halben und schaffte es danach gerade noch ins Bett. Allein ins Bett.

Ha! Wenn er da gewusst hätte, dass er einen Schalter im Kopf hat! Jetzt weiß er's jedenfalls.

Nach geschlagenen zwei Stunden war der Eberhardt wieder draußen. Eine Tortur für den Helden in Uniform. Fast nicht zumutbar! Aber irgendwie machte ihn dessen Anzeige doch nachdenklich.

Mal was anderes, irgendwie.

Montag, 18. Oktober – Polizeidienststelle Bad Tölz

Schwendners Opferbereitschaft wurde am darauffolgenden Tag dann doch noch geschätzt. Bei der Dienstbesprechung, die täglich um 8.30 Uhr stattfand, erzählte er kurz von der seltsamen Anzeige und dem »Tatort« Kalvarienberg. Die paar Verkehrsunfälle, die kleine Ehestreitigkeit und die Schlägerei in einem der zahlreichen Tölzer Lokale verblassten gegenüber dem Thema »Schwarzbohren«.

Die Wortschöpfung an sich war schon Anlass zur allgemeinen Belustigung. In Verbindung mit seinem Ruf als Schreibtischpolizist und Nasenbohrer war er dann schnell das Ziel allen Spotts.

Der Dienststellenleiter Polizeihauptkommissar Obermeier machte den fragwürdigen Späßen ein Ende und stellte ein dreiköpfiges Team zusammen, das diesen Sachverhalt untersuchen sollte: Ostler, Westermeier und Schwendner.

Uschi Ostler sollte für dieses Team der Motor sein. Sie war ehrgeizig und schlagfertig. Unbekümmert nahm sie es trotz ihrer 1,60 Meter Körpergröße mit allem und jedem auf: mit Betrunkenen aus dem Bierzelt, mit kreischenden Ehefrauen, mit tollwütigen Hunden. Bisher hatte sie noch alle zur Vernunft beziehungsweise um die Ecke gebracht (auch schon einen nicht zu bändigenden Ochsen). Nach einem Vorfall mit einem recht scharfen Kampfhund, den sie hatte erschießen müssen, um zwei kleine Mädchen zu retten, besaß sie selbst seit einigen Monaten einen Schäferhund.

Sie hatte sich damals mit den Eltern der Mädchen beraten und den beiden ein Hundebaby besorgt. Es sollte kein Trauma zurückbleiben von dem grausigen Vorfall. Die Mädchen konnten mehrere Tage nicht schlafen. Der Hundebesitzer bekam bloß eine saftige Geldstrafe. Die Welpen waren so niedlich, dass sie selbst einen zu sich nahm. Inzwischen war sie voll dabei, Vulpa, ihre Hündin, zum Polizeihund auszubilden.

Uschi war trotz ihrer geraden, recht großen Isarwinkler Nase sehr hübsch; mit ganz schwarzen Haaren wirkte sie aber ein wenig exotisch. Ihre Großeltern waren vor 50 Jahren aus Österreich eingewandert, die Nase hatte sie vom anderen Großvater, der aus einer Holzarbeiterfamilie aus Wegscheid stammte. Die oft blonden Isarwinkler misstrauten ja eigentlich in ihrem tiefsten Innern schwarzhaarigen Menschen, weil die halt gar nicht hierherpassten. Von anderen Hautfarben gar nicht zu sprechen. Aber was kann man gegen die Liebe machen? Einer der Ostlers hatte sich halt vor 100 Jahren eine fesche Tirolerin geangelt.

Das zweite Teammitglied Peter Westermeier, ein gemütlicher und allseits beliebter Beamter, der kurz vor dem Rentenalter stand, schätzte sie wegen ihres professionellen Auftritts und fürchtete ihren Elan, mit dem er oft nicht mehr Schritt halten konnte.

Schwendner schätzte ihr Aussehen und fürchtete in seinem tiefsten Inneren ihre Überlegenheit. Sie ging ihm sonst sowieso aus dem Weg. Mit so Arbeitsverweigerern hatte sie nichts am Hut.

Sie hatten zu dritt trotzdem schon viele Autozerkratzer und Zechpreller überführt. Eine echte Erfolgsgeschichte also.

Mittwoch, 20. Oktober – ein Ausflugslokal in Bad Tölz

In einem Hinterzimmer eines Tölzer Lokals saßen fünf Männer zusammen. Sie hatten Broschüren von der Tourist-Information über die »Leonhardifahrt«, das jährliche Touristenereignis Anfang November, vor sich liegen und bei der Bedienung ein »Weizenbier« und »Currywurst« bestellt. Hätte man die anderen Gäste gefragt, wäre die einhellige Meinung gewesen: Gäste aus Norddeutschland, ganz logisch! Keiner hätte gedacht, dass sie fast Einheimische waren, allesamt aus der Umgebung von Bad Tölz. Einer aus Murnau, einer aus München, zwei aus Garmisch-Partenkirchen (einer aus Garmisch, der andere aus Partenkirchen, da geht es genau!) und der fünfte sogar aus Wackersberg. Sie gaben sich alle Mühe, nicht als »Hiesige« erkannt zu werden. Der Münchner, der sich einen Bart angeklebt hatte und eine von einem Echthaar nicht zu unterscheidende Perücke trug, war offenbar der Chef: »Männer, so leicht geht's jetzt doch nicht, wie wir es uns erhofft hatten. Es gibt große Schwierigkeiten. Die erste ist: Die Bohrung hat doch zu viel Aufmerksamkeit erregt. So ein Oberschlaumeier hat nachgeforscht und Anzeige erstattet. Ich hab mich umgehört. Die örtliche Polizei wird hier tätig werden. In der Zeitung suchen sie schon nach Zeugen. Hast du die Spuren verwischt?« Er schaute dem Mann aus Garmisch in die Augen.

Der erwiderte prompt: »Die Arbeiter sind wieder in Rumänien. Sie können von dem erhaltenen Tageslohn mit ihren Familien zwei Monate leben, da kommt nichts auf. Das Bohrfahrzeug wurde wieder zurückgebracht. Wahrscheinlich ist es gar niemandem aufgefallen, dass es gefehlt hat.« Er nickte »Ja, die Aktion war riskant. Aber wir haben doch gefunden, was wir suchten, oder?«

Der Chef stimmte zu: »Ja, schon. Da wären wir auch schon bei der zweiten Schwierigkeit: Wir kommen nicht durch. Das wird eine größere Aktion am Kalvarienberg werden müssen. Unser Plan C kommt jetzt zum Zuge. Ihr wisst alle, was das heißt?«

Nickende Köpfe. Die Bedienung trat plötzlich direkt an den Tisch. »Basst oissam bei eich? Hod's g'schmeckt?«

»Danke schön. Alles bestens, Frollein«, erwiderte der Wackersberger und hob sein Weißbierglas. »Prosit, Männer!«

Sie tranken und die Bedienung räumte die Teller ab und ging weiter ihrer Arbeit nach.

»Endlich is de Trutschn wieder weg. Mir ham ja ned ewig Zeit! Also dann, lasst's hören.«

Der Erste: »Ich kümmere mich um den Sprengstoff und bringe heut Nacht noch einige Ladungen wie besprochen an. Sie sind so dimensioniert und platziert, dass eigentlich kein Mensch zu Schaden kommen kann.«

Der Zweite: »Ich erledige das mit der EDV. Es ist alles vorbereitet. Die werden Augen machen!«

Ein böser Blick vom Chef ließ ihn verstummen. Unsachliche Bemerkungen mochte der gar nicht.

Der Dritte: »Die Logistik steht. Die Ausrüstung liegt bereit. Wir können mit einer Stunde Vorlauf beginnen. Es lagert alles im Heustadel in Wackersberg, wie besprochen.«

Der Vierte: »Die Flucht ist bis ins Detail geplant. Wir werden unbehelligt verschwinden. Auch hier ist alles bereit.«

Der Chef ergriff wieder das Wort. »Gut. Unseren knappen Kostenetat von 10.000 Euro haben wir noch lang nicht ausgeschöpft. Weiter so, Männer! Ich rechne mit einem Gewinn im zweistelligen Millionenbereich. Mit dem Anteil kann sich jeder von uns zur Ruhe setzen und gut leben, ha?«

Wieder nickende Köpfe.

»Was ist mit dem Schmalzner? Der kann alles kippen!«, wagte einer zu fragen. Die Frage war berechtigt, sosehr sie den Chef auch wurmte. Der Zweifler setzte nach: »Im Notfall müssen wir die Aktion rechtzeitig abbrechen.«

Mürrisch erwiderte er: »Den hab ich im Griff! Von Abbrechen ist nicht die Rede. Denkt dran, was auf dem Spiel steht. Wer aussteigt, ist dran.«

Darauf traute sich keiner mehr etwas zu sagen. Was »dran sein« bedeutete, konnten sie sich vorstellen. Fakt war, dass der Chef sie seit einer völlig schiefgelaufenen Aktion vor zwei Jahren in der Hand hatte. Es hatte ein paar Tote und etliche Verletzte gegeben und er hatte ihnen den Arsch gerettet. Wie, wussten sie nicht, aber es wären ein paar Jahre Gefängnis zusammengekommen. Der Preis war, dass sie auf seine Gnade angewiesen waren. Er konnte sogar mit Filmaufnahmen den wahren Hergang der Katastrophe belegen.

Er fügte hinzu: »Und was die anderen Leute betrifft: Unser Plan muss echt wirken! Wir dürfen auch nicht zu zimperlich vorgehen. Wenn einer zufällig am falschen Platz ist, wenn die Sprengladung hochgeht, war's halt sein Schicksal. Wenn uns die Polizei zu nahe kommt, müssen wir auch da etwas unternehmen. Bin gespannt, welche Pfeifen von der Kripo sie da antanzen lassen. Ein Warnschuss hat noch jedes Rindvieh erschreckt, sogar einen Bullen.«

Gelächter.

»Wir haben das besprochen! Es wird ganz oder gar nicht durchgezogen! Der Zeitpunkt, um auszusteigen, ist vorüber! Der maximale Gewinn ist an ein großes Risiko gebunden. Und ihr wolltet alle mitmachen. Ich zähl auf euch! Also dann: Lasst uns einen Krieg beginnen!« Er deutete einen Hitlergruß an und kicherte. Die anderen schauten etwas peinlich berührt einander an, murmelten aber dann zustimmend.

Der Mann aus Partenkirchen versuchte, noch ein »Weizenbier mit Schuss« zu bekommen, und grinste dabei die anderen an, als er nach zähen Verhandlungen auf ein »Dunkelbier«

umschwenkte und es serviert bekam. Er hob sein Glas leicht zu einem angedeuteten Anstoßen, blickte in die Runde und sagte leise: »Scheiß auf Leonhardi.«

Die anderen nickten.

Leonhardi – wichtig: Es wird gesprochen mit einem »h« in der Mitte – ist die traditionelle Pferdewallfahrt in Bad Tölz. Was früher nur Wallfahrt und Brauchtum war, ist jetzt auch ein Touristenmagnet und Ausnahmezustand. Vor allem, seit es die Eisenbahnverbindung München–Tölz gibt. Und das sind jetzt schon über 100 Jahre! Da kommen heutzutage auf einen Schlag 15.000 Leute! Freilich wird immer noch großer Wert auf die Tradition gelegt. Umsonst würden nicht auch alle Einheimischen zuschauen oder teilnehmen. Es geht damit los, dass die über 80 Gespanne vom Tölzer Bürgermeister persönlich eingeladen werden. Die Gespanne mit jeweils vier Pferden ziehen Wägen, die überwiegend mit weiblichen Wallfahrern besetzt sind, zum Beispiel »Jungfrauen« im Mieder oder verheirateten Frauen im Schalk. Auch ein paar Wägen der Heimatvereine fahren mit, mit kleinen nachgebauten Kirchen, oder die ein oder andere Musikkapelle. Die Wägen (manche werden »Truhen«, manche »Tafelwägen« genannt) haben eisenbeschlagene Räder und hinten ein Trittbrett, wo der »Brettlhupfer« mitfährt, der für das Bremsen und andere Sicherheitsaufgaben zuständig ist. Tölz ist ja doch recht bergig und da es in der Prozession öfter Stillstand gibt, muss der Wagen gebremst werden, um keinen Unfall zu riskieren. Zwischen den Gespannen können einzelne (männliche) Reiter mitreiten. Weibliche Reiter erlaubt die Tradition noch nicht.

Die Wägen sind dezent geschmückt mit viel Grün und ein paar Blüten und Bändern, die Pferde und Menschen aufs Fescheste herausgeputzt. Die Frisuren von Mensch und Tier sind allein schon bestaunenswert.

Gummireifen sind strikt verboten, was die Fahrt wirklich zu keinem Vergnügen macht. Also, jeder hält das nicht aus, da mitzufahren! Da tut einem ja eine Woche danach noch das Kreuz weh! Noch dazu, wenn ein Sauwetter an Leonhardi herrscht – Regen – Schnee – mit und ohne Wind – Altweibersommer mit 30° C und Sonne. Da ist alles möglich! Respekt vor dem Brauchtum, bei aller Vermarktung – ganz ehrlich!

Die Frauen in den Wägen beten zu Ehren des Hl. Leonhard, während die Prozession vom Kurviertel (man sagt »Badeteil«) westlich der Isar über die Isarbrücke und den steilen Maierbräugasteig zum Kalvarienberg hinaufführt. Im ersten Wagen sitzt immer die Geistlichkeit, dahinter die weltliche Macht (Bürgermeister und Stadtrat), die anderen Startplätze werden verlost. Oben neben der Kirche gibt es dann bei der Leonhardikapelle einen Segen für die Fuhrwerke und anschließend davor einen Gottesdienst, während alle Gespanne auf der Wiese Aufstellung nehmen und Pause machen.

Danach geht die Prozession nicht mehr ganz so andächtig weiter, der Weg führt wieder zurück den Gasteig hinunter, aber dann nicht rechts zur Isarbrücke hinunter, sondern links die historische Marktstraße hinauf. Und da zeigen dann die »Rosser« ihr Können, wenn sie – auf einem der hinteren zwei Pferde sitzend – den Vierspänner samt vollbesetztem Wagen die Marktstraße im schnellen Trab hinaufjagen, dass es nur so kracht und man Angst um Wagen, Insassen und Zuschauer kriegt! Der Gipfel ist, wenn der Brettlhupfer, der ja in dem Moment nix zu tun hat, außer sich festzuhalten, mit der Goasl schnoizt, während die urgewaltigen vier Pferde den Berg hinaufbrechen. Oben bei der Mühlfeldkirche gibt es nochmals einen Segen für Mensch und Tier, dann löst sich der Wagenzug auf.

Jetzt sagt einer vielleicht, wieso ist das so ein Wahnsinn? Das klingt doch alles ganz vernünftig. Ja, schon. Aber plötzlich

Tausende Menschen zusätzlich in Tölz! Busweise werden die Touristen herangeführt, die umliegenden Einheimischen kommen ebenfalls, die Schulen haben an dem Tag keinen Unterricht, das Rote Kreuz verkauft Würschtel, jeder Metzger und Gastwirt verkauft Würschtel, Grillfleisch, Bier. Bier überall! Glühwein! Schnaps, Likör. Heutzutage ist es ja Mode, da treffen sich einige schon vorher zum »Vorglühen«. Was bringt das, wenn man schon ohne Orientierung daherkommt? Trendy ist man halt wahrscheinlich. Warum braucht man einen Schwips, um sich danach einen Rausch anzutrinken?

Überall also Zuschauer, Metallgitter als Absperrungen, Ordnungskräfte. Kompanieweise wird auch Polizei herangekarrt. Die Rettungssanitäter haben Hochkonjunktur. Wenn die Leonhardifahrt zu Ende ist – geht die Party in den Lokalen weiter!

Und vor allem: Die Mädchen und Frauen auf den Wägen haben alle Schnaps und Gebäck, sogenannte Platzerl dabei, die sie während der Pause auf der Wiese oben am Kalvarienberg augewählten Besuchern anbieten. Wenn man da ein paar von denen kennt, braucht man danach kein Bier mehr zu trinken! Manchmal reicht's, wenn man bloß freundlich ist, da braucht man gar keine zu kennen. Und nur mal angenommen, es hat null Grad und schneit ein bisserl – so nasse dicke Flocken. Da brauchst du einen Schnaps! Na gut, wenn die Sonne scheint und es hat 25 Grad, kann man auch gut einen vertragen. Oder du hast ein pferdenarrisches Kind dabei, das jedes zweite Pferd streicheln muss! 80 Gespanne mal vier Pferde und ein paar Reiter dazu, das sind 350 Pferde. Das ist kein Zuckerschlecken! Da solltest du lieber nicht zu viele Madln und Frauen auf den Wägen kennen, die dir einen Schnaps spendieren, sonst kannst du der Polizei erzählen, wie dein Kind angezogen ist, weil es nämlich zwischen Mensch und Tier und Baaz und Schnaps nicht mehr auffindbar ist. Ja, dasselbe gilt schon auch mal für die eigene Frau (oder den Mann). Immer schön im Auge behalten! Was schon alles so verloren wurde an Leonhardi!

Freitag, 22. Oktober – Kalvarienberg Bad Tölz

Eine Zeitungsmeldung war am Mittwoch geschaltet worden: »Zeugen gesucht zur Bohrung am Kalvarienberg am 11. Oktober.«

Drei Tage später hatte sich noch kein Einziger gemeldet. Rudi Eberhardt erwies sich als zuverlässigster und alleiniger Zeuge. Um sicherzustellen, dass er kein Verrückter auf Publicityjagd war, was zwar keiner glaubte, aber immerhin möglich war, traf man sich am Freitag um 16 Uhr oben bei der Kalvarienbergkirche. Mit Hund und Rudi: Uschi hatte ihre Vulpa mitgebracht. In der einen Stunde bis Dienstschluss hofften die Polizisten, die wichtigsten Beweise sichern zu können. Rudi zeigte ihnen die Spuren des Bohrfahrzeugs in der Wiese. Der Regen der letzten Tage hatte sie verwischt. Es hätten genauso Traktorfährten des Bauern sein können, der diese Wiese regelmäßig mähte. Schwendner war skeptisch. »So richtig vom Stuhl haun tut mich des do aber ned«, sagte er. »Kein Verbrechen weit und breit.«

Eher haut mich die Uschi vom Stuhl. Sie schaut schon wahnsinnig gut aus! Unerreichbar gut!

Uschi funkelte ihn an. »Dich haut nix vom Stuhl, du …«

Die nicht gesagten Worte sagten alles. Die wird sich noch wundern, was in Tölz alles nicht passiert. Die wird auch noch ruhiger, dachte sich Schwendner. Trotzdem: Die Bemerkung tat weh. Er hatte einmal so große Ziele gehabt. Ein paar in seiner Familie hatten es zu etwas gebracht. Sein Schwager war sogar Hubschrauberpilot in Österreich!

Rudi fand als Erstes eines der Bohrlöcher. Es war mit einer Handvoll Erde getarnt und darunter mit einem Kunststoffdeckel verschlossen, der etwa 15 Zentimeter tiefer als die Grasnarbe lag. Er kniete sich hin und wollte gerade mit der Hand die Erde wegräumen, um den Deckel zu entfernen, als Vulpa zu bellen begann. Sie ging mit den Vorderbeinen auf den Boden und neigte den Kopf schräg nach oben. Und bellte wie verrückt.

Rudi bewegte sich nicht. Hunde waren nicht seine Lieblinge. Er traute ihnen grundsätzlich nicht.

Westermeier schrie Uschi ins Ohr: »Wie lange trainierst du deinen Hund schon? Das schaut fast so aus wie eine Witterung nach Sprengstoff.«

»Wir hatten das Thema schon, aber sind erst am Anfang«, schrie Uschi zurück. Vulpa flippte regelrecht aus. Sie begann, beim Bohrloch zu graben.

Schwendner hörte »Sprengstoff« und wich zurück. Von dessen Verhalten verunsichert, stand auch Rudi auf und zog sich zurück. Das laute Gebell war außerdem kaum auszuhalten. Uschi zerrte an Vulpas Leine und schrie laute Befehle, um den Hund zur Räson zu bringen. Westermeier stand da und wusste mit der Situation nicht recht was anzufangen. Er blickte ängstlich von einem zum andern. Auch er wich Schritt für Schritt zurück.

Plötzlich gab es eine laute Explosion und Vulpas Bellen verstummte. Sie flog in hohem Bogen davon. Erde und Blut spritzten. Die Männer und Uschi gingen zu Boden. Danach war es totenstill.

Westermeier kam als Erster wieder auf die Beine. Er sah einen Krater von einem Meter im Durchmesser, wo gerade noch der Hund gegraben hatte. Das Loch erinnerte ihn ein wenig an seine Bundeswehrzeit in den 70er-Jahren, an die Auswirkungen bei der Explosion einer Handgranate. Die weiße Rauchwolke löste sich allmählich auf. Es stank nach Schwefel.

Uschi Ostler saß in einiger Entfernung im Gras und schaute ins Leere. Sie stand offensichtlich unter Schock. Äußerlich fehlte ihr nichts. Sie war voller roter Blutspritzer. Der Hund bot einen grausigen Anblick. Er lag fünf Meter weiter hinten. Der Hundekörper hatte den Großteil der Explosion abbekommen und die Menschen dadurch geschützt. Schwendner stöhnte. Eberhardt stand auf und klopfte sich die Hose ab.

Touristen, die die Kirche besichtigt hatten, näherten sich vorsichtig. Sie sprachen die Polizisten an, aber Westermeier nahm nur ihre Lippenbewegungen wahr. Er rief beim Revier an und bestellte Verstärkung und einen Krankenwagen. Er konnte zwar nichts hören, sah die Verbindung aber auf dem Display seines Handys und sagte alles, was er musste. Dann unterbrach er das Gespräch.

Schwendner rappelte sich gerade auf, als sich Westermeier wieder hinsetzte, und brachte es auf den Punkt: »Jetzt hamma an Mord. So eine Scheiße!«

Hund, Katze oder Maus … oder Mensch. Mord bleibt Mord, wenn man's genau nimmt. Und es ist sehr wahrscheinlich, dass der Kracher damals den Schalter im Schwendner-Hirn umgelegt hat. Vielleicht ist ja wirklich was passiert mit den Synapsen? Vielleicht sind ein paar blockierende Moleküle aus ihren Parkplätzen herausgerutscht. Ein paar Hunderttausend …

Samstag, 23. Oktober – Rathaus München

Der Oberbürgermeister von München, Martin Lohbrunner, hielt die ausgedruckte E-Mail in Händen. Sein erster Gedanke war gewesen: Was ist denn das für eine Schriftart? Welch krankes Hirn schickt denn einen Erpresserbrief in Form eines Word-Dokuments in einer unmöglichen und fast nicht leserlichen Schriftart? Sind E-Mails nicht zu riskant, um entdeckt zu werden?

Er tröstete sich, dass München über Profis in solchen Dingen verfügte.

Das sollten nicht meine Sorgen sein. Soll sich doch die Kripo drum kümmern. Tut sie ja eh schon. Warum haben eigentlich die Helden dann nicht einfach die Schriftart vor dem Drucken geändert? Das kann ja keine Sau lesen.

Als ob Frau Gwerl, seine treue Vorzimmerdame, seine Gedanken gelesen hätte (das konnte sie wirklich!), sagte sie: »Die Schriftart wurde absichtlich so belassen, weil sie ja irgendwie dazugehört, sagen die Kriminaler.«

»Ja, aber wie …«, wollte Lohbrunner ansetzen.

»Irgendwas mit O«, sagte die Gwerl. »Ich konnte es mir nicht merken. Wolln S' an Kaffe dazu?«

Wozu? Zum Stadtuntergang? Ich werde diese Frau nie verstehen. Sie gernhaben als treue Seele, ja. Aber nicht verstehen. »Nein danke, lassen S' mich bitt' schön allein.«

Er zauberte aus seinem Bücherregal eine Flasche Cognac heraus (hinter den drei Bänden »Der Herr der Ringe«, viele Tausend Seiten lang und lesenswert) und nahm gleich einen großen Schluck aus der Flasche. Dann stellte er sie wieder zurück – ganz eisern. Die Wärme im Magen reichte und brachte ihn auf andere Gedanken. Hin und wieder wusste Lohbrunner nicht, ob als Münchens OB zu kandidieren eine wirklich gute Idee gewesen war. Eher die blödeste Idee seines Lebens. Erst recht heute, als der Polizeipräsident ihm versicherte, dass ausgerechnet dieser windige Zettel in dieser unmöglichen Schriftart ernst zu nehmen war.

> Wir fordern die Stadt München auf, zehn Millionen Euro zu zahlen.
> Der Übergabeort wird Ihnen noch bekannt gegeben.
> Andernfalls werden wir die Isar versiegen lassen. Sie haben dann fünf Tage Zeit, eine Arche zu bauen.
> Danach werden Sie nämlich eine Flutwelle erleben, die Sie noch nie gesehen haben.
> Die angehängte Datei veranschaulicht den Plan, der von keiner weltlichen Macht mehr vereitelt werden kann.

Samstag, 23. Oktober – Jodquellen am Sauersberg, Wackersberg

Bevor's wen zerreißt vor lauter Neugierde, muss man doch noch mal den Schmoizä Rückschau halten lassen. Der Kellerfund muss ihn völlig aus der Bahn geworfen haben. Der arme Kerl hat ja eigentlich einfach bloß Pech gehabt. Andererseits hätte er vielleicht einfach nix zu niemand sagen sollen. Also, es ist wahrscheinlich so gewesen:

Andreas Schmalzner saß am Waldrand bei der Jodquelle am Sauersberg und wartete auf seinen Spezl aus alten Tagen. Während er als Wirtshausbesitzer zwar ganz gut verdiente, aber hier in Tölz versauerte, hatte sein Spezi Hans-Jürgen in München Karriere gemacht und war ständig unterwegs. Irgendwie beneidete Schmalzner ihn. Dass er Hans-Jürgen ausgerechnet an diesem einsamen Ort am Sauersberg treffen musste, verstand er gut. Besser nicht gesehen werden, das war schon richtig. Er war extra deswegen ganz früh bis ins sogenannte Badeteil, dem Stadtteil westlich der Isar, spaziert und hatte sich dort ein Taxi genommen, um möglichst nicht gesehen zu werden.

In den letzten 20 Tagen hatte er kaum etwas von seinem »Nothelfer« gehört. Den Anblick im Keller würde er nie vergessen: Ein amerikanischer Militärjeep aus Kriegszeiten stand hinter der Mauer, die zusammengebrochen war. Die Reifen platt, ein Rad schon abgerostet, sodass das Fahrzeug etwas Schräglage hatte. Auf den beiden Sitzplätzen zwei schräge, skelettierte Leichen, eine davon – der Fahrer – hatte ihn angegrinst. Er hatte eine amerikanische Uniform an, der Beifahrer eine Lederhose, wie man sie hier in der Umgebung trug. Der Schädel des Beifahrers war heruntergefallen und lag mit dem Hut noch drauf neben dem Auto auf dem Boden. Ein gruseliges Bild, das würde er nie vergessen. Die Feuchtigkeit hatte den Kleidungsstücken und dem Jeep nicht viel zugesetzt, es rostete nur das Fahrzeug überall dort, wo es direkt am Boden auflag. Die rote Brühe, die aus der Wand gekommen war, war rostiges Wasser gewesen, kein Blut.

Hans-Jürgen hatte ihm bei der Untersuchung des Fundes geholfen. Die Männer waren sich einig, dass man das auf keinen Fall öffentlich machen durfte! Das Geschäft wäre womöglich ruiniert. Oder es könnte auch das andere Extrem eintreten, dass plötzlich der Teufel los wäre, weil sensationslustige Menschen aus allen Löchern krochen und nach Tölz pilgerten. Wie auch immer: Das Risiko war Schmalzner zu groß.

Besonders beunruhigend war auch die Aktentasche aus Leder in den Händen des Lederhosenskeletts, auf der ein großer Stern prangte: das Zeichen eines amerikanischen Generals. Von den Einschusslöchern in den Schädeln der beiden Skelette ganz zu schweigen.

Schmalzner war froh, als sein Freund sich anbot, die Leichen und den Jeep elegant verschwinden zu lassen: Er schickte drei Leute, die in einer Wochenendaktion das Fahrzeug zerlegten und mit Ziegelsteinen und Mörtel eine neue Wand hochzogen. Die Aktentasche, die schon fleckig vom Schimmel war, enthielt kaum leserliche Papiere. Schmalzner, der mit der englischen Sprache seit seiner Schulzeit nichts mehr am Hut hatte, war froh, dass Hans-Jürgen sie mitgenommen hatte.

Bis auf den Mörtel und die Steine hatte er nichts investieren müssen, um die Sache ungeschehen zu machen. Schön, wenn man solche Freunde hatte. Trotzdem konnte er nur noch schlecht schlafen seitdem. Gewissensbisse quälten ihn. Er war doch mal Polizist gewesen! Wieso so eine Panikreaktion? Er hatte also gestern Hans-Jürgen gestanden, dass er am liebsten einen Rechtsanwalt in die Sache einweihen und um Rat fragen würde. Beunruhigend waren jetzt der plötzliche Anruf und der geheime Treffpunkt gewesen. War etwas passiert? Er schloss die Augen und genoss die warmen Sonnenstrahlen auf seinem Gesicht. Plötzlich schrak er zusammen: Neben ihm saß Hans-Jürgen. »Danke, dass du Zeit hast«, sagte der.

»Es hat sich dringend angehört«, erwiderte Schmalzner. »Was ist los?«

»Das frage ich dich, was los ist! Wo sind deine starken Nerven hingekommen, die du immer hattest? Was soll der Scheiß mit Anwalt und so?«

»Ich hab ein ganz saudummes Gefühl mit den zwei Leichen aus meinem Keller. Seitdem ist irgendwie der Wurm drin. Meine Restaurantchefin ist so komisch und plötzlich mal weg für ein, zwei Stunden. Ob die was weiß? Der Jan, mein Lehrling, ist auch ein schlaues Bürscherl, wenn er mag. Der hat mich gestern gefragt, ob's mir gut geht. Und ob im Keller alles okay ist. Kannst du dir das vorstellen?« Schmalzner schüttelte den Kopf. »So was interessiert doch den nicht – normalerweise. Ich selber hab mich heut früh übergeben müssen, das ist doch nicht normal! Glaubst du, dass wir so was wie einen Fluch auf uns gezogen haben?«, fragte er.

Sein Gegenüber schüttelte den Kopf. »Ach geh, das ist die Aufregung. Keiner hat was mitbekommen und keiner außer uns zwei und meinen Männern weiß was. Da spielen dir deine Nerven einen Streich! Man kann sich jeden Scheiß einreden! Jetzt reiß dich zusammen!«

»Was ist, wenn was rauskommt? Wie steh ich da? Da gehe ich doch lieber in die Offensive und melde das. Ich glaub nicht, dass das eine Straftat ist, was wir gemacht haben. Eher eine Ordnungswidrigkeit. Und das Verbrechen an den beiden muss man doch aufklären, auch wenn es ewig her ist! Mensch, das musst du doch verstehen! Du kannst ja außen vor bleiben. Aber wenn halt alle Stricke reißen, musst du die Geschichte schon bestätigen. Die behandeln das doch vertraulich bei der Polizei. Wir haben da einen Fehler gemacht, sage ich dir!«

»Was bist du bloß für ein Waschlappen! Und du wolltest Oberhauptdingsbums-Polizist werden? Dass ich nicht lache! Setz dich in dein Büro, zähl dein Geld und lass dir einen geilen Braten servieren. Was willst du überhaupt?«, rutschte es Hans-Jürgen heraus.

Jetzt wurde es auch dem Schmalzner zu bunt. »Du hast leicht reden! Du hast einen tollen Posten, verdienst mindestens genauso viel wie ich und bist ständig unterwegs. Du kannst doch machen, was du willst! Ich hab den Betrieb da am Arsch. Meinst, ich hab mich drum gerissen?« Schmalzner wurde rot im Gesicht. Er zitterte erregt, dass die Fettpolster wackelten. »Meine Vorfahren haben den Betrieb aufgebaut, seit Generationen! Ehrliche Arbeit, sich abgerackert. Da bin ich in der Pflicht, so was lässt man nicht hinten! Das verstehst *du* überhaupt nicht! Du aus deiner heilen Welt in München. Das interessiert dich doch gar nicht!« Er spießte seinen Zeigefinger in die Brust von Hans-Jürgen. Die Speichelfäden flogen nur so herum.

Leise erwiderte der: »Erzähl mir bitte nichts von ehrlicher Arbeit! Die Schmalzners haben schon immer vor allem in die eigene Tasche gewirtschaftet. Ohne Rücksicht auf Verluste.« Hans-Jürgen zögerte. Dann sagt er eindringlich: »Dein ehrenwerter Vater hatte nämlich einen Halbbruder, weil dein Großvater mal nebennaus gegangen ist. Und vor lauter Gier hat man den mit fadenscheinigen Anschuldigungen entsorgt. Alles andere als ehrlich ist so was! Und wer, meinst, wer der skelettierte Lederhosentyp war? Da haben s' nämlich noch so einen Konkurrenten entsorgt, deine feinen Vorfahren! Da schaust, ha? Ich weiß, wer's war, aber ich sag's dir nicht!«

Andreas zitterte jetzt vor Anspannung. Nachdenklich sagte er: »Großvater hatte mal einen eingestellt, der hieß glaub ich Max. Da war ich ein Baby. Der war dann aber gleich wieder weg. Der hat Geld abgezweigt aus den Brauereiverträgen, hat mir Vater erzählt. Und der soll sein Halbbruder gewesen sein? Woher willst du das überhaupt wissen?« Er stupste ihn wieder in die Brust. »Sag mir, wer der Tote war!«, setzte er hinzu.

Noch leiser erwiderte Hans-Jürgen: »Der Max war mein Vater und hat sich ein halbes Jahr nach dem Vorfall aufgehängt. Er hätte nach Stadelheim ins Gefängnis müssen – unschuldig! Alles nur für euren heiligen Scheißbetrieb. Und dich …«, er stupste nun ebenfalls den Schmalzner in die Brust, »hab ich schon auf meinem Schoß sitzen gehabt, du Baby. Das Geld hat er nie geklaut, die haben ihn einfach rausgemobbt. Und mich – hat dein ehrenwerter Vater rausgeschmissen, als ich mich angeboten habe, im Betrieb einzusteigen. Einen langen Vortrag hab ich ihm gehalten, wie ich ihm nützen könnte und was zu tun ist. Ich soll besser Politiker werden mit meinem rhetorischen Talent, sagte er zu mir, der Metzger, der fette!«

Andreas war sprachlos. »Dann bist du mein Halbcousin? Wieso hast du nie was gesagt?«

»Weil die Familie Schmalzner einen Dreck wert ist, und an deinem Gasthof kannst du von mir aus ersticken! Wer der Tote ist, kannst gefälligst selbst rausfinden, du fettes Arschloch! Du hast doch den ganzen Tag Zeit!« Hans-Jürgen hatte einen irren Blick.

Schmalzner überlief es kalt. Er bekam es mit der Angst. »Das Gespräch beenden wir jetzt. Du hörst von meinem Anwalt.« Er stand auf und machte sich auf den Weg nach unten.

Dass Hans-Jürgen einen Stein aufhob und damit ausholte, bekam er gar nicht mit.

Montag, 25. Oktober – Polizeidienststelle Bad Tölz

Polizeiobermeister Schwendner nahm früh um 8 Uhr die Vermisstenanzeige in der Dienststelle auf.

Der Schmalzner war verschwunden, sein Schulkamerad! Er

hatte ihn nur als faulen Hund gekannt, der nie richtig arbeiten musste. Der Wehrdienst bei der Bundeswehr hatte daran nichts geändert. Da bekam er dann plötzlich einen Ehrgeiz und wollte zuerst Offizier werden, dann hat er bei der Polizei angeheuert. Wieso auch immer. Als Kind war er interessant, weil er öfter ein Würschtel oder was anderes, was in der Wirtschaft übrig blieb, daherbrachte. Drum war er auch so fett geworden, die faule Sau. Als Jugendliche verloren sie sich aus den Augen, weil er die Mädchen abschreckte. Niemand wollte den dicken Schmalzner dabeihaben.

Jetzt waren sein Geschäftsführer, neudeutsch »CEO«, und die Restaurantleiterin (sie stellte sich tatsächlich als »Restaurantmanager« vor!) gemeinsam da.

»In den letzten zehn Jahren hat er noch nie bei der 7-Uhr-Besprechung unentschuldigt gefehlt. Gestern war er nicht da und heute auch nicht!«, sagte sie gerade. »Mia ham eahm überoi g'suacht, da muass wos passiert sei«, schloss sie. Sie war ganz aufgeregt. Ihre einheimische Herkunft konnte sie trotz allen Schicks und aller Arroganz nicht verleugnen.

Der Maier, der aalglatte Geschäftsführer des Schmalz-Bräus, blickte besorgt. Er malte sich gerade seine Zukunft aus, wenn seinem Chef etwas zugestoßen wäre.

»Ich befürchte das Schlimmste. Er ist zu Fuß unterwegs. Das Auto steht vor dem Haus. Sie müssen ihn finden!«

»Seit dem 3. Oktober is er komisch gewesen. Zerstreut, abwesend. Auch gegessen hat er anfangs fast nichts mehr. Man konnte ihn gar nimmer recht was fragen. Ständig machte er sich Sorgen um den Keller, den ein paar Handwerker saniert hatten«, mischte sich die Restaurantleiterin wieder ein. »Wissen S'«, flüsterte sie, »da unten gibt's auch G'spenster. Das sind die alten Keller der Tölzer Burg, sagt man. Auf jeden Fall is es nass eineganga«, schloss sie. »Fragen Sie doch den Jan!«, schob sie nach. »Da muass wos passiert sei!«

Der CEO legte sachte eine Hand auf ihre Schulter, worauf sie kurz zusammenzuckte. Mit einem mitfühlenden Blick gebot er ihr, es gut sein zu lassen.

In einer halben Stunde war alles von Schwendner protokolliert und die beiden gingen wieder.

Bei der folgenden Dienstbesprechung saßen die Tölzer Beamten im Besprechungsraum, der 30 Sitzplätze hatte. Viele Stühle waren leer, die ersten zwei Reihen sowieso. Manche Sachen ändern sich mit dem Erwachsenwerden auch nicht, grinste Obermeier, der Dienststellenleiter der Polizei in Bad Tölz in sich hinein. Er schüttelte den Kopf und vertrieb solche Gedanken. Er war aufgebracht. Zuerst wartete man sich die Hornhäute an die Fersen, bis was passierte in dieser Kleinstadt, dann kam plötzlich alles auf einmal daher! Das Aufbrausende seiner Schwester hatte er auch in sich, es dauerte aber, bis das ausbrach. Als sie Kinder waren, hatte es da schon oft gegenseitig Haarbüschel geregnet. Da war er noch weniger gechillt als heute.

Er fasste zusammen: »Wir haben in so vielen Fällen zu ermitteln, das schaffen wir gar nicht. Jetzt ist auch noch Herr Schmalzner, Besitzer des Schmalz-Bräus verschwunden. Wir haben nicht die Manpower, das alles abzuarbeiten. Unsere Kollegin Uschi Ostler muss noch mindestens zwei Wochen pausieren. Sie wird erst körperlich gründlich durchgecheckt, ob ihr wirklich nichts fehlt. Sie war ja am nächsten dran an der Explosion. Dann hat ihr der Vorfall am Kalvarienberg auch mental arg zugesetzt. Das wird noch separat behandelt. Westermeier hat ein Knalltrauma, der ist vorerst auch zwei Wochen krankgeschrieben. Schwendner – Unkraut vergeht ned, ha?« Er zwinkerte ihm zu. Sofort wurde er wieder ernst. »Somit sind wir nur noch zehn Leute pro Schicht. Uns wächst die Sache über den Kopf!«

Obwohl Bad Tölz Kreisstadt ist, wurde die Polizeigewalt vom Ministerium kleingehalten. Es passierte ja kaum Nennenswertes. Keine Nachfrage – kein Angebot. So einfach spart man Geld.

»Der vermisste Schmalzner gibt mir zu denken. Leute, ihr wisst, ich kann hin und wieder das Gras wachsen hören. Dieses Mal ist es wieder so weit: Ich hab ein ganz blödes Gefühl bei der Sache. Wir hatten so viele verschiedene Meldungen von Delikten in den letzten drei Wochen, da ist was faul. Womöglich hängt der Einbruch im Stadtarchiv auch damit zusammen.«

Ein unruhiges Raunen ging durch seine Leute.

»Ich weiß, dass meine Schwester gern a bissl überreagiert. Aber lest's mal einen guten Krimi – da hängt immer alles am Schluss zusammen!«

Zustimmendes Nicken an einigen Stellen.

»Ich habe beim Polizeipräsidium in Rosenheim Verstärkung angefordert. Die werden schon a paar Leute aus den umliegenden Dienststellen organisieren, das wäre ja gelacht! Außerdem werde ich sofort mit dem Bürgermeister sprechen. Ich finde ja, für den Fall Schmalzner muss die Kripo her, wenn sich die Spuren verdichten, und das werden sie! Ich hab wie gesagt ein ganz blödes Gefühl bei der Sache. Die Kalvarienberg-Bombe schaffen wir auch nicht. Die können doch nicht einfach nur ihr Spurensicherungsteam aus Weilheim vorbeischicken!« Er wedelte mit einem Blatt Papier. Offensichtlich war es die entsprechende Mitteilung der Dienststelle in Weilheim, wo die nächste und zuständige Kriminalpolizeiinspektion war. »Außerdem ist bald Leonhardi, ihr wisst, was da am Kalvarienberg los ist! Da können wir keine Bomben brauchen!«

Wieder Raunen, das in immer lautere Gespräche überging. Leonhardi gefährdet? Das trifft den Tölzer ins Mark!

Obermeier hob die Hände und klatschte ein paarmal, um sich wieder Gehör zu verschaffen. »Wir treffen uns noch einmal um 13 Uhr. Dann sag ich euch Bescheid.«

Die Versammlung löste sich unter Gemurmel auf.

Polizeihauptkommissar Obermeier war ein sportlicher, schon deutlich ergrauter Mann um die 50, ein Polizist mit Leib und Seele. Er hatte sich von ganz unten hochgearbeitet und leitete die Dienststelle vorbildlich. Kürzlich hatte er seinen vierten silbernen Stern erhalten, der ihm aber nicht wirklich viel bedeutete. Er verstand sich als Dienstleister an der Gesellschaft. Er war umgänglich und konnte sehr gut mit anderen Menschen. Die Abstimmung mit den übrigen Einsatzkräften wie Bergwacht oder Feuerwehr ging ihm leicht von der Hand. Man kannte und schätzte ihn. Wenn die Einsätze noch so schwierig waren, Obermeier behielt die Ruhe und die Übersicht. Jetzt aber hatte er eine unbestimmte Ahnung, dass irgendwas Unbeherrschbares in der Luft lag. Ein ganz ungutes Gefühl. Wie wenn alle um einen herum so richtig erkältet sind und man selber – tagelang unberührt und gesund – plötzlich einen kalten Schweißausbruch bekommt oder so einen seltsamen Sekundenschwindel. Kriegt man es auch? Soll man vorher was unternehmen? Machtlos dagegen ist man sowieso, sagen die Ärzte. Mit so einem Scheißgefühl fuhr er jetzt ins Rathaus, das mit dem Auto nur ein paar Minuten entfernt war.

Montag, 25. Oktober – Rathaus Bad Tölz

Herbert Fenser, der Bürgermeister von Tölz saß an seinem Schreibtisch vor einem kleinen Topf mit heißen Weißwürsten. Die zwei Brezen sahen appetitlich aus.

Obermeier trat gerade ein. Er hatte um 11.30 Uhr kurzerhand im Rathaus angerufen und Fenser hatte ihn sofort zu sich gebeten. Der kam direkt zur Sache, noch bevor die Tür geschlossen war: »Woher wissen Sie schon wieder von der Sache? Der Erpresserbrief ist erst vor einer Stunde gekommen. Ist es Ihr berühmtes Bauchgefühl oder tratscht da einer von meinen Leuten?« Der Bürgermeister starrte ihn fragend an. »Nicht mal meine Weißwürscht weigen mich an.«

Obermeier war sprachlos. »Äh ... was? Erpresserbrief?« Er setzte sich unbeholfen hin und glotzte ins Leere. Sein erster Gedanke war: Bin ich in einem Film gelandet? Kommt gleich der Fernsehkommissar daher? Wo ist die Kamera? Werde ich auch krank wie alle andern? Kann ich was dagegen tun?

Der Bürgermeister sah seine Ratlosigkeit und meinte: »Also dann, Sie schaun so – äh – verdutzt. Vielleicht wissen Sie ja wirklich nix. Warum kommen Sie her?« Er seufzte. Obermeier war noch immer sprachlos.

»Fangen wir halt am besten von ganz vorne an. Schön, Sie zu sehen, Obermeier. Geht's guad? Wollen Sie meine Weißwürscht?«

Obermeier nickte wortlos. Das Gedeck wurde herumgedreht, der Stuhl gerückt und los ging es. Gedankenverloren fischte der Polizist eine Wurst aus dem Topf, schnitt sie entzwei, tauchte sie in süßen Senf und biss ab. Schlagartig wusste er, wo er stand: an der Schwelle zu etwas Großem, Übermächtigem. Endlich fand er die Sprache wieder: »Irgendwas geht vor in Tölz. Ich befürchte das Schlimmste. Schwarzbohren, Entführung und zuletzt noch ein Bombenanschlag. Ich weiß nicht, was noch kmmpff«. Obermeier merkte jetzt erst, wie hungrig er war. Er hatte einfach unter dem Sprechen abgebissen. »Ich bin da, um Sie zu informieren, dass wir Unterstützung beantragen. Wir schaffen die Ermittlungen gar nimmer. Am liebsten wären mir ein paar Leut' von der Kripo in Weilheim. Jetzt hab ich noch ein, zwei Kranke zusätzlich, da geht nix mehr. Sie sollen ja aus erster Hand informiert werden, ned hintenrum.«

Die zweite Wurst verschwand. Von der zweiten Breze war nur noch die Hälfte übrig. Obermeier bereute es bereits, nicht langsamer gegessen zu haben. Das Sättigungsgefühl war noch nicht da und die Würscht waren schon weg. Hoffentlich tat die übrige Breze den Rest.

»Kemman S', essen S' die dritte Wurscht aa no«, sagte der Bürgermeister.

Der Polizist beugte sich vor und ein spontanes »Ui!« entfuhr ihm. Am für ihn nicht einsichtigen Topfrand schwamm noch eine dritte Wurst im heißen Wasser! Erste Glücksgefühle kamen auf an diesem beschissenen Tag. Die nächsten paar Minuten vergingen schweigend.

»So, nach der Stärkung verlange ich jetzt, dass Sie von vorn anfangen, Obermeier. Ich versteh gar nix!«, forderte der Bürgermeister.

Nach 20 Minuten war das Wichtigste erzählt. Fenser lehnte sich zurück.

»Ja, die Weilheimer brauchen S' da nicht anrufen. Ich schlag vor, gleich größere Geschütze aufzufahren. Jetzt bin nämlich ich dran. Da, lesen S' mal, was heute früh dahergekommen ist!« Fenser hielt ihm einen Zettel hin. Es war ein vom Computer ausgedrucktes Dokument.

»Was is denn des für eine Schriftart? Des konn ja koa Sau lesn!«, entfuhr es Obermeier. Als er die ersten Worte verstanden hatte, verschlug es ihm aber die Sprache. Er las laut vor: »Wir fordern die Stadt Bad Tölz auf, fünf Millionen Euro zu zahlen. Der Übergabeort wird Ihnen noch bekannt gegeben. Andernfalls werden wir Bad Tölz überschwemmen und die Gemeinden isarabwärts auf dem Trockenen sitzen lassen. 80 Prozent der Gewerbe werden zum Erliegen kommen, die Urlauber werden wegbleiben und die Stadt damit von der Landkarte getilgt werden. Die angehängte Datei veranschaulicht den Plan, der von keiner weltlichen Macht mehr vereitelt werden kann. Die Sünd-Flut wird am Leonharditag beginnen, wenn Sie nicht kooperieren.«

Als Obermeier den Zettel sinken ließ, sagte Fenser: »Schaun S' her, da, in meinem Computer, da hab ich die Datei geöffnet. Das kann nicht ein jeder 15-Jähriger, dem's grad langweilig is, hab ich mir sagen lassen. Da sind echte Profis am Werk. Sie ham auch nach München so eine Botschaft geschickt. Mit einer Ziffer mehr bei der Forderungssumme.« Die Datei war ein kleiner Film, eine Animation. Er drückte auf den Start-Pfeil. Es war Bad Tölz von oben zu sehen, etwas schematisch, aber gut zu erkennen.

Der Betrachter schwebte etwa 200 Meter über der Isar und blickte auf die Kalvarienbergkirche. Plötzlich wurde die Kirche von einer Rauchwolke verschluckt und hinter dem Kalvarienberg waren mehrere hochschießende dunkle Explosionswolken zu sehen.

Der ganze Hang rutschte nach unten in das Isarbett hinein.

Das Bild verschwand. Nun sah man aus der Vogelperspektive den ganzen Isarwinkel. Dann zoomte das Bild wieder heran, dieses Mal auf den Sylvensteinsee, den in den 50er-Jahren fertiggestellten Hochwasserspeicher. Er lag etwa 20 Kilometer südlich von Bad Tölz.

Am Staudamm erschien wieder dieselbe Rauchwolke und ein Loch war zu erkennen. Eine gigantische Flutwelle ergoss sich in das Isartal und vernichtete Fleck, Lenggries, Arzbach …

Wieder aus der Vogelperspektive: Die Flutwelle wurde am gesprengten Kalvarienberg gestaut. Zuerst bildete sich unter der Isarbrücke eine blaue Fläche, danach dehnte sich die Fläche nach Süden aus. Oben lief die Zeit mit: Tag um Tag sauste dahin.

Nach fünf Tagen stoppte das Bild: Der See, der Bad Tölz bedeckte, war voll und entwässerte nach Nordosten in Richtung Holzkirchen. Die Isar war verschwunden, auch der tiefer gelegene Teil von Bad Tölz samt Holzindustrie, Kino und allem Drum und Dran.

Doch die Stunden sausten weiter dahin. Plötzlich, nach zwei weiteren Tagen, brach die Isar am Kalvarienberg durch und innerhalb von nochmals zwei Tagen war der große See wieder ausgelaufen. Die Vogelperspektive dehnte sich nach Norden aus, bis nach München. Eine 500 Meter breite Schneise der Zerstörung zog sich durch die Landeshauptstadt! Tölz war nur noch ein Schlammloch.

»Ja, da kann einem der Appetit vergehen, da ham S' recht«, sagte Obermeier. Die Vorgänge am Kalvarienberg bewiesen, dass die Erpresser es ernst meinten. Er war richtiggehend erschlagen von der Tragweite der ganzen Sache. »Und? Was mach ma jetzt? Des betrifft ja auch de Stoderer«, fügte er hinzu und zeigte mit dem Daumen Richtung München. »Die miassn uns Leit schicken!«

»Sie rufen niemanden an, ich steh schon mit dem Innenminister von Bayern in Verbindung. Ich kenn den OB von München recht gut und der wiederum den Innenminister. Da gibt's eine extra Einheit der Polizei, die für so was ausgebildet ist, bei der Polizeiinspektion Spezialeinheiten Süd in München, hab ich gehört. Die wollen sie anrücken lassen. Des san

SEKler im weiteren Sinn«, sagte der Bürgermeister. »Da warten wir noch den heutigen Tag ab. Die hohen Herren sollen ruhig auch was tun.«

Die folgende Besprechung in der Dienststelle war für Obermeier kein Spaß. So viel auf einmal hätte jetzt auch nicht passieren sollen. Schwendner fiel ihm auf. Er starrte ins Leere und nickte ständig. Irgendwie wirkte er geschockt. Die Kollegen nahmen die Nachrichten unter lauter Diskussion auf. Jeder hatte Familie in der Umgebung. Viele der Frauen und Töchter saßen bei der Leonhardifahrt auf den Wägen. Der Rest war als Zuschauer unterwegs. Eine Terrordrohung – irgendwie!

Die nächsten Tage würde es allerhand zu organisieren geben, wenn hier wirklich Unterstützung von Kripo und SEK eintreffen sollte. Ein Staatsanwalt war dann auch nicht weit. Oder kam dann gleich der Oberstaatsanwalt?

Der Obermeier ist im Nachhinein nicht zu beneiden! Wenn der nicht so gute Nerven gehabt hätte. Oder wenn er den Kripobeamten nicht sämtliche Unterstützung gewährt hätte. Wer weiß, was noch alles passiert wäre. Womöglich hätte sich die Sache nie aufgeklärt.

Samstag, 30. Oktober – KPI Rosenheim, Dezernat 1

Kommissar Besener saß in Rosenheim vor seinem neuen Computerbildschirm und fluchte.

Er betrachtete die digitalen Fotos des letzten Täters, der einer Rentnerin die Handtasche geklaut hatte, als sie gerade ihr ACE-Getränk darin verstauen wollte. Die Rentnerin war schwer gestürzt und musste am Kopf operiert werden, was sie aber leider nicht überlebt hatte. Deswegen war der Fall beim Kriminalfachdezernat 1 gelandet – Tötungs-/Brand-/Sexualdelikte.

Dass die Flasche in der geraubten Tasche noch nicht geschlossen war und quer durch die Fußgängerzone von Rosenheim bis zur Toilette eines Schnellrestaurants eine Spur tröpfelte, merkte der Täter nicht. So ein Depp. Über so viel Dummheit hatten sie tagelang den Kopf geschüttelt in der KPI. Jetzt aber wurden die Fotos vom Bildschirm so verzerrt, dass der Mann darauf dem wahren Täter gar nicht mehr ähnlich sah.

»Wie stell ich denn des ein, dass der wie ein Mensch ausschaut? Hinfaller, kommen S' mal her! Mein neuer Bildschirm ist soo breit, dass jeder Mensch wie ein Fassl ausschaut.«

Die Anschaffung der neuen Bildschirme war wirklich die blödeste Idee der letzten Monate gewesen. Aber die Kriminalität im Ballungsraum Rosenheim/Bad Aibling/Bruckmühl war gleichbleibend hoch, sodass es vom Ministerium keine Diskussionen über die Zuweisung von Investitions- und Modernisierungsgeldern gab.

Hinfaller kam daher. Sehr groß und unvorteilhaft massig gebaut wirkte er wie eine ungeliebte Großtante auf andere Menschen: Sie gingen ihm instinktiv aus dem Weg. Obwohl er immer sehr auf sein Äußeres bedacht war und mal nach

Armani, mal nach anderen teuren Düften roch, kam er nicht wirklich gut an bei seinen Mitmenschen.

Der dichte Vollbart und das lockige Haar verstärkten den Eindruck noch. Er sah insgesamt Bud Spencer in seinen besten Tagen ähnlich: Hinfaller und Besener waren wie Spencer und Hill im Film »Zwei Himmelhunde auf dem Weg zur Hölle«. Nur dass Besener keine blauen Augen hatte. Die Frisur kam aber schon hin.

Die passend zu seinem massigen Äußeren manchmal etwas laute Aussprache und der Hang zu ständigen witzigen Sprüchen, die ihm spontan einfielen, riefen in vielen von Hinfallers Begleitern ein Gefühl der Peinlichkeit hervor. Zu guter Letzt war er ein Genießer und drei Halbe guten Biers schaffte er ganz leicht ohne irgendein Anzeichen eines Schwipses. Natürlich immer nur nach Dienst. Aber eigentlich oft. Es gab so viele gute Brauereien in Südbayern!

Manfred Besener wusste ihn zu nehmen, wie er war: ein genialer, treuer Gefährte, der, an der langen Leine gehalten, schon mal eine ganze Schafherde zusammentreiben konnte. Oder ein Regime stürzen. Oder einen Löwen fangen. Bildlich gesprochen. Er war auf jeden Fall ein Genie in ermittlungstechnischen Aufgaben, was man ihm überhaupt nicht ansah. Er hielt auch immer noch den einen oder anderen Rekord in der Polizeischule in Fürstenfeldbruck – was nur Zensuren betraf. Unterschätzt zu werden, war im Polizeiberuf oftmals von Vorteil. Er war nur nicht scharf auf Verantwortung, weshalb auch Besener sein Vorgesetzter war. Was aber noch nie irgendein Problem dargestellt hatte.

Hinfaller passte die Bildschirmansicht mit wenigen Handgriffen an. »Chef, da mit der Pfeife mach ma jetz nix weiter. Der sitzt ja eh schon ein. Eine E-Mail von ganz oben ist gekommen. Da ist jetzt alles andere unwichtig«, sagte er und gab Besener den Ausdruck.

»Von wie weit oben?«, wollte der wissen.

»So weit oben, dass keiner mehr darübersitzt, der denen auf den Kopf scheißt.« Deutlicher ging's nicht.

»Geben S' den Schrieb mal her!«, sagte Besener und las: »Herr Kriminaloberkommissar Besener ist ab sofort freigestellt von seinem Dienst in Rosenheim. Seine Aufgaben übernimmt KOK Gerda Wimmer. Nach der Übergabe seiner aktuellen Fälle hat sich Herr Besener in Bad Tölz einzufinden, wo es eine Terrordrohung gibt. Die Lage ist unklar. Ein Krisenstab trifft sich am 01. November um 10 Uhr vor Ort im Landratsamt. Herr Besener wird angewiesen, sich mit seinen zwei zuverlässigsten Mitarbeitern dort zu melden. Die Auswahl obliegt ihm als Einsatzleiter. Er ist ab sofort ausschließlich mir unterstellt. Herr Kriminalhauptkommissar Ohm mit seinem eingespielten Team des neu geschaffenen SEK Sonderdezernats ›Antiterror‹ hat den Befehl, ihn dabei zu unterstützen, die Situation friedlich aufzuklären und die Terroristen zu fassen. Er ist bereits vor Ort und sichert den Bereich. Ich erwarte täglich um 22 Uhr KOK Beseners Bericht per E-Mail an die oben genannte Adresse, der Landespolizeipräsident und der Leiter des Präsidiums Oberbayern Süd sind in CC zu setzen! Ab dem 03. November werde ich voraussichtlich persönlich in Tölz sein.

Gez. der Innenminister von Bayern, Brucker. P. S.: Das Schreiben vernichtet sich in 20 Sekunden selbst. ☺«

»Pfffff«, sagte Manfred Besener und ließ sich auf seinen Bürosessel plumpsen. Da er die Mitte nicht genau traf, rollte er mit Schwung nach links hinten und gegen den Schreibtisch. Die Stiftrolle fiel um, ein paar Kugelschreiber rollten in Richtung Abgrund, der Apfel ebenfalls, die volle Kaffeetasse schwappte hin und her, zweimal sah es so aus, als ob sie umfallen würde. Dann endlich kamen die Gegenstände zur Ruhe. Gut 90 Prozent des »schwarzen Gifts«, wie Hinfaller immer bemerkte, konnte sich in der Tasse festhalten. Der Rest hatte sich befreit, sodass alle Papiere gleichmäßig braun gesprenkelt waren. Beide Kommissare bemerkten, dass sie die Luft angehalten hatten. Sogar der Apfel hatte sich leise in den vollen Papierkorb verdrückt.

»Das klingt ja ernst – ein Terroranschlag«, bemerkte Besener atemlos.

»Ja«, sagte Hinfaller.

Besener erschrak. So kurz angebunden und ohne einen flotten Spruch gab es den Kollegen selten zu erleben. Dafür hatte es sich der Innenminister nicht nehmen lassen, einen Gag als P. S. anzufügen. Unprofessionell, aber typisch!

»Die Wimmer soll den Laden schmeißen? Ich kenn die fei gar ned. Aber fesch ausschaun tut's, oder, Hinfaller? In der Kantine sitzt die doch immer mit den Psychologen zusammen. Des ist die doch, oder?«

»Ja, genau«, bestätigte Hinfaller. »Die ham was mitnander – die Mittagspause wenigstens.«

Besener war froh. Ein Wortwitz vom Kollegen – die Welt war doch noch wie vorher. »Aber wieso sollen wir da hin? Bei einer Terrordrohung? In Weilheim und München wimmelt's doch vor lauter Kriminalern und Spezialisten!«

»Sie ham doch letztes Jahr dem Innenminister Brucker seinen Audi A6 zu Schrott gefahren – das wird er sich halt gemerkt haben«, erklärte Hinfaller. »Vielleicht braucht er einen Querdenker als Einsatzleiter. Könnt mir vorstellen, dass die Terrorspezialisten einen Tunnelblick entwicklen. Wir denken halt doch gern um zwei Ecken.«

Besener wusste die Audi-Geschichte vom letzten Jahr natürlich auch noch wie heute.

Kurz vor Verlassen des Reviers hatte sich ein vom Besener überführter Giftmörder (mal wieder die Schwiegermutter) befreien können, einem Uniformierten die Waffe entrissen und die Verlobte des heutigen Innenministers Brucker als Geisel genommen. Damals war er noch Abgeordneter im Bayerischen Landtag gewesen, aber bereits als Innenminister im Gespräch und nutzte den Besuch in seiner Heimatstadt Rosenheim, um der Polizeidienststelle einen Besuch abzustatten. Brucker und seine Corinna waren damals zufällig direkt am Eingang vor dem Gebäude. Besener kam kurz nach dem Vorfall heraus, weil er von einem Schuss alarmiert worden war.

Der Verbrecher flüchtete mit der Geisel in einem zivilen Polizeifahrzeug, nachdem er Thomas Eder, Beseners »Auszubildenden«, der ihn nach der letzten Vernehmung in die Zelle zurückbringen hätte sollen, einen Durchschuss im Oberschenkel verpasst hatte. Alles ging wahnsinnig schnell. Besener stand baff vor dem mit Vollgas abrauschenden Verbrecher. Der Innenminister in spe stand ebenso baff daneben. Aber nur kurz. Er fragte plötzlich Besener, ob er von der Kripo sei. Der nickte wortlos. Dann hielt Brucker ihm seinen Autoschlüssel hin und sagte: »Ein schnelleres Auto gibt es hier nicht. Schaun S', dass Sie den Scheißkerl erwischen!«

Was soll man da sagen? Wer ist schon mal mit so einem Staatsregierungs-Audi Vollgas auf der Autobahn nach Kufstein gefahren? Gefährlich ist das! Aber aufholen kannst du wie die Sau! Wenn man das eine rasante Fahrt nennt, untertreibt man gescheit. Mehr wie der Neureuther durch die Slalomstangen, so ist der Besener durch die anderen Fahrzeuge gecarvt. Nach Reischenhart hat er ihn dann schon kurz vor sich sehen können, den Bösewicht im Polizei-Volkswagen. Dann war mal kurz kein Durchkommen, weil ein Lkw überholt hat. Stillstand mit 100 km/h.

Dann aber war der Flüchtige in Erwartung einer Straßensperre nach Landl in Richtung Bayrischzell abgebogen. Das hatte er irgendwie geahnt! Er wollte sich offensichtlich über die Grenze nach Österreich Richtung Achenkirch absetzen und wählte die schnellste Abkürzung über gesperrte Forststraßen, die es gab: Er fuhr über die Ackernalm und die Erzherzog-Johann-Klause in Richtung Gufferthütte.

Um die Geisel nicht zu gefährden, konnte Besener nach der Autobahn nicht besonders viel unternehmen. Der Audi war außerdem nicht wirklich für Forststraßen geeignet. Viel zu wenig Bodenfreiheit!

Drei geschlossene Viehgatter, zwei wütende Schwammerlsucher und ein paar zu große Steine auf dem Weg hatten nicht nur seinem, sondern auch dem Fluchtfahrzeug bereits gut zugesetzt, als der Mörder sich in einer Spitzkehre in der Nähe der Gufferthütte verschaltete und fast zum Stehen kam. Die Entführte nutzte die Gelegenheit und konnte die Tür öffnen. Sie stolperte offensichtlich unverletzt in den Wald (nachdem sie bereits zehn Kilometer vorher das schöne zivile Einsatzfahrzeug vollgekotzt hatte. »Die Kurvenfahrerei vertrag ich gar ned«, sagte sie nachher.) Besener nahm sich ein Herz, als die Geisel außer Gefahr war, und rammte das Fahrzeug so, dass es sich um 180 Grad drehte. Aber der Flüchtende gab nicht auf, setzte kurz zurück und fuhr mit Vollgas wieder an, dass die Steine nur so auf den Audi prasselten. Besener ließ kurz drauf das Fenster herunter, stellte sich schnell vor und fragte kurz die Gattin in spe am Waldrand, wie das Befinden sei und ob er sie kurz allein lassen dürfe.

»Den Grattler derf man nicht auskommen lassen«, war ihre Antwort. Dann war die Forststraßen-Jagd weitergegangen.

Zum Showdown kam es dann aber schon kurz darauf in der Nähe von Valepp: Besener kannte die Strecke von diversen Radtouren besser als sein Kontrahent und schaffte es, den Verbrecher samt Auto in das Bachbett der Valepp abzudrängen. Auf dem Dach liegend fand der Giftmörder dann die Pistole nicht mehr und Besener konnte ihn schnell festnehmen. Der

Preis von all dem war gewesen, den Audi an die Felswand zu setzen. Der Rahmen war so verzogen, dass ein Totalschaden diagnostiziert werden musste. 300 PS Schrott. Der Innenminister in spe war begeistert. »Den Sauhund ham S' erwischt! Mein Kompliment! Das Fahrzeug kann man ersetzen. Ich werd Sie im Auge behalten«, sagte er dann noch.

Der Audi war danach so oft in den Nachrichten gewesen, dass der Automobilbauer kurz entschlossen einen neuen lieferte – kostenlos. Eine bessere Werbung für ihr Produkt könne es nicht geben, hieß es in einem persönlichen Brief. »Die Waffe Automobil.«

Besener war wirklich ein Held gewesen. Die zweifellos begangenen Dienstvergehen und Geschwindigkeitsüberschreitungen hatte Brucker alle abgebogen. Das war Glück! Dabei kannte Besener nur die Gegend und hatte Dusel gehabt, dass der andere Fahrer Fehler machte. Am meisten Dusel hatte er, dass die Geisel so geistesgegenwärtig geflüchtet und deswegen irgendwann nicht mehr im Spiel gewesen war. Da konnte er dann etwas riskieren. Aber alles muss man ja nicht erklären. Sogar seine Verwandtschaft zum Wildschütz Jennerwein hatte man herausgekramt. Er stammte ja aus Miesbach und war schon stolz, nicht irgendwelche Vorfahren zu haben. Also, so was wenn du erlebst und dann noch bei einem der oberen Herren einen Stein im Brett hast, da bist du fein raus! Andererseits – die Erwartungen bleiben ziemlich weit oben hängen, beim nächsten Giftmörder – quasi.

»Da diedel dummm …« Besener summte eine Melodie. Gerade war ihm dieser Ohrwurm wieder in den Sinn gekommen. Bei den Gedanken an die alten Zeiten.

Aber welcher Song war das?

»Ja, der Innenminister Brucker. Da ham S' recht, Hinfaller. Der mag mich. Ich glaub fast, der braucht wen, der sich im Gebirg auskennt. Außerdem müssen ja immer mal wieder welche von uns nach Tölz. Eine Kripo hat das Nest ja eh ned. Die paar Gewaltverbrechen, da ist's ja im Altenheim gefährlicher.« Er schmunzelte über die Kollegen in Bad Tölz. Den Großteil der Arbeit machten die Jugendlichen aus, die aus Langeweile irgendetwas zerstörten, oder die zahlreichen Verkehrsunfälle wegen der vielen Ausflügler und Motorradfahrer. Genug zu tun hatten sie allemal. Ohne die Polizei vor Ort wäre Chaos in Tölz, zweifellos. Ein anständiger Mord aber? Kam fast nicht vor. Und wenn: Nacherd kamen die Kollegen aus Weilheim. Es war nicht so wie im Fernsehen: nicht so viel Verbrechen und nicht so viel Korruption, aber: eine sagenhafte Landschaft im Bayerischen Oberland.

Und wahnsinnig schön ist es auch, was das Wetter betrifft: Direkt am Beginn der Berge im Isartal, wo Tölz auf 620–700 Meter liegt, gibt es nicht so viele Nebeltage und verregnete Winter wie in den ehemaligen Mooren rund um Rosenheim.

Wäre ich nicht in Miesbach zu Hause, würde ich nach Tölz ziehen, dachte er bei sich.

»Also, dann ruf ich mal die Wimmer an«, sagte er.

Er hatte seit seiner letzten Trennung vor sechs Monaten keinen Nerv für Frauen. Schon gar nicht für gut aussehende. Wenn eine hübsche Frau solo war, war immer was faul. Solche Vorurteile leistete sich Besener gelegentlich. Die Wimmer hatte angeblich ein Kind und keinen Mann. Er hatte sie noch nie aus der Nähe gesehen, die »Neue«. Aber Gerüchte hatte er gehört, von Traumfrau bis Ökotante war alles dabei. Ich muss ja bloß meine Siebensachen übergeben, dachte er. Sie hatten aktuell sowieso nur minderschwere Vergehen wie ungeklärte Todesfälle oder Brandstiftung zu bearbeiten. Immerhin hatten sie einen wirklich rätselhaften Toten, an dem aber bisher keine Gewalteinwirkung nachzuweisen war.

Er fand den Zettel mit den Telefonnummern der Dienststelle in der zweitobersten Schublade in seinem Schreibtisch.

»Wie hieß der Vorgänger von der Dings – Wimmer? Ach ja, Schauberger. Hihi, da hab ich als Eselsbrücke immer an Schlaumeier gedacht!«

Hinfaller verdrehte die Augen und sagte: »Ich tät auf die Durchwahl 243 tippen.«

»Stimmt!«, sagte Besener, hob ab und drückte die drei Tasten. »Ich Depp schau auch noch nach. Ich sollte auf den Biocomputer da oben besser vertrauen.« Er deutete auf Hinfallers Kopf.

»Was, wer ist dran? Ach so, Frau Wimmer, ja, ich bin's … Was? Entschuldigung, Besener, Büro 335. Ja, genau, der mit dem Audi … Woher wissen Sie denn des? Ach so, ja, in der Mittagspause. Da erfährt man alles. Also, was gibt's? … Ah so. Ich weiß schon, ich hab sie angerufen und nicht umgekehrt. Ja, mei. Ich bin grad ein bisserl zerstreut wegen eines Spezialauftrags. Was? … Nein, nicht wieder 007. Woher …? Wurscht. Wissen S' was? Kommen S' doch einfach in der nächsten halben Stunde mal vorbei. Ja, genau. Um die E-Mail von oben geht's. Was, Kaffee? Haben wir, logisch … Aha. Gern. Danke. Wiederschaun!«

Er schnaufte laut durch und legte auf. »Jetzt war ich bissal durcheinander. Irgendwie.«

Hinfaller hob fragend die Augenbrauen. Grinste er? Schwer zu sagen durch den Bart.

»Hinfaller, sie kommt in 20 Minuten und bringt Kuchen mit. Hoffentlich ist das nicht so eine Psycho-Tante, die nachzählt, wie oft man links- oder rechtsherum den Kaffee umrührt. Oder von welcher Seite man in einen Krapfen beißt.« Er deutete mit den Händen Umrührbewegungen an und versuchte sich zu erinnern, welche Seite für den Abbeißer psychologisch am wertvollsten sei.

Auf der Kaffeetasse von Hinfaller stand »Johannes«, sein Vorname, mit Blümchen außen herum. Auch zwei rosa Herzen waren drauf. Auf Beseners stand: »Ohne dich ist alles pupsegal« und ein paar verliebte Schäfchen drauf. Erst jetzt fiel ihm auf, dass in den zwei Tassen und ihren Besitzern ein Jahr Arbeit für einen Psychologen stecken konnte. Na, so was!

»Hinfaller, bitt' schön organisiern Sie mir Teller und Gabeln und ordentliche Kaffeetassen. Die unsrigen können wir nicht hernehmen. Außerdem müssen wir ein bisserl aufräumen.« Er fuchtelte in alle Richtungen. Auch ein Besener war Opfer seiner Erziehung.

Und die Wimmer hatte eine sexy Telefonstimme zum Hinfallen!

Kommissar Besener hatte die Angewohnheit, immer mit den Händen zu fuchteln, wenn er gerade ein Wort suchte. Er beschrieb dann das Ding mit ganz eigenwilligen Bewegungen. Zum Beispiel wenn er mal kochte, meistens abends, und ein Messer suchte, sägte er so lange in der Luft, bis er es fand. Dabei murmelte er »Messer, Messer, Messer …«

Wie mancher Südeuropäer mit den Händen redete, so ähnlich war es bei Besener auch – mit dem Unterschied, dass seine Bewegungen ungelenk waren.

Damit wirkte er auf Frauen immer ein wenig seltsam, verschroben. Zuerst himmelten sie ihn an, weil er wirklich gut aussehend und meistens ein echter Draufgänger war. Sein zweites Gesicht war aber das eines großen Buben, der in einigen Din gen einfach noch nicht erwachsen war. Er hatte deswegen nie lange eine feste Beziehung gehabt. Die Frauen, die es trotzdem mit ihm ausgehalten hätten, waren danach entweder an seiner Arbeit, die ihn nächtelang nicht nach Hause kommen ließ, gescheitert, oder an damit verknüpften Vorkommnissen, wie beim Fall der Verfolgungsjagd mit dem Audi, als ihm die Hanni davonlief, weil sie den Medienrummel nicht mehr ertrug.

Die Richtige war einfach noch nicht dabei! Dabei finde ich meistens, dass ich ein netter Kerl bin.

In seltenen, lichteren Momenten, wenn er die ganze Wahrheit erkannte, merkte er, dass er zum Beispiel seinen Frauen nie Geschenke gemacht hatte. Das war ihm nicht wichtig. Aber den Mädels leider.

Diese philosophisch wertvollen Momente waren scheu wie wilde Tiere: Sie kamen nur nach ein paar Bieren zum Vorschein und am nächsten Morgen fand er sie dann nicht mehr, dann waren sie wieder im Unterbewusstsein angekettet.

Jetzt wuselte er durch sein Büro und murmelte: »Besen-Schaufel-Besen-Schaufel …« Seine linke Hand ahmte die Kehrbewegung nach, die rechte deutete immer in die Ecke, wo er als Nächstes die Kehrschaufel vermutete.

Als Hinfaller den Raum betrat, fuhr er ihn an: »Wo is unsa Kehrschaufe? Am Fasching war's doch no do! Des gibt's doch neda!«

Der konterte: »War da nicht mal jemand von der Personalabteilung hier und hat die ausgeliehen? Vielleicht war's ein Leiharbeiter?«

Besener grinste. *Auf die blöden Sprüche vom Hinfaller muss man schon Obacht geben. Da kann man was lernen! Eine positive Lebenseinstellung zum Beispiel. Zuerst denkst du, das ist ein Stammtischspruch. Aber oft ist der Witz spontan und einem genialen Hirn entsprungen.*

Aber jetzt hatte der Besener dafür eigentlich gar keine Nerven. Er fragte: »Wie schaut's mit Tassen und Tellern aus?«

»Hab alles dabei«, sagte Hinfaller und zeigte stolz seine Ausbeute: zwei FC-Bayern-Tassen, eine von Borussia Dortmund und Teller mit Goldrand. Und drei große Gabeln. »Kleine Gabeln hat kein Mensch da herin. Die Kantine macht erst um elf auf. Notfalls nehmen wir halt Kuchenlöffel, oder? Ich räum die großen Gabeln mal lieber weg«, meinte er.

Besener schluckte die Antwort hinunter. Den Kuchen mit dem Löffel essen – das war ein Problem für ihn. Irgendeine

Assoziation gab's in seinem Hirn, die den Vorgang in die Schublade »nicht gut« einsortierte. Vielleicht eine Erinnerung an die Kindheit? Hatte ihn nicht die Mutter gelehrt, dass es zwar eine Kuchengabel, aber keinen Kuchenlöffel gab? Er würde sich nichts anmerken lassen.

Hinfaller ging wieder und murmelte was von »Klo« und »Besen«.

Kurz drauf kam er zurück mit einem langen Besen und einem fetten Grinsen im Gesicht. »Für den Herrn Zusammenkehrer!«

Bevor ihn der Schlüsselbund von Besener treffen konnte, war er schon wieder draußen. Die Wortspiele mit seinem Namen waren ein Running Gag, wenn auch kein besonders guter. Und der Schlüsselbund hatte auch schon ein paarmal sein Ziel getroffen. Nicht nur die Tür.

Hinfaller war umgekehrt auch Zielscheibe – natürlich! Weswegen er gern seinen Namen »Hinf-aller« betonte. »Ja, mei«, würde Polt sagen.

Das Zusammenkehren war schnell erledigt, mangels Kehrschaufel wurde hinter dem Mülleimer ein Häufchen gemacht. Plötzlich klopfte es kurz und eine Frau um die 40 trat ein. Sie hatte blonde, schulterlange Haare und war recht groß, in Augenhöhe zu Besener. Jeans und weiße Bluse – der erste Eindruck war enorm. Manfred Besener stand wie angewurzelt und sagte erst »herein«, als sie ihm bereits aus nächster Nähe die Hand hinstreckte: »Wimmer heiß ich, und Sie ... san der mit dem Besen?«

»Äh, ja, mei.« Ihm wurde heiß. »Die Männer-WG da herin ... im Standard-Zustand ... kann man nicht jedem zumuten, schon gar nicht einer wahnsinnig tollen Kollegin. Und fürs Kehren ist schon immer der Besener zuständig. So schaut's aus. Sie san doch toll, oder?« Er hatte sich gefangen und gerade noch das »wahnsinnig« weglassen können. Wo war das hergekommen und in sein Sprechzentrum hinein? Die Wimmer war ihm auf den ersten Blick irgendwie sympathisch.

Sie grinste. »Entschuldigung, mit dem Namen macht man keine Wortspiele, hab ich mal gelernt. Das ist mir so rausgerutscht. Zu mir ham die anderen immer Wimmerl gesagt. Das war als Kind ziemlich hart. Ach so – Erdbeerkuchen gibt's.«

Unglaublicher Themawechsel. Was sagt man da drauf? Auf den ersten Teil antworten oder weitermachen? Ersteres könnte gefährlich werden. Zeit gewinnen …

»Ja, dann.« Nur nicht den Faden verlieren jetzt!

»Dann werd ich mal einen Schwarzen durchpfeifen. Darf's ein Latte Macchiato sein?« Der Maschinenkaffee schmeckte ihm nicht. Hinfaller auch nicht. »Ist Ihnen des recht, Frau Wimmer?« Er machte über der Espressodose Bewegungen mit der Hand, als ob er was herauslöffelte.

»Ja, was Bessers gibt's eh nicht. Und die Frau ist heut früh im Bett geblieben.«

Er verstand sofort und streckte ihr die Hand hin: »Ich bin der Manfred, gern auch Manä.« »Gerda, freut mich.« Sie schaute mit großen Augen, sie umarmten sich, und dann, als sie sich gerade am nächsten waren, hatten beide irgendwie dieselbe Idee. Ein heftiger Kuss war die Folge. Just in dem Moment kam Hinfaller herein.

Er schaute blöd und bevor es peinlich werden konnte, sagte Besener mit seinem berühmten Dackelblick: »Mir san jetzt per Du.«

»Nicht zu übersehn«, meinte Hinfaller und streckte die Kehrschaufel den beiden vor die Nasen.

»Weg jetz mit dem Putzzeig. Jetzt hamma Damenbesuch. Tisch decken, Stuhl hinstellen, ich koch Kaffee.«

Hinfaller parierte.

»Wimmer – Hinf-aller, Hinfaller – Wimmer«, stellte Besener vor.

Die Wimmer ließ es sich gefallen. *So ein Sprüchmacher, dieser Besener. Aber warum habe ich ihn geküsst?*

Nach zehn Minuten hatte sich das Büro gewandelt: Ein Schreibtisch war abgeräumt und mit etlichen A4-Blättern weißem Druckerpapier abgedeckt worden, die drei Teller und die Fußballer-Tassen, alles recht gemütlich. Auch Milch und Süßstoff war da. Dann entstand plötzlich wieder eine peinliche Pause. Hinfaller zupfte an seinem dichten Bart, die Wimmer richtete ihre Bluse und Besener schaute betreten.

Wieder war es Gerda, die das Eis brach: »Mit einem Löffel ess ich meinen Kuchen nicht. Das widerstrebt mir. Ich nehm ihn in die Hand, wenn's recht ist. Das geht genauso. Oder habt's eine Gabel? Und die Fußball-Tasse ist ja wohl typisch Mann, würde meine Mittagsgesellschaft sagen. Die Psychologie-Deppen können über so etwas Stunden lang Müll labern! Ich sag euch, bloß weil ich anfangs niemanden kannte, haben die gemeint, sie müssten mir eine Gehirnwäsche verpassen. Ach so, Deppen sind's natürlich nicht, sondern in ihre Arbeit verbissen. Smalltalk – kannst vergessen! Über ein Kuchenrezept diskutieren? Kannst vergessen, oder Schuhe, oder ob die Blumen am Fenster gegossen oder sogar umgetopft werden sollten. So was! Kannst vergessen! Die Wechsel zum Lieblingsthema kommen nämlich schneller, als mancher braucht, um ›schöne Schuhe‹ zu sagen. Gewiss gibt's auch normale Psychologen, nur die fünf da, die gehören auf eine einsame Insel. Ach so, da verhungern's. Also in den Ikea hinein oder so …« Und so weiter, und so weiter. Die Wimmer hatte offensichtlich eine gesunde Einstellung zur Welt. Nach 60 Sekunden Monolog hörte sie plötzlich auf zu reden und schaute so verschmitzt – so wie Benny Hill, der britische Komiker, immer schaute, wenn er was angestellt hatte.

Als dann Besener darauf die wahren Tassen und die großen Gabeln aus dem Schreibtisch hervorzauberte, war natürlich das Gelächter groß. Hinfaller war wie ausgewechselt. Er verzichtete auf seine Sprüche und gab sich sogar ein wenig weltmännisch und ließ sein wahres Ich herausschauen. Eine angenehme Gesellschaft einfach.

Plötzlich waren alle per Du. Ohne weiteres Geknutsche (mit dem Hinfaller knutschen – pfui Deife!, dachte sich Besener).

Als die Wimmer dann wieder ging, war den beiden Männern zwar zumute, als ob sie sich umarmen müssten, aber gearbeitet war nichts worden.

Besener schaute auf die Uhr: »Ich mach jetzt zwei Stunden Inventur in unseren Fällen und schreib alles ordentlich zusammen. Dann übergeb ich sie morgen und übermorgen der Gerda. Ein Telefon gibt's ja auch noch. So schön, wie's grad war, wir sind zum Arbeiten da.« Er grinste. »Und wenn du den Tisch abräumst, nehm ich dich zur Belohnung auch mit nach Tölz.«

Nach fünf gemeinsamen Bürojahren waren sie nicht draufgekommen, sich zu duzen. Besener schon gelegentlich, aber Hinfaller war der Ältere. Nach dem heutigen Kaffeekränzchen hatte sich die Welt verändert. Sie war um ein paar Zentimeter weiter rechts. Oder links. Oder später? Die Quantenforscher hätten ihre helle Freude dran gehabt.

Man bekommt jetzt den Eindruck, dass die zwei nur Unsinn machen, den Job gar nicht ernst nehmen und andere es ausbaden müssen, aber das täuscht. Hinfaller und Besener schätzen sich gegenseitig wegen ihrer speziellen Fähigkeiten und arbeiten, wenn es drauf ankommt, sehr gewissenhaft. Des einen Schwäche ist des anderen Stärke. Zusammen sind sie sozusagen ein perfekter Mensch. Blöd ist es bloß, dass entweder der jeweils andere gerade nicht zur Stelle ist oder das Menschliche durchkommt. Das heißt, man sagt oder macht bereits etwas Falsches, bevor die bessere Hälfte es besser machen kann. Einer von beiden Fällen trifft immer zu, weswegen es den perfekten Menschen Hinfaller/Besener fast nie gibt. Rückwirkend freilich schon. »Das hätten wir besser so und so gemacht«, wird dann analysiert.

Johannes Hinfaller recherchiert alles, er kennt sich mit der modernsten Technik aus, hat ein inzwischen berüchtigtes Gespür, versteckte Zusammenhänge zu finden, wo gar keine sind. *Der* Spürhund für die sprichwörtliche Nadel im Heuhaufen!

»Und wen nehmen wir noch mit?«, wollte Hinfaller wissen.

Die Antwort von Besener kam prompt: »Du bist das Hirn, ich bin die Hand, wir brauchen noch Füße. Einen Laufburschen halt.«

Sie grinsten, denn da kam nur einer infrage: der Klausi.

KAPITEL 2

Montag, 1. November – A8 und B472

Als das Trio um 7.30 Uhr Uhr aus Rosenheim abfuhr, war dort dichter Nebel. Besener sinnierte vor sich hin. Es war häufig Nebel in Rosenheim. Gefühlt so gut wie immer. Er sehnte sich oft nach seiner Heimat Miesbach. Wettertechnisch war Miesbach ein echtes Highlight – im Vergleich zu Rosenheim. Im Vergleich zum Alpenrand bei Tölz oder Gmund konnte man Miesbach aber auch vergessen. Total vergessen. Aber Miesbach (manch einer sagt dazu »Mombasa«) ist dem Manä sein Dahoam und dahoam ist's am scheensten!

Sie fuhren den Irschenberg hinauf und plötzlich herrschte strahlender Sonnenschein. Der wochenlange Nebel in Rosenheim kam auch den anderen plötzlich zu Bewusstsein. »Mei, ist des Wetter da geil!«, entfuhr es Klaus Bremser, genannt »Klausi«. Er war der eifrigste Polizist, den es gab. Er machte alles, aber nur auf Anweisung, obwohl er ein voll ausgebildeter Kriminaler war. Möglichst wenig selber entscheiden, aber dafür umso mehr nachdenken, um es perfekt zu erledigen. Das konnte er am besten. Von Dienstwagen säubern über Geburtstagsfest organisieren bis zu stinklangweiligem Abarbeiten von irgendwelchen Listen bei langwierigen Ermittlungen – er war eifrig und mit Freude dabei. Und das Ergebnis konnte sich immer sehen lassen. Natürlich wurde das ausgenutzt von den Kollegen. Besener beobachtete das genau und war froh, den Klausi dabeizuhaben. Seine Fähigkeiten wurden von den Kollegen eher unterschätzt, fand er.

»Von Irschenberg bis Tölz sind's nur noch 25 Minuten, jetzt ist es kurz vor acht, da sind wir ja noch vor halb neun da. Um zehne geht's erst los! Da hätten wir leicht eine Stunde später losfahren können«, behauptete Klausi, als sie von der Autobahn bei Irschenberg abfuhren und der B472 Richtung Miesbach folgten.

»Wart's erst mal ab«, seufzte Besener.

Hinfaller, der genau wusste, dass Manfred Besener sich was dabei gedacht hatte, als er am Vortag gesagt hatte: »Um 7 Uhr müssen wir losfahren!«, nickte nur stumm und versuchte, wissend auszusehen.

Sie fuhren einen lang gezogenen Berg abwärts. »Das ist das Leitzachtal«, erklärte Besener. Als es sofort wieder eine Steigung hinaufging, ging die Erläuterung weiter: »Gleich hinter diesem Hügel liegt Miesbach, durch die Stadt fließt die Mangfall. Mangfall und Leitzach fließen hier ein Stückerl weit parallel, die eine kommt aus dem Schliersee, die andere aus Fischbachau, dazwischen liegt erst der Schliersberg.« Er deutete zwei parallele Linien an, machte einen Punkt im Süden, was wahrscheinlich der Schliersberg sein sollte. Dann fuchtelte er mit dem linken Arm heftig nach rechts: »Die Mangfall macht nördlich von Miesbach bei Valley einen scharfen Knick nach Osten, dann mündet die Leitzach hinein …« Er klatschte fest in die Hände und sagte: »Scheiße, ich hab's geahnt!«

Sie waren am höchsten Punkt des Hügels angekommen, wo es dann hinunter nach Miesbach ging. Die Stadt war noch nicht wirklich zu sehen, nur der Kirchturm, aber dafür die Bremslichter vor der letzten Kuppe.

»Ein Unfall?«, fragte Klausi.

»Naa, der tägliche Stau um 8 Uhr!«, seufzte Besener. »Ein super Kreisverkehr am Ortseingang, der richtig was wegbringt, dann aber eine Ampel nach der anderen. Ich glaub, vier sind's!

Da kommst du nicht durch zu gewissen Zeiten. Eine davon ist jetzt: Schulbeginn.«

»Ich hab gedacht, jedes Kaff hat heute eine Umgehungsstraße?«, fragte Klausi.

»Miesbach ist kein Kaff, wie man sieht«, bemerkte dazu Hinfaller trocken.

Besener räumte ein: »Eine Umgehung wäre dringend notwendig, aber ich wüsst jetzt auch nicht, wo die Platz hätte zwischen den ganzen Hügeln da.« Er fuchtelte nach rechts und links. Hinfaller zog den Kopf ein.

»Ein Tunnel vielleicht? Ich möchte nicht der sein, der sich da eine Lösung ausdenken muss.«

Besener nickte nachdenklich. »Hauptsache, nicht da drüben, da ist mein Elternhaus.« Er zeigte nach links.

»Ja, wenn das jeder Miesbacher sagt …« Hinfaller ließ den Satz unvollendet. Sie wussten, was er meinte.

»Na ja, jetzt wohn ich ja grad in Au drunt, da ist freie Fahrt bis in die KPI. Aber ich überleg schon – Miesbach ist halt daheim für mi! Aber ich kann ja nicht fast täglich im Stau nach Hause zockeln.« Besener schaute nachdenklich, die anderen beiden schwiegen rücksichtsvoll.

Als sie endlich erst den Kreisverkehr erreicht und danach das kurze Stück durch die ganzen Ampeln im Stop-and-go auch noch geschafft hatten, waren 30 Minuten vergangen.

Die meisten Fahrzeuge fuhren danach geradeaus weiter nach Hausham/Schliersee/Bayrischzell. Sie mussten rechts abbiegen.

Klausi wunderte sich. »Wo wollen die denn alle hin? Hab gedacht, nach Tölz fahren die meisten?«

»Mich wundert's auch immer, ich kann's dir nicht sagen«, gab Besener zu.

Hinfaller ließ sich die Vorlage nicht nehmen und deutete auf Besener: »Zum Audidenkmal an der Erzherzog-Johann-Klause fahren alle. Die haben dort das Wrack aus seiner 007-Aktion zum Besichtigen hindrapiert. Für einen Zwickel kannst dich hineinsetzen. Die Hälfte kriegt der Manfred immer. Da kommt ganz schön was zusammen!«

Klausi riskierte einen vorsichtigen Blick zu Hinfaller und grinste dann unsicher. »Glaub ich nicht!«

Besener murmelte nur grinsend: »Aber a geile Idee irgendwie.«

Als sie kurz vor Bad Tölz die Ausfahrt Reichersbeuern/Greiling passiert hatten, war plötzlich wieder Stau auf der Bundesstraße. »Gut, dass wir noch 30 Minuten Luft haben«, sagte Klausi. »Da vorn muss aber jetzt ein Unfall sein. Gibt's eine Umfahrung?«

»Oder wir sind im Kreis gefahren und wieder in Miesbach?«, meinte Hinfaller.

Besener wusste es besser: »Als Fast-Einheimischer muss ich euch leider schon wieder sagen, dass das quasi jeden Tag so ist. Das liegt an den drei Ampeln, die man vor einigen Jahren hingebaut hat, als die ehemalige US-Kaserne in ein Gewerbegebiet umgewandelt wurde. General Patton, der bei der Invasion damals maßgeblich beteiligt war, hatte hier sein Hauptquartier aufgeschlagen, weil's in Tölz so schön war. Gebaut haben die Kaserne die Nazis. Und jetzt ist jeden Tag Stau wegen dieser sogenannten Verkehrsplanung. Das ist der gleiche Scheißdreck wie bei uns in Miesbach. Eine Umgehung ist aber hier in Tölz längst geplant! Ein paar Kreisverkehre wären schon mal eine Erleichterung – finde ich. Früh: Schulkinder, Eltern, Wahnsinn! Ganz Tölz ist dann blockiert. Nachmittags Pendler, die nur durchfahren wollen. Tölz ist blockiert. Am Wochenende Ausflügler, vor allem aus München, von denen die meisten auch nur die Stadt passieren wollen. Tölz ist blockiert. Man könnte sagen, eine Plage, aber natürlich bringen die die Übernachtungszahlen und das Geld in die Region. Am schlimmsten ist es im Winter, wenn du einen Fahrstreifen weniger hast womöglich. Ich kann euch sagen: Da könnte man einen Wettbewerb ausschreiben, wo es schlimmer zugeht – in Tölz oder Mombasa, äh, Miesbach.« Er ballte die Faust, schimpfte weiter auf die Verantwortlichen und deutete umständlich eine Umgehungsstraße an. »Da die Kaserne, da die Schneise für die Straße, hinten rum nach Greiling, auf der anderen Seite der Kaserne der Golfplatz, so rum und dann … eigentlich ist alles schon geplant …«

»Was du alles von Geschichte weißt«, unterbrach ihn Hinfaller. »Der Patton also – das traut man dir gar nicht zu. Hab gedacht, außerhalb der Landkreisgrenzen Miesbach und Rosenheim endet dein Horizont.« Er zwinkerte Besener zu.

Der gab sich kämpferisch. »Vielen Dank! Wer solche Kollegen hat, braucht keine böse Schwiegermutter mehr.«

»Besser eine böse als gar keine!«

»Ich steig jetzt aus!«

»Mach halt. Wart noch ein bisserl, da kimmt gleich ein Lastwagen.«

Klausi schüttelte den Kopf. Die kindischen Kollegen! Langweilig würde es eher nicht werden.

Eine Schwäche von Besener ist halt, dass ihn Verkehrsprobleme furchtbar aufregen, weil es aus seiner Sicht einfach schade um die Zeit des Menschen ist, der von A nach B will. Besonders echauffieren kann er sich, wenn es bereits einen Plan zur Lösung gibt. Andererseits haben gewiss die Verantwortlichen auch ihre Gründe, warum die »einfache« Baumaßnahme nicht stattfindet. Die sind ja auch nicht auf den Kopf gefallen. Wer glaubt schon, dass der dahergelaufene Kommissarsnachkomme vom Wildschütz Jennerwein das alles völlig durchschaut. Aber aus seiner Sicht, der des Autofahrers, kann man ihn schon verstehen. Nur so viel am Rande.

»Tölz ist auch kein Kaff«, fügte Klausi nach einer längeren Gesprächspause noch wissend an.

Montag, 1. November – Landratsamt Bad Tölz

Der Parkplatz beim Landratsamt in der ehemaligen US-Kaserne (ehemalige SS-Junkerschule) war schon recht voll, einige »normale« Leute – nicht wenige davon im Sonntagsg'wand, Lederhose und Janker – wirkten etwas orientierungslos, uniformierte Polizeibeamte und Leute im schwarzen SEK-Overall wuselten herum.

»Daa diedel dummm …« Schon wieder dieser Ohrwurm! Das Wetter war aber auch genial! Schade, dass heute keine Zeit gewesen war, seine Mutter in Miesbach kurz zu besuchen, dachte Besener. Er redete gern mit ihr über alte Zeiten. Über die genauen Verwandtschaftsverhältnisse zum Wildschütz Jennerwein. Über dessen wahre Absichten als moderner Robin Hood.

»Da geht's ganz schön zua«, meinte Klausi.

Sie stiegen aus dem altmodisch grün-weiß lackierten VW-Bus aus. Für Dienstfahrten mit mehreren Personen oder mit viel Ausrüstung musste der immer noch herhalten. Das Umlackieren auf das moderne Blau-Weiß lohnte nicht mehr. In wenigen Monaten musste der Bus eh ausgemustert werden. Ein Zivilfahrzeug stand leider nicht zur Verfügung. Der Staat muss ja irgendwo sparen. Der Schirrmeister in Rosenheim hatte nur mit den Achseln gezuckt. »Wenn ich nicht eine Woche Vorlauf bekomme, hab ich nix anderes. Das tut mir leid, Manä«, hatte er gesagt und einen Dackelblick aufgesetzt, den sonst Besener immer einsetzte. Da hatte alles nix geholfen. Der Bus war der einzig verfügbare fahrende Untersatz. Und in den benachbarten Dienststellen nach einem anderen Kfz zu fragen, dafür war keine Zeit gewesen.

Grinsend wegen des almodischen Fahrzeuges ging er den anderen nach zum Sitzungssaal des Landratsamts. Er fand sich plötzlich einem älteren SEK-Mann gegenüber, der seine Uniformjacke trug. Die vier silbernen Sterne wiesen ihn eindeutig als Hauptkommissar aus. »Gestatten, KHK Ohm vom SEK Süd, Sondereinsatzkommando Antiterror. Hab schon viel von Ihnen gehört, Herr Besener! Sie kommen in einem unserer Schulungsbeispiele vor. Schade trotzdem um den Audi.«

»Ja, mei«, wiegelte Besener ab und stellte seine Kollegen vor.

»Ob Sie hier bei der Lage aber ihre Qualitäten ausspielen können, wird sich zeigen, was meinen Sie?«, fragte Ohm süffisant.

Da leistete sich Besener ein schönes Vorurteil und dachte: Was für ein überheblicher Arsch! Ein weiteres hilfloses, aber diplomatisches »Ja, mei« ließ alle Möglichkeiten offen. Ganz im Stil von Gerhard Polt, der diese Bemerkung auf fast alle Lebensfragen als Antwort geben kann.

»Vergelt's Gott, Herr Ohm«, sagte Hinfaller. Als Ohm sich endlich mürrisch abwandte, zischte Hinfaller Besener zu: »Vergelten, weißt: Aug um Aug und so. So ein Volldepp!«

Der Nächste, der bereits auf sie wartete, war Polizeihauptkommissar Obermeier, der Dienststellenleiter von der Tölzer Polizei. »Griaß eich, Kollegen – ohne lange Vorrede.« Er gab ihnen die Hand. »Obermeier, freit mi, trotz dem ganzen Schlamassel.« Er grinste ein bissl und wurde dann sofort wieder ernst: »Die zwei Herren vom Kriminaldauerdienst aus Weilheim waren am 26. Oktober hier, das war der Dienstag. Bis sie fertig waren, war es Mittwoch. Das ist ja der normale Dienstweg. Dann, nach deren Bericht an den Leiter des Kommissariats in Weilheim, hat am Mittwochnachmittag der Innenminister die Zügel übernommen. Hihi, das ist ein Wortwitz in dem Zusammenhang, merk ich grad. Ja, egal – es gab Donnerstagfrüh kurzfristig eine Sitzung der betroffenen Dienststellen in München, da war ich auch dabei. Am Donnerstagabend wurde noch das SEK mobilisiert, insgesamt fünf Einheiten, was gar nicht so leicht war. Es sind sogar zwei Teams aus Thüringen und Sachsen da! Tölz wimmelt eh vor lauter Bundespolizei wegen Leonhardi und gleichzeitig findet in München auch noch eine Demonstration wegen der Flüchtlingspolitik der Bundesregierung statt. Da ist nicht wirklich wer abkömmlich, weder in München noch hier im Oberland. Die vom SEK sind dann am Samstag um 5 Uhr in der Früh eingetroffen und haben alles gesichert und in Beschlag genommen. Sie haben Ihre Einsatzzentrale in der Nähe des Kalvarienbergs in zwei Containern eingerichtet. Koordinator der Truppe ist der Ohm, den habt ihr ja grad getroffen. Komischer Typ irgendwie. Der kommt mir vor wie …«

»Ein Soldat?«, warf Besener ein.

Obermeier redete fast sofort weiter: »Ja, das stimmt! Genau! Na ja. Um weiterzukommen: Vieles konnte parallel gemacht werden, aber erst heute können wir starten. Gestern war immer noch hektische Betriebsamkeit, seit heute läuft alles strukturiert.« Er atmete tief ein, so endlos war der Redefluss gewesen. Besener nickte, der Uniformierte am Eingang winkte und Obermeier sagte grinsend: »Manda, mia miassn!«

Nur Hinfaller verstand das Zitat, das dem Tiroler Volkshelden Andreas Hofer vor der entscheidenden Schlacht zugeschrieben wird, und musste respektvoll grinsen.

Bis alle im Sitzungssaal saßen, war es 10.15 Uhr und der Bürgermeister von Tölz, Herbert Fenser, ergriff das Wort.

»Als Hausherr sozusagen darf ich Sie hier begrüßen, wenn auch zu einem unangenehmen Anlass. Herr Brucker, der Innenminister von Bayern, lässt Sie grüßen und erhofft sich eine Zusammenarbeit übergreifend über alle Ämter und Institutionen, sodass die Aufklärungsmaschine wie ein Uhrwerk läuft. Ja, so schmalzig hat er's wirklich gesagt!«

Das Eis war ein wenig gebrochen. Die Ersten lachten.

»Mein Amtskollege aus München steht in engem Kontakt zu mir. Wenn wir was brauchen, bekommen wir es. Der Innenminister verspricht sich besonders viel von einer Person hier, die ihm schon mal aus der Klemme geholfen hat.«

Köpfe reckten sich. Besener meinte mehrfach, das Wort »Audi« zu hören. Er lächelte vorsichtshalber möglichst bescheiden.

»Nach den neuesten Gesetzen dürfen wir auch auf das neu gebildete SEK-Sonderkommando zurückgreifen, wenn die terroristische Bedrohung den regionalen Rahmen sprengt. Der Herr Innenminister war so frei, Herrn KHK Ohm und sein Team zu informieren und zu aktivieren.«

Besener musste an den Film »Toy Soldiers« denken und grinste. Dieser Ohm hatte äußerlich mehr von einem amerikanischen Soldaten als von einem SEK-Beamten. Einmal aktiviert – klack – und er marschierte los, wild um sich schießend. Als er die Blicke seiner Kollegen bemerkte, zwang er sich zu anderen Gedanken. Aber irgendwie wurde er das Bild nicht los.

»Ich darf Ihnen zuerst die Situation bisher schildern und dann die maßgeblichen Personen vorstellen, so wie sie mir gerade einfallen, also ohne Wertung. Bitte sagen Sie jeweils ein paar Worte zu dem Vorgang, wenn Sie aufgerufen werden. Dieser Termin heute ist außergewöhnlich und von höchster Stelle genehmigt. Sie sollen wissen, woran wir alle sind. Am Schluss müssen Sie dafür eine Geheimhaltungsklausel unterschreiben. Normalerweise ermittelt die Polizei und nicht mal wir Politiker haben Einsicht. Wegen der starken Verzweigungen der Bedrohung, bis München übrigens, und dem direkten Einfluss auf unsere Leonhardifahrt sind Sie alle heute da. Künftige Ergebnisse der Ermittlungen werden Sie dann aber auf offiziellem Weg aus der Presse erfahren. Im persönlichen Gespräch bemühe ich mich natürlich im Notfall und vermittle.« Er nickte einem grauhaarigen Mann in Feuerwehruniform zu. Der nickte zurück.

Besner war begeistert von so viel Professionalität, die Fenser an den Tag legte. Er hatte die Versammlung im Griff.

Es wurde dunkel im Raum.

Inzwischen menschelt es ganz schon herinnen, Schweiß, Wurstsemmel oder Käsefuß? Oder alles zusammen? Besener war ein wenig abgelenkt.

Fenser fuhr fort: »Terroristen drohen damit, zuerst den Kalvarienberg so zu sprengen, dass er in das Bett der Isar rutscht und deren Lauf blockiert. Danach wäre an dieser Stelle die Isar gestaut. Nach der angedrohten Sprengung des Sylvensteindammes würde der Hochwasserspeicher leerlaufen und sich hier stattdessen innerhalb von Tagen ein großer See bilden, der halb Tölz überschwemmt. Wenn der Druck groß genug ist, wird der Fluss an einer Stelle die Barriere durchbrechen und auslaufen. Die Folgen für München und die anderen Städte entlang der Isar wären katastrophal. Die Terroristen – ja, es sind welche! – rechnen mit einem Zeitfenster von fünf bis sieben Tagen nach der ersten Sprengung, bis es München erwischt. Lösegeld wird sowohl von Tölz als auch von München verlangt, zu übergeben in sechs Tagen. Ich sage bewusst ›Terroristen‹, weil es kein anderes Wort besser trifft.« Die Animation begann zu laufen. Als der See ausgelaufen war und Tölz eine Schlammwildnis, war es still im Saal. Das Licht ging wieder an.

»Die Arschlöcher gehören doch auf den Mond geschossen!«, erklang es aus den hinteren Rängen.

»Da fangen wir gleich bei unserem Polizeichef und seinen Leuten an, wenn Sie schon das Wort erheben«, grinste der Bürgermeister müde. »Herr Polizeihauptkommissar Hans Obermeier, bitt' schön.«

»Grüaß God, beinand. Mein Kollege, Polizeiobermeister Schwendner hat ganz recht. Wir müssen die Täter fassen.

Wir haben in den letzten Tagen eine seltsame Häufung von Kleindelikten, die allesamt rätselhafter Natur sind und irgendwie zusammengehören könnten.« Er schilderte allgemein ein paar Ereignisse. »Einige wenige passen nach diesem Erpresserschreiben bereits ins Bild, wie die unerlaubte geologische Bohrung am Kalvarienberg, andere gar nicht. So zum Beispiel ist Herr Schmalzner, ein Gastronom aus Tölz, verschwunden. Es gilt herauszufinden, welche dieser Delikte zusammenhängen und vor allem, wie. Ich bin mit meiner Truppe dafür allerdings völlig unterbesetzt. Ich kann froh sein, wenn wir den üblichen Delikten Herr werden, die mit jährlicher Konstanz auf uns einprasseln: Betrunkene, Taschendiebe, verlorene Handtaschen, Ruhestörer, sonntägliche Rasenmäher, orientierungslose Rentner und so weiter. Sie können sich nicht vorstellen, was da täglich auf uns zukommt. Jetzt sind wir auch noch wegen der Bombenexplosion durch ausgefallene Kollegen personell geschwächt. Ich bin froh, den berühmten Kollegen Besener aus Rosenheim dazuhaben. Oder darf ich ›berüchtigt‹ sagen? Willkommen!«

Manfred Besener packte die Steilvorlage beim Schopf und stand auf. »Danke, meine zwei Kollegen und ich werden unser Bestes geben. Noch weiß ich fast gar nix über den Fall. Die Herren Hinf-aller und Bremser …«, er nickte den beiden zu, »werden sich nachher mit mir und der Tölzer Polizei zusammensetzen. Vielen Dank.«

Wieder Getuschel. Er hatte nicht gewusst, dass er einen solchen 007-Ruf hatte. Peinlich war das! Vor allem weil mindestens ein Drittel der kursierenden Geschichten dazuerfunden waren. Er wollte gar nicht wissen, welche spektakulären Fähigkeiten ihm angedichtet wurden. Vielleicht konnte er ja inzwischen fliegen wie Superman oder an selbst verschossenen Spinnenfäden von Haus zu Haus schwingen?

Als Nächstes war der SEKler Ohm an der Reihe. Der grüßte

knapp und sprach noch knapper. »Wir haben den Kalvarienberg rund um die Kirche komplett abgeriegelt. Es sind fünf Teams rund um die Uhr in Schichten im Einsatz. Ein paar Leute aus meinem Team koordinieren das Ganze und dürfen sich im inneren Bereich bei und in der Kirche und drum herum aufhalten, wo die Bohrungen stattgefunden haben. Dieser Bereich ist nochmals gesichert. Da kommt auch überhaupt niemand rein. Die anderen SEK-Einheiten arbeiten uns zu. Wir sind gut organisiert und sehr vorsichtig. Die Erpresser sollen nicht provoziert werden. Wir gehen davon aus, dass sie das Gelände irgendwie überwachen mittels Webcam oder Ähnlichem. Wir suchen danach. Wir führen ständig Personenkontrollen durch. Wir prüfen gerade mit Sprengstoffspezialisten, ob und wie die Sprengsätze miteinander verbunden sind. Die Explosion letzte Woche war nur oberflächlich. Der Hauptsprengsatz ist in der Tiefe zu suchen. So wie es heute aussieht, kann die Leonhardifahrt nicht stattfinden.« Er setzte sich.

Ein Aufschrei ging durch den Saal. Das medienwirksamste Großereignis in Tölz sollte nicht stattfinden können? Wallfahrt hin oder her, der finanzielle Schaden wäre enorm!

Der Bürgermeister sprang auf. »Beruhigen Sie sich, bitte!« Er hob beide Hände. Der Lärm ebbte ab. »Wir müssen den Fall vorher klären! Die Leonhardifahrt muss stattfinden! Wir haben noch fünf Tage Zeit. Wir müssen einfach.« Ein bisschen verzweifelt sah er dann doch aus, das kann man schon verstehen.

Es entstand wieder ein großer Tumult. Der Kurdirektor und städtische Büttel brüllte unzusammenhängende Beschimpfungen, der Stadtpfarrer redete auf den Bürgermeister ein, der Landrat versuchte völlig überfordert, einen der Streithansel davon abzuhalten, einem andern die Krawatte abzureißen.

Die Kripobeamten aus Rosenheim staunten. Das Thema Leonhardifahrt schien ein sehr empfindliches zu sein.

Ohm brüllte: »Ruhe!«, und nacheinander verstummten alle.

Neben sich hörte Bremser den Funktionär vom Roten Kreuz noch zu einem der Stadträte sagen: »Mir ham doch scho 3.000 Weißwürscht und 1.000 Paar Wiener b'stellt. Wer soll denn die dann fressn?«

Nachdem man sich geeinigt hatte, für 15 Uhr eine Pressekonferenz anzuberaumen, wurden alle Anwesenden zur Verschwiegenheit verpflichtet. Keiner kam ohne Unterschrift hinaus.

Handynummern wurden aufgeschrieben, Teams gebildet. Das Team um den Bürgermeister hatte die Aufgabe, die Presse zu bedienen.

Die SEK-Teams um Ohm waren natürlich für die Sicherung des Tatorts und zur besonderen Verfügung abgestellt – bis die Bedrohungslage geklärt war.

Rotes Kreuz und Feuerwehr mussten sich Gedanken machen, wie auf einen eventuellen Notfall reagiert werden könnte, und Kräfte aus dem Umland zusammenziehen. Manpower war am allerwichtigsten.

Um 13 Uhr, nachdem die anderen sich tröpfelnderweise verzogen hatten, setzten sich die drei Kripobeamten aus Rosenheim, die zwei Polizisten Obermeier und Schwendner aus Tölz, der Bürgermeister und Ohm an drei schnell aneinandergeschobenen Tischen zusammen.

Herbert Fenser, der Bürgermeister von Tölz, nickte stumm dem Dienststellenleiter Obermeier und Besener zu. Letzterer ergriff das Wort: »Eigentlich dürfen Sie gar nicht dabei sein, Herr Bürgermeister, aber heute geht's ja nur um Stoffsammlung, da machen wir mal eine Ausnahme. Auch die Kollegen der Schutzpolizei«, er nickte in Schwendners und Obermeiers Richtung, »müssten wir eigentlich hinausbitten. Aber um Ergebnisse zu bekommen, starten wir erst mal praktisch, weniger nach Vorschrift. Der Innenminister hat da eindeutig drum gebeten. Also, Kollegen, Herr Bürgermeister, Herr Ohm: Was haben wir? Klausi, schreib mal mit, bitte. Ich würd vorschlagen, dass …«

»Wir müssen zuerst die Zusammenhänge der Vorfälle der letzten Tage suchen«, unterbrach ihn Schwendner. »Unter jeden Stein und hinter jede Tür müssen wir schaun! Wir finden den Zusammenhang und dann die Schweine, die die arme Vulpa umgebracht ham! Kruzifix!« Er rammte seine Faust auf den Tisch.

Obermeier war sprachlos. Er kannte den Schwendner als faulen Hund, dem seine Leberkässemmeln und Mittagspausen wichtiger waren als alles andere. Ein Abseiler, ein Beamter, wie er typischer nicht sein könnte. Ihm fiel dazu immer die Serie im österreichischen Fernsehen ein: »MA 2412«. Da hätte der Schwendner gut hingepasst! Wenn man ihm nicht im Nacken saß, machte der nix. Und jetzt? Er ertappte sich, dass sein Mund offen stand.

Besener sagte vorsichtig: »Wer ist Vulpa? Können wir von vorn anfangen?«

»Diese Arschlöcher!«, rief Schwendner ärgerlich.

»Sie ham ja recht, Schwendner«, beruhigte Obermeier, »aber jetzt fangen wir mal von vorn an, die Kollegen müssen mit ins Boot.«

Außer Schwendner und Obermeier waren keine Polizisten aus der Dienststelle Bad Tölz da. Nur wenige hatten Dienst und die waren unabkömmlich, die Ostler und der Westermeier waren wegen des Vorfalls am Kalvarienberg krankgeschrieben, zwei, drei andere auch wegen Grippe, der Rest im Wochenende. Es war schließlich Feiertag. Und die Herbst-Erkältungswelle ging um.

Obermeier und – in Zwischenrufen – Schwendner berichteten den Kripo-Beamten aus Rosenheim von den Vorfällen der letzten Tage: von der Anzeige durch den Naturkundler Eberhardt, von den Nachforschungen, die dann mit dem Tod des Hundes endeten, von der Vermisstenanzeige des Gastronomen Schmalzner und von den Erpresserbriefen an Tölz und München.

Die Animation wurde noch einmal abgespielt.

Abschließend sagte der Dienststellenleiter: »Hamma noch was vergessen?«

»Naa«, sagte Schwendner. »Dann fang ma jetzad endlich an zum Ermitteln! Was soll ich machen?« Er rieb sich fest die Hände. Endlich gab's was zu tun! Er hatte die ganze Nacht wach gelegen und die Situation überdacht. Er hatte sich an Miami Vice erinnert und an seine Träume. Er hatte an Uschi Ostler gedacht und ihren Hund. An den allerdings weniger. Einige Gedanken waren auch nicht jugendfrei gewesen. Er hatte um kurz nach 3 Uhr nachts erkannt, dass es so nicht weitergehen konnte.

Er musste sein Leben umkrempeln! Er musste endlich etwas aus sich machen! Es war wie eine Erleuchtung gewesen. Danach war er so zappelig gewesen, dass er erst recht nicht mehr schlafen konnte. Er hatte sich auf diese Aufgabe richtig gefreut.

War Schwendner eigentlich liiert oder Junggeselle, überlegte der Polizeichef. Ist er wegen der Ostler Uschi so echauffiert? Obermeier wunderte sich. Da muss ich glatt mal in die Akte schaun, dachte er bei sich. Er wandte sich an Besener: »Also, was tät'n Sie jetzad vorschlagen? Sie san ja da der designierte Verantwortliche der Exekutive.«

»Als Allererstes drängt sich mir die Frage auf, ob diese Sprengungen überhaupt den angekündigten Effekt erzielen können. So ein ganzer Hügel ist doch nicht leicht weggesprengt. So ein Damm auch nicht. Der ist aus Erde und Gestein aufgeschüttet, oder? Da müss ma Spezialisten fragen. Zum

Kriegsende wollten die Alliierten ja auch Helgoland sprengen. Ha! Leicht gesagt! Ein bissl ein Loch hat's gegeben.« Das Loch war mit den Händen schnell beschrieben. Besener war wieder in seinem Fuchtel-Wahn. »Was sagen Ihre Leut' dazu, Herr Ohm? Oder Sie? Ist der Kalvarienberg so leicht – zack – in die Isar zu sprengen? Sssst – bumm? Na, mehr bumm, dann ssst?« Allen Umsitzenden wäre spätestens jetzt auch ohne das Animationsvideo klar gewesen, wie die Sprengung und die Folgen genau auszusehen hätten.

»Zum jetzigen Zeitpunkt können wir die geplante Operation noch nicht einschätzen. Es kann möglich sein. Wir brauchen noch etwas Zeit«, meinte Ohm ein wenig überheblich.

»Zeit ist das, was wir am wenigsten haben«, warf Obermeier ein.

»Johannes, du schaust, dass ein Spezialist herkimmt«, sagte Besener zu Hinfaller. »Klausi, wir fahrn zu dem Steinklauber Eberhardt da in die Blombergstraße. Vielleicht weiß er was. Und dann schaun wir uns den Tatort an.«

»Da brauchen Sie eine Zugangsberechtigung. Da kommt keiner durch«, warf Ohm ein.

»Seng S', und drum sitzen Sie da bei uns, Herr Ohm. Besorgen Sie mir so ein Zugangsdings!« Besener beschrieb mit den Händen einen Ausweis, der um den Hals gehängt wurde. »Bitte«, warf er noch hinterher.

»Gefälligst« war ihm auf der Zunge gelegen. Der depperte Pseudosoldat war nicht einfach. Aber er war notwendig für die Situation. Die paar Tage waren hoffentlich auszuhalten.

Der Dienststellenleiter Obermeier wollte sich förmlich um personelle Unterstützung kümmern, die den Kripobeamten zuarbeiten sollte und sich ausdrücklich nicht für die üblichen Ereignisse bei der Leonhardifahrt zu kümmern hatte. Die Polizeidienststellen Wolfratshausen, Kochel und sogar die Kriminalpolizeistation in Miesbach hatten bereits telefonisch ihre

Unterstützung zugesagt, aber es musste alles auf dem Dienstweg gehen, das war klar. Die Runde löste sich auf.

Später hat der Besener mal in persönlicher Runde gesagt, dass er am Anfang nie wirklich befürchtet hatte, Leonhardi absagen zu müssen. – Ganz, ganz ehrlich hat er dann aber schon zugegeben, dass diese Entscheidung freilich als Notfalllösung auch immer im Hinterkopf war. In einem ganz hinteren Schubladerl. Wenn er die einen Spalt geöffnet hat, lag gleich ein Zettel drin: »Du hast gewonnen: Du bist der Erste, der Leonhardi kurzfristig absagt! Du gehst in die Geschichte ein. Die Hälfte der Bevölkerung wird dich auf den Mond schießen wollen. Die andere Hälfte versucht es gerade.«

Montag, 1. November – Blombergstraße, Bad Tölz

Besener und Bremser gingen zum Polizeibus. »So eine Scheiße, jetzt müssen wir auch noch mit diesem Monster ermitteln«, entfuhr es Klausi mit Blick auf den Bulli.

»Ich schau mal, dass wir morgen oder so ein ziviles Fahrzeug bekommen«, versprach Besener. Nur wie? Da fiel ihm die Gerda ein. Das wäre die Gelegenheit, mal wieder mit ihr zu sprechen! Er nahm sich vor, sie später anzurufen.

»Ich fahr«, sagte er. »Gib mir den Schlüssel.« Er machte mit der rechten Hand eine Drehbewegung, was wahrscheinlich den Schlüssel im Schloss darstellen sollte.

»Aber …«, begann Klausi.

»Nix aber«, unterbrach Besener, »ich weiß, wo die Blombergstraße ist. Ich kenn mich aus in Tölz. Auch zum Kalvarienberg gibt's ein paar Schleichwege. Das ist wegen der steilen Hänge im Stadtgebiet alles nicht so leicht. Genieß es und lass dich rumkutschieren.«

Sichtlich unwohl stieg Klausi Bremser ein.

Das Haus in der Blombergstraße war klein und von Büschen rundherum zugewachsen. Bereits vor der Haustür lehnten Steinbrocken und -platten in verschiedenen Größen und Farben, bei einigen waren auch für Laien die Versteinerungen schon von Weitem zu erkennen. Auf den Fensterbänken wuchsen seltsame Pflanzen, ordentlich nebeneinander in kleinen Töpfchen arrangiert. Einige waren schon verwelkt. Ein weißes Blümchen blühte gerade!

Als sich auf ihr Läuten niemand meldete und alle Steine und Pflanzen angeschaut waren (»Ui, da schau her, toll! A Versteinerung! Lauter Unkraut! Da – des is a Hauswurz, des kenn i, des könnte Johanniskraut sei …«), gingen sie ums Haus herum in den Garten. Dort hantierte ein Mann mittleren Alters mit einem großen Kunststoffeimer voll mit Wasser und einer groben Bürste. Er hatte kurze graue Haare, einen Stoppelschnitt, der sichtbare Lücken aufwies. Mit den schlanken, braun gebrannten Armen machte er einen zähen, sportlichen Eindruck. Besener bekam sofort ein schlechtes Gewissen und dachte an sein Wohlstandsbäuchlein. So wie der müsste man im Alter beinand sein, dachte er bei sich. Damals, als er noch jeden zweiten Tag auf den Berg geradelt war, da war er fit gewesen!

Rudi Eberhardt war so vertieft in das Abbürsten von Steinen, die voller Erde und angetrocknetem Lehm waren, dass er die beiden Polizisten erst bemerkte, als Besener wegen seiner Gedanken einen tiefen Seufzer ausstieß.

»Grüß Gott, wie kann ich helfen?«, begrüßte er die zwei.

»Mir san von der Kripo«, begann Besener. »Ich bin der Besener Manfred und das ist mein Kollege der Bremser Klausi – äh, Klaus. Ich wollt mit Ihnen noch mal reden über die Anzeige, die Sie betreffend der Bohrfirma gemacht haben, und natürlich über den Sprengstoffvorfall am Kalvarienberg. – Sie san doch der Eberhardt Rudi, oder?«, schickte er hinterher.

Der nickte und erzählte nochmals seine Geschichte von den Ereignissen der letzten Tage. Der Kommissar war ihm gleich sympathisch. Einer von uns, dachte er bei sich. Es fiel ihm auf, dass er den Nachnamen zuerst nannte wie hier in der Gegend üblich. Am Ende seiner Ausführungen fügte er noch an: »Der Kalvarienberg ist geologisch schon recht interessant. Unten drin liegen gefaltete Sandsteine mit allen möglichen Versteinerungen. 25 Millionen Jahre alt! Der verfestigte, eiszeitliche Schotter, der wie ein Deckel obendrauf liegt, ist im frischen Zustand hart wie Beton. Es gibt da eine Stelle, wo man genau an dieser Grenze zum Untergrund einen kleinen Stollen angelegt hat. Warum, weiß keiner. Der hört aber nach einem Meter bereits auf. Da hab ich extra mal nachgeforscht in den Archiven, aber nix drüber gefunden. Des waren wahrscheinlich ein paar abenteuerlustige Jungs. Der Anfang ist ganz schlecht zu finden, da liegt ein großer, verfaulter Baumstamm drauf. Ein paar Hundert Meter weiter nördlich wurde sogar Kohle aus den Sandsteinen gefördert. Hat sich aber nicht rentiert. Ja, mei. Durch mein Hobby kenne ich fast jeden Stein da droben.« Er musste sich schon wieder bremsen. Er konnte die Polizisten ja nicht endlos zulabern!

»Glauben Sie, dass man mit Sprengladungen in den vorhandenen Bohrlöchern den Hang wegsprengen könnte, sodass er in die Isar rutscht? Ein Bohrloch haben Sie ja gesehen. Wie viel es genau sind, weiß ich selber noch nicht.«

Rudi überlegte. Er war sichtlich erstaunt über die Frage. »Wird damit gedroht? Den Berg wegzusprengen? Das wär ja Wahnsinn!« Er schüttelte den Kopf, war offensichtlich entsetzt. »Wirklich? Hier bei uns? Den Kalvarienberg?«

»Geht das, was meinen S'?«

Er straffte die Schultern und richtete sich auf: »Wenn Sie mich fragen, nein. Ich habe schon so viele Sprengungen in Steinbrüchen gesehen. Die bohren und sprengen immer viel näher an der Kante. Aber ich bin halt auch kein Geologe. Vielleicht hat es ja mit dem Zweischicht-Aufbau des Berges zu tun. Meinen Sie, der Deckel könnte nach unten rutschen? Meinen Sie, das ginge?«

»Ja, äh …«, setzte Besener an, als Rudi Eberhardt schon wieder weiterquasselte.

»Das wäre ja Wahnsinn! Da hätten wir ja einen Stausee wie damals, als die letzte Eiszeit vorbei war! Da wäre Tölz verloren!« Kopfschüttelnd fügte er hinzu: »Wer macht denn so was?«.

»Ja, meinen Sie, wir wären da, wenn wir das wüssten?«, meinte Klausi Bremser schnippisch.

Besener machte eine wegwerfende Handbewegung. »Jetzt beruhigt's euch mal wieder. Wir wollen ja bloß die Möglichkeiten ausloten, die die Erpresser haben. Um Erpressung geht's nämlich. Ich muss Sie da fei zur Verschwiegenheit verpflichten, Eberhardt.«

Rudi schüttelte immer noch den Kopf. »Wenn der Untergrund nur ein paar Grad geneigt ist und der obere Deckel komplett abreißen würde, dann könnte vielleicht …« Der Rest verlor sich im Gebrummel.

»Mit dem kannst jetzt nix mehr oofanga, jetz schleich ma uns«, sagte Besener leise zu Klausi. »Du fahrst und ich muss telefoniern. Wiederschaun, Herr Eberhardt, mir rührn uns wieder, gell? Und – Verschwiegenheit!«

»Is scho recht. Ich werd inzwischen ein paar Berechnungen anstellen«, erwiderte der. »Aber erst muss ich noch die Sachen vom Seilerkogel waschen und dann in ein Holzkisterl packen. Wo sind eigentlich die Kisterl, die ich gestern beim Früchtehaus Heisen geholt habe? Die hab ich doch da hinüber zum Gartenheisl ...« Er fing wieder an zu murmeln.

»Des is scho ein wilder Vogel, der Eberhardt«, meinte Besener im Dienst-Bus. »Find mal raus, was der beruflich macht. Für einen Erpresser oder anderweitig involviert halt ich ihn nicht. Außerdem hat er ja die Anzeige gemacht. Da vorne müssen wir links«, dirigierte er. Ein Sperrschild tauchte vor ihnen auf. »Na so was, jetzt ist da die Osterleite gesperrt. Das ist aber eine von zwei Möglichkeiten, zum Kalvarienberg hinaufzukommen. Fahr weiter, mir san die Polizei«, befahl er.

Ein 50 Zentimeter tiefer Graben stoppte sie schließlich. Besener verkniff sich die Schimpfworte und staunte. »Schau, die bauen einen Kreisverkehr. Na, so was! Vielleicht wird's ja doch noch gut mit der Verkehrsplanung! Dreh um. Wir müssen außenrum über die Bundesstraße fahren, wenn's hier nicht geht.«

Dort war natürlich alles zu wegen Überlastung und Ausflüglerverkehr an diesem sonnigen 1. November. »Jetzt weiß ich, was du meinst mit Verkehrskollaps in Tölz«, sagte Klausi.

»Und in Miesbach isses gerade genauso«, brummelte Besener zerknirscht.

Er erklärte Klausi alle Berggipfel, die man vom Auto aus sehen konnte, und ein wenig über Tölz, was er so wusste. »Schau, der Kegel da hinten links, das ist der Juifen. Da kannst mit dem Bergradl fast ganz hinauffahren. Da drüben das Brauneck, ganz hervorn rechts der Blomberg, da musst hinten 'nausschaun. Das ist der Hausberg der Tölzer und aller Wandertouristen. Da triffst so viele Leute, mir haben immer

›Grüßgottberg‹ gesagt zum Monte Blom.« Er schwelgte schon wieder in Erinnerungen.

Als sie dann endlich an der Ampel beim Landratsamt ankamen und wieder freie Fahrt war, wählte er die Nummer in Rosenheim, die er seltsamerweise auswendig wusste. Gerda!

»Griaß de, da ist der Manfred«, begann er. »Was hast du? Den Vergewaltiger hat's auf der Flucht mit dem Radl g'schmissn? Wirklich? Und die alte Oberegger hat gar keinen angefahren, sondern ihr Mann hat vor lauter Eifersucht das Auto demoliert? Du kannst doch nicht in zwei Tagen die Hälfte meiner Fälle lösen! Du bist mir eine! Ja, ein schöner Herbsttag ist's heute, sagenhaft! Ja …« Er seufzte. »Ich dich auch. Tschau.«

Klausi schenkte dem verträumten Kollegen einen kurzen Seitenblick. »Und, was sagt's?«

»Liebe Grüße, sagt's.«

»Und du sagst ›Ich dich auch‹?«

»Das hab ich nicht gesagt!« Besener machte große Augen. »Oder doch?«

Klausi dachte sich: Wie so ein schlauer Mensch so blöd schauen kann auf einmal! Sind wahrscheinlich ein paar Synapsen durchbrennt?

»Die macht mich echt wahnsinnig, die Frau. Die ist so normal. Aber irgendeine Macke muss die auch haben! Frauen ohne Macke gibt's nicht.« Er fuchtelte mit den Händen vorm Gesicht herum. »Die meisten Frauen ham doch irgendeinen Dachschaden. Die meisten Männer natürlich auch, davon abgesehen. Aber so eine brauch ich nicht. Das Schlimmste sind die Psychotanten, dann kommen die Ökotanten, dann die Sportfanatikerinnen, dann …« Ein zweiminütiger Monolog eröffnete Klausi in allen Einzelheiten, welche Frau sein Beifahrer auf keinen Fall haben wollte. Eigentlich schied jede aus.

Als er Luft holte, warf Klausi dazwischen: »Und, was sagt s' zum Dienstwagen?«

»Ah ja, da muss ich sie noch mal fragen.« Ihm wurde heiß. Ich darf mich nicht so durcheinanderbringen lassen, dachte er. Das schaut ja aus wie frisch verliebt. Er wählte erneut.

»Ja, ich bin's wieder. Was, Leonhardi? ... Wie meinst jetzt des? Des weiß ich noch ned, was ich an dem Tag mach. Wahrscheinlich in Tölz den Erpresser schnappen. Wenn wir den nicht fassen, fällt Leonhardi aus!«

Er kam wieder ins Träumen. Die Leonhardifahrt in Bad Tölz ... das kann schon auch romantisch sein, wenn man da mit einer netten ...

»Was? Nein. Da war noch keine Zeit. Aha. Danke! Äh – richt ich aus. Ja, die brauch ma auch – unbedingt!«

Montag, 1. November – Kalvarienberg, Bad Tölz

Klausi hielt am Kontrollposten beim Tatort an und schaute fragend.

Besener berichtete: »Liebe Grüße soll ich ausrichten. Schon wieder, gell? Die Spurensicherung kommt morgen früh. Und im Gasthof Schmalzner sind Zimmer gebucht für uns. Und einen anderen Wagen hat sie geschickt, angeblich einen ganz speziellen, den sie in Landshut aufgetrieben hat ...«

Beim offenen Fenster brüllte ein SEK-Mann herein: »Sind

Sie Oberkommissar Besener? Für Sie steht drüben am Behelfsparkplatz ein Dienstwagen. Ist vor zehn Minuten angekommen.« Er hielt ihm einen Autoschlüssel entgegen und salutierte, als sie vorbeifuhren.

Dem Schlüssel nach musste es ein BMW sein. Es stand nur einer da: ein 6er BMW, dunkelblau, genau so einer, wie ihn der Bulle von Tölz im Fernsehen zum Ermitteln hatte.

Klausi meinte nur: »Die hat Humor.«

Besener grinste: »Ja.« Dann wurde er ernst. »Aber irgendeinen Dachschaden muass die ham.«

Hinfaller stand schon bei der Absperrung mit einem fremden Mann. Er schaute demonstrativ auf die Uhr. Die Tour zu Eberhardt und zurück hatte die Kollegen zwei Stunden gekostet.

Besener murmelte nur »Stau« und zuckte mit den Schultern. Ein bissl verdrehte er auch die Augen, wenn man genau geschaut hat.

Johannes Hinfaller stellte sie vor: »Das ist der Herr Leitner, leitender Geologe im Steinbruch in Lenggries. Der kennt sich aus mit Sprengungen. Meine Kollegen: KOK Besener, Kriminalkommissar Bremser. Ich schlage vor, wir gehen gleich zum Tatort. Ich habe Herrn Leitner bereits informiert. Er hat seinen Feiertag für uns gleich unterbrochen.«

Die Ausweise für das Sperrgebiet für Besener und Hinfaller lagen bereit, für Klausi nicht. Kurzerhand wurde er eingeteilt, den Dienstbus zum Gasthof zu fahren und einzuchecken. Die Visaverhandlungen für Herrn Leitner gestalteten sich schwierig. Erst als Besener dem diensthabenden Beamten sein Handy hinhielt, wo die Nummer »Brucker, Innenm.« gespeichert war, gab dieser nach. Nach Beseners Unterschrift auf zwei Formblättern durften sie endlich durch.

Besener wandte sich an Hinfaller: »Warst du mal in Österreich, bevor die Grenzen nach dem Schengen-Abkommen in den 90ern geöffnet wurden? An den kleinen Grenzübergängen, wo nicht viel Verkehr war, standen öfter mal strafversetzte Grenzer, da waren die Kontrollen so ähnlich wie hier! Und da gab's keine versteckten Bomben.«

Bevor dieser erwidern konnte, sagte Leitner: »Ich wollte mal in die Eng mit dem Rennrad und hätte in Vorderriß mein Butterbrot verzollen müssen. Da hab ich es gleich gegessen und bin aus Protest wieder heimgeradelt.«

Sie schüttelten einhellig die Köpfe.

Der Tatort war inzwischen wesentlich übersichtlicher. Um jedes Bohrloch war eine Absperrung angebracht worden. Man sah deutlich die Anordnung der neun Löcher in einer Geraden, die in einem Winkel von circa 30 Grad zur Isar hin verlief.

Leitner schritt schnurstracks zur nächstgelegenen Markierung.

»Kann da nix passiern?«, fragte Besener, inzwischen zehn Meter zurückgefallen.

»Ach, woher. Die heutigen Sprengmittel zünden alle elektronisch. Ohne Kabel oder Fernzünder passiert da gar nichts. Trotzdem sollten wir nichts anfassen. Der Vorfall mit dem Hund lässt darauf schließen, dass oberflächlich Sprengfallen eingebaut sind.«

Ist jetzt er der Kriminaler oder ich?, fragte sich Besener. Natürlich ist da was eingebaut.

»Dann kann es also sein, dass oberflächlich ein Sprengsatz explodiert und die darunterliegende Hauptmenge weiterhin scharf ist?«

»Ja, technisch ist das kein Problem. Aber die Zündung noch auslösen zu können, stelle ich mir schwierig vor. Bei der Oberflächenexplosion gehen sicher die Kabel drauf. Die sind nicht besonders stabil.«

Besener wurde hellhörig. »Soll das heißen, dass man den unteren Sprengstoff nicht mehr zünden kann?«

»Na, ja.« Leitner wirkte nachdenklich. »Eine Möglichkeit wäre, einen Zeitzünder gleich mit ins Sprengloch einzubringen. Das braucht's in einem Steinbruch natürlich nicht, wäre aber möglich. Eine andere Möglichkeit ist eine Fernzündung. Aber ich kann mir nicht vorstellen, dass ein Sender die Empfänger in der Tiefe erreicht. Da müssten sie einen Techniker fragen.«

Besener waren diese schwammigen Antworten zuwider. Jetzt war schon mal ein Fachmann da, der sich aber nicht festlegen wollte. Oder konnte. Nervig!

»Dann zur wichtigsten Frage überhaupt: Kann man mit Sprengladungen in diesen Bohrlöchern das Stück des Hangs hier in die Isar hinunterschießen?« Besener verdeutlichte mit weit ausholenden Armbewegungen, welchen Hang er wohin schießen würde. Ganz stolz war er auf den Fachbegriff. Die ganzen Sprengmeister sagten ja »schießen« statt »sprengen«.

Hinfaller lachte: »Oder macht's bloß Pffft und es stinkt nach Schwefel? Ein Schuss aus der Tiefe quasi? Teufelspfurz.« Als er merkte, dass der Witz kein Ankommer war, setzte er wieder seinen unschuldigsten Gesichtsausdruck auf, den er hatte.

»Genauso harmlos wird's nicht sein. Sie ham aber trotzdem recht«, sagte Leitner. »Das würde eine sogenannte Flächensprengung werden, wo sich der obere Bereich auflockert. Meistens ist das Gelände nachher höher als vorher und tiefe Risse entstehen. Die Kirche wird's halt erwischen. Aber um ein Stück abzusprengen, müsste man die Bohrungen anders setzen. Im Bogen etwa. Ich behaupte, das ist ein Bluff.«

In Beseners Kopf schwirrte es: ein Bluff? Konnte das sein? Wozu dann der ganze Aufwand? Was konnte dahinterstecken? Wer hatte etwas davon?

Er setzte sich auf einen der großen Begrenzungssteine, die am Weg lagen. Plötzlich lief ein Zittern durch den Boden, fast zeitgleich erschien eine Explosionswolke etwa 20 Meter entfernt. Ehe er sich's versah, saß Besener im Gras.

Neben sich rappelte sich gerade Leitner wieder auf.

»Kreizkruzefix!«, hörte er Hinfaller schimpfen. Auch er lag im Gras. Besener konnte sich nicht beherrschen: »Bist hing'falln?«

Der erwiderte: »Jetzt muss man uns zusammenkehren.« Sie lachten schallend.

Als der erste Trupp vom SEK angerannt kam, kicherten sie immer noch.

Sie schauten hinüber, wo sich die gelbschwarze Wolke nach Osten hin verzog. Die SEK-Beamten am Zaun hatten sich geduckt und sahen erschrocken aus. Einige Schaulustige nahmen gerade die Beine in die Hand. Geschieht ihnen recht! Gaffen ist keine ehrenhafte Tätigkeit, dachte Besener. Bemerkenswert war, dass eine der großen Pappeln in der Nähe des betroffenen Sprenglochs sich langsam neigte und etwa im 45-Grad-Winkel in Schieflage stehen blieb. Der Baum war mindestens 15 Meter hoch! Ein gruseliges Bild: Alle anderen Bäume am Wegesrand in Reih und Glied und der eine drohte umzufallen.

»Der Bluff hat uns glatt umgehauen, Herr Leitner«, nahm Besener das Gespräch wieder auf. »Was das bedeutet, dass das Bohrloch Nummer drei wenigstens teilweise in die Luft geflogen ist, weiß ich nicht. Vor allem war keiner in der Nähe. Wir müssen sehen, was wir jetzt weiter machen. Ich muss das alles erst verdauen. Bleiben Sie bitt' schön erreichbar.«

»Auf jeden Fall haben Sie auch mal eine schöne Schockwelle gespürt, wie sie nach Sprengungen so auftritt. Ich wünsche viel Erfolg! Habe die Ehre!«, verabschiedete sich Leitner.

Besener hatte das Gefühl, noch was fragen zu wollen, er konnte den Gedanken aber nicht recht fassen. »Äh, ja. Wiederschaun«, brachte er nur heraus, als der andere schon auf dem Weg zum Kontrollpunkt war. »Kimm, mir fahrn. Ich muss nachdenken«, sagte er zu Hinfaller. Er hatte den Eindruck, irgendwas Wichtiges übersehen zu haben.

Sie genossen die Fahrt im neuen Dienstwagen das kurze Stück bis in die Stadtmitte. Verlockend wäre es schon, mit dem Wagen bei der Polizeiwache des »Bullen von Tölz« vorzufahren. Aber erstens war die mitten in der Fußgängerzone und zweitens eigentlich das Stadtmuseum. Den Witz der Situation hätten sicher die meisten der anwesenden Urlauber eh nicht verstanden. Stattdessen parkten sie beim Schmalz-Bräu im Hinterhof.

Es war Montag, 20 Uhr.

Er warf etwas später seine Reisetasche auf das Bett und holte seinen Laptop heraus. Die E-Mail an den Innenminister war in 15 Minuten heruntergetippt. Bevor er den PC herunterfahren konnte, kam noch die Antwort: »Wenn das Schlamassel einer klären kann, dann der Besener!«

Als er in den Gastraum kam, war Hinfaller schon beim zweiten Bier. Sie fachsimpelten noch über den Fall, mussten aber dann um kurz vor zwölf aufgeben. Es war ein anstrengender Tag gewesen!

KAPITEL 3

Dienstag, 2. November – Gasthof Schmalz-Bräu, Bad Tölz

Er saß auf einer Bank am Waldrand und genoss die Aussicht.

Es war warm. Wahrscheinlich Sommer. Oder? Es regnete irgendwie sehr stark in der Nähe, aber er selbst war trocken. So stark regnete es, dass es rauschte. Gewiss ein großer Laubbaum, der den Regen abhielt. Ein Bach war's nicht, ein richtiges Regenrauschen. Er musste dringend Wasser lassen und überlegte schon eine Zeit lang, ob er sich da am Waldrand einfach hinstellen sollte. Wenn jemand kam? Aber es regnete ja da drüben. Er war unschlüssig. Er wollte von seiner Bank aufstehen, kam aber irgendwie nicht auf. Seine Füße bewegten sich einfach nicht.

Spätestens da hätte er sagen müssen: Jetzt wach ich auf und geh aufs Klo! Aber nein! Plötzlich donnerte es. Er blickte sich um und dann in den Himmel. Der war rosa. Seltsam. War es Donner oder kam was Großes durch den Wald hinter ihm? Wieder dieses Rumpeln. Ein Gewitter konnte es eigentlich nicht sein. Er bekam es mit der Angst zu tun. Immer lauter rumpelte es. Als ob sich eine große Maschine von hinten aus dem Wald näherte, um ihn mit seiner Aussichtsbank zu überrollen. Auf einmal …

Plötzlich schreckte er auf. Besener blickte sich um. Es war dunkel! Im diffusen Licht sah er, dass er im Bett saß – in seinem Zimmer beim Schmalz-Bräu. Plötzlich war er heilfroh, dass der Traum zu Ende war. Warum man so einen Schmarrn träumen muss! Ein echtes Ärgernis. Sein Herz raste. Er war aus dem Tiefschlaf aufgeschreckt. Aber warum? Links neben ihm rauschte laut der Heizkörper.

Plötzlich donnerte es wieder! Jemand pumperte laut an die Tür.

»Jaaaaaaa!«, rief er und schickte ein gebrummeltes »Kimm ja scho« hinterher.

Die Heizung rauschte und er musste dringend auf die Toilette. Und schon waren die seltsamen geträumten Ereignisse gedeutet. Nur: Wie kam er auf die Bank am Waldrand?

Er erinnerte sich an die aktuellen Ermittlungen. An die vielen rätselhaften Ereignisse hier in Bad Tölz, die er und sein Team bis Leonhardi aufgeklärt haben mussten. Das waren nur noch vier Tage!

Sie hatten gestern Abend bei der Besprechung noch ein paar Halbe Reutberger Dunkel getrunken. Die wollten jetzt wieder raus. Er riskierte einen Seitenblick auf den hotelzimmereigenen Radiowecker: Jetzt war es erst kurz nach sechs!

Es pumperte wieder jemand laut an die Tür. Kommissar Besener riss sie auf und schnauzte den Störenfried an: »Du werst aso a Depp sei!«

Es war Schwendner.

»Na, so was. Sie hätt ich jetzt am allerwenigsten erwartet. Sie san doch der Gschwendtner, oder? Gengan S' rei, i muass amoi schnei zum Bieseln.«

»Schwendner heiß ich, ohne ›G‹«, rief der durch die geschlossene Badtür. »Ich hab mir denkt, ich geh gleich zum Schmied, dass da was vorwärtsgeht. Die Drecksau miassn mir erledigen, die der Uschi ihren Hund in d'Luft gesprengt hat und unsere Wallfahrt terrorisiert!«

Die Reihenfolge fiel Besener auf, er musste lächeln. Er spritzte sich kaltes Wasser ins Gesicht und wurde allmählich ein bisschen wacher. Als er aus dem Bad kam, tigerte Schwendner vor dem Bett auf und ab.

»Es ist aber erst kurz nach sechs. San Sie narrisch? Nach dem gestrigen Tag wollten wir uns um neun treffen, unten im Nebenzimmer.« Besener seufzte. »Aber jetzt bin ich eh schon auf. Was ist los?«

»Ich hab den Schmalzner g'fundn! Na ja, quasi. Sein Bluat auf jeden Fall. Glaub ich.«

Besener seufzte erneut. »Ich versteh nix. Ich bin noch nicht wach und kann nicht denken. Ich brauch einen Kaffee. Wir gehen jetzt runter und Sie fangen dann von vorn an. Die werden hoffentlich schon was zum Beißen haben. Butterbrezehonigsemmestreichwurschtbrotirgendwas.« Er fuchtelte wieder in seiner typischen Weise, um eine Honigsemmel zu beschreiben, und komplimentierte so Schwendner bei der Tür hinaus.

Als sie beide bereits vor der Zimmertür im Hotelgang standen, schaute Schwendner den Kriminaler von oben bis unten an und sagte: »A Hos'n wär ned schlecht.«

Also noch mal retour.

Um 6.20 Uhr hatte Besener einen Kaffee, Brot mit Butter und Honig samt einem frischen Wurstaufschnitt vor sich (es reichte der Hinweis: »Besondere Ereignisse erfordern besondere Maßnahmen.«). Die Schmalzner-Crew nahm's gelassen und reagierte professionell.

»Ich hab heut durchgemacht«, begann Schwendner. »Wir haben ja neben Ihrer Bombenstory noch andere Fälle abzuarbeiten. Ich glaub ja, dass das alles zusammenhängt. Das kann kein Zufall sein, dass es so zugeht in den letzten Tagen! Weil wir momentan so wenig Leut' sind, hab ich selber die Aussagen zum Verschwinden des Herrn Schmalzner in unser System eingegeben und in Ordnung gebracht. Dabei kam mir die Idee, dass vielleicht der Herr Schmalzner doch notiert hatte, wo er hinwollte. Da war's dann schon eins in der Nacht. Zum

Durchsuchen des Büros hab ich aber den Geschäftsführer, den G'schleckten da, Sie wissen scho, wen ich mein, gebraucht, und der war heut um fünf erst wieder da. Ganz klassisch fand ich dann auf einem Abreißblock diese durchgedrückte Notiz!«

Er wedelte mit einem Blatt Papier, auf dem mit schraffiertem Bleistift die Notiz wieder leserlich erschienen war.

»Sberg, Jodq«, las Besener. »Was bedeutet das?«

Schwendner lachte triumphierend: »Da hat er die Worte abgekürzt: ›Sauersberg‹ und ›Jodquelle‹. Ich bin gleich hin. Da war's halb sechs. Mit Taschenlampe! Oben bei der alten Jodquelle steht eine Bank mit Aussicht und da fand ich dann Blutspuren! Den ham's um'bracht, sog i Eahna! Ich bin dann gleich wieder weg, wegen der Kontamination des Tatorts und so. Da muss die Spurensicherung aktiv werden!«

Besener nickte anerkennend. Der Kollege vom Land machte sich!

Als er den Gastraum 15 Minuten später mit Schwendner verließ, lief er den gerade eingetroffenen Leuten von der Spurensicherung der Dienststelle Weilheim in die Arme. Sie wollten erst noch einen Kaffee trinken und dann zum gesprengten Bohrloch Nummer drei. Um Zeit zu sparen, entschied sich Besener spontan, sie sofort zusammenzupacken, und los ging die Fahrt. Seinen Kollegen Hinfaller und Bremser hinterließ er eine kleine Notiz an der Rezeption. Die Kollegen vom K7 sollten eh die nächsten sechs Tage in Tölz bleiben, da kam's auf eine terminliche Umstellung nicht an, war sein Hauptargument.

Dienstag, 2. November – Jodquelle am Sauersberg, Wackersberg

Die Bank am Sauersberg war nach einem zehnminütigen Aufstieg schnell erreicht. Missgelaunt sperrten die Kollegen von der Spurensicherung das Gelände ab und machten sich an die Arbeit. Der bereits von den SEK-Teams abgeriegelte Tatort am Kalvarienberg musste halt warten.

Besener hatte wackelige Knie. Wie ein Blitz traf ihn das Déjà-vu: Es war die Bank aus seinem Traum! »Das gibt's doch nicht!«, murmelte er vor sich hin. »Das ist ja wie im Roman. Ich war doch noch nie an dem Fleck.« An ähnlichen Stellen vielleicht schon, musste er zugeben. Bänke oder Waldränder mit Aussicht gab's genug im Oberland. Da hatte er schon einige gesehen.

Er schüttelte den Kopf und die Gedanken ab.

Der Blutfleck bei der Bank war klein, aber eindeutig. War er vom Schmalzner? Vor der Prüfung im Labor konnte man es nicht sagen.

Es war schön warm, ein echter Altweibersommertag.

Schwendner legte sich auf die Wiese und schaute auf Tölz. Er gähnte herzhaft: »Ein sagenhaftes Platzerl is des do, ha? Da war ich schon mal mit einer, die ich am Waldfest in Wackersberg aufgerissen hab. Da war's allerdings mehr romantisch, weil dunkel. Die war ein hoaßer Feger, uiui. Da war was los, sog i Eahna!«

Besener wusste da nichts drauf zu sagen außer »aha«. Den Schwendner als heißen Liebhaber mochte er sich jetzt nicht vorstellen.

Der gähnte noch mal und seufzte tief und herzhaft.

Die Ruhepause hat er sich verdient, dachte Besener und sprach mit den Leuten von der Spusi. Auf die Frage nach der Leiche erntete er nur Achselzucken.

»Ich helf mit suchen«, sagte er und schlug sich auch in den Wald.

Plötzlich stutzte er. Das durfte doch nicht wahr sein! Überall im niedrigen Moos wuchsen Pilze! Maronenröhrlinge, Lärchenröhrlinge, Täublinge, einer schöner als der andere!

Er ging schnell zur Aussichtsbank zurück und nervte eine junge Kollegin, die das Material der Spusi-Leute »bewachte«, so lange, bis sie ihm einen Stoffbeutel überließ und dessen Inhalt in einen kleinen Karton umschichtete. »Wissen S', in einer Plastiktütn, da werden die Schwammerl schneller schlecht, als sie glauben«, belehrte er sie. Er hielt sich theatralisch die Nase zu. »Pfui Deife!«

Das Mädel, das zwei Stopsel im Ohr hatte und einen MP3-Player oder so was Ähnliches in der Gesäßtasche, brachte gerade so ein mildes Lächeln zusammen und sagte mit den Augen: »Hoffentlich bist bald weg?«

Der Stoffsack füllte sich zusehends mit den schönsten Röhrlingen. Auch ein paar Perlpilze und Täublinge fanden sich. Während das Mädel den Stoffbeutel ausgeleert hatte, hatte er ein Einwegskalpell in der Jackentasche verschwinden lassen. Das machte sich jetzt bezahlt. Da waren die schlimmsten Erdverschmutzungen schnell weggeschnitten.

Als er dann grinsend den Wald verließ, standen Hinfaller und der Klausi schon da. »Schaut's mal«, sagte er und hielt ihnen die Tasche unter die Nase.

»Schau mal«, sagten die Kollegen unisono und hielten ihm den handgeschriebenen Schmierzettel hin, den Besener schnell gekritzelt hatte: »Bin am Sauersberg bei der Jodquelle mit Spusi. Evtl. Leiche von Schmalzner entdeckt. Besprechung danach iwann.«

»Bevor wir warten auf Godot, ob er kommt oder nicht, sind wir halt hierhergefahren«, sagte Hinfaller.

Besener ging nicht darauf ein: »Die gibt's heut noch, da werdet ihr schauen! Blautäublinge, Maronen, Lärchenröhrling, Pfefferröhrling und zwei kleine Steinpilze.«

Die grünen »Blautäublinge« sahen zwar grauslig aus, aber Hinfaller wusste, dass Besener in dieser Hinsicht kein Risiko einging. Als Klausi was sagen wollte, stupste er ihn an und gab ihm mit Zeichen zu verstehen, den Schwammerljäger in Ruhe zu lassen.

Der fuchtelte derweil wild mit den Armen, um zu erklären, wo überall im Wald die Pilze waren und wie gut die abends munden würden. »Da hinten, neben der großen Fichtn, da ist so eine Lichtung mit ein bisserl mehr Moos, da war's besonders …«

Hinfaller blies die Luft in die Backen und schaute Klausi an. Der zuckte mit den Achseln.

»… und den Schmalzner hamma ned g'fundn«, schloss Besener.

»Der hätt eh nicht mehr g'schmeckt. Die Schwammerl san viel wichtiger«, bemerkte Hinfaller. Der vom Lachen aufgeweckte Schwendner schaute bloß blöd.

Hinfaller brachte ernst und laut hervor: »Ich hab noch nix gegessen! Ein Frühstück am Morgen vertreibt Kummer und Sorgen.« Dann lachte er wieder laut und klatschte zweimal in die Hände. Schwendner wusste nicht, wo er hinsehen sollte, dem war die Situation offensichtlich peinlich. Verständlich.

Besener hatte einen Geistesblitz. »Johannes, setz mal alle Hebel in Bewegung, dass der Schwendner da bei uns mitmachen darf. Der ist motiviert und hat ein Hirn im Kopf. An die Kripo ausleihen, ans Fachdezernat 1 Rosenheim, woaßt?«

»Deinen Befehl erhalten, heißt, ihn ausführen, mein Vorgesetzter!«, grinste Hinfaller.

Schwendner wurde rot, rappelte sich auf und umarmte Besener plötzlich voller Dankbarkeit.

»Jetzt san de aa no per Du!«, sagte Hinfaller und Klausi schaute fragend. »Erklär i dir später – vielleicht.«

Dienstag, 2. November – Gasthof Schmalz-Bräu, Bad Tölz

An dem Tag war weiters nicht viel anzufangen. Die Spurensicherung wurde zum Kalvarienberg entsandt. Die Kripoleute machten den Papierkram, lasen sich in alle Fakten ein, ordneten die Vorgänge zeitlich. Sogar eine Pinnwand war organisiert worden, wo eifrig Zettelchen und Fotos Zusammenhänge zeigen sollten. Die Tölzer hatten alles Mögliche an technischem Equipment zur Verfügung gestellt. Hauptquartier war ein größerer Raum im Schmalz-Bräu geworden. Die Polizeiinspektion war einfach zu sehr am Stadtrand. Sie hatten alle abgestimmt und so entschieden. Den Kriminalern war's egal, dem Obermeier ganz recht so. Es mussten die Kollegen ja das Tagesgeschäft weiter bewältigen können, ohne dass die Kripo und Konsorten herumwuselten.

Besener erledigte den Anruf beim Innenminister. Einige Telefonate wurden geführt. Nicht jeder war erreichbar. Schwendner schickte man irgendwann unter Protest auf ein Sofa im Büro vom verschwundenen Gastwirt, wo er wenigstens zwei Stunden schlief.

Die Besprechung der »Ermittlungsgruppe Leonhardi« fand am Abend im Hauptquartier im Gasthof Schmalz-Bräu statt. Die drei Rosenheimer, die zwei Tölzer Polizisten, Ohm vom SEK und Bürgermeister Fenser waren anwesend. Die Küche hatte kurz vorher schnell ein feines Wildpilz-Omelett für die drei Kripo-Beamten aus Rosenheim gezaubert (Service ist alles!). Der Koch hatte – schriftlich – jede Gewähr für die Genießbarkeit der Pilze abgelehnt.

»Fang ma oo«, fuchtelte Besener mit den Händen. »Mir essen bloß schnell einen Happmpf.«

Besener und die zwei Kollegen aßen mit sichtlichem Genuss. Viele Ahs! und Ohs! mussten die anderen über sich ergehen lassen.

Ohm begann: »Die Sprengung von gestern am Kalvarienberg erfolgte wahrscheinlich ferngezündet. Eine Zufallszündung schließen unsere Sprengexperten aus.« Er funkelte böse die Pilzmampfer an. »Ihr Experte übrigens auch.« Bevor Besener etwas entgegnen konnte, fuhr Ohm fort: »Die eine große Pappel muss gefällt werden, wenn die Lage es erlaubt. Wir möchten jetzt alle unnötigen Erschütterungen vermeiden, wie Sie sicher verstehen werden. Zufällige Wanderer kommen eh keine, also besteht vorerst keine Gefahr. Mit dem Stadtpfarrer hatten wir gestern schon die Kirche evakuiert. Die wertvollen und wichtigen Utensilien des Kirchenlebens wurden inventarisiert und ausgelagert. Die Kirche hat fast keine Schäden erlitten, ein kleiner Riss scheint neu entstanden zu sein. Sie ist trotzdem geschlossen – für alle! Das Areal ist komplett gesperrt – für alle!« Wieder so ein Seitenblick. »Am besten wär's, wir würden den Kalvarienberg weiträumig abriegeln. Die Leute, die da wegen der Vorbereitungen zur Wallfahrt kommen und gehen, sind ein großes Sicherheitsrisiko. Jeder muss immer kontrolliert werden!« Ohm setzte sich.

Besener hatte gerade einen Bissen hinuntergeschluckt und

erwiderte grantig: »Was meinen S', dass ich in der Kirche zu tun hab? Keine Angst, da werden Sie uns nicht antreffen. Und weiträumig absperren kommt erst mal nicht infrage. Bisher kann eine großflächige Bedrohung nicht bewiesen werden. Außerdem haben wir ja ein Ultimatum bekommen. Vorher wird nicht viel passieren. Die wollen uns doch in erster Linie fernhalten von dort oben.« Er verschlang den letzten Rest seines Omeletts und fuhr fort: »Ich darf Ihnen außerdem mitteilen, was die Spurensicherung heut Nachmittag am Kalvarienberg herausgefunden hat: Der Sprengstoff ist ein handelsüblicher, der in jedem Steinbruch verwendet wird. Der wird ausschließlich elektrisch gezündet. Spuren von Tätern oder so gibt's keine. Null.«

Hinfaller erhob das Wort: »Die Spuren vom Sauersberg dagegen sind eindeutig: Das Blut stammt zweifelsohne vom vermissten Schmalzner. Den DNA-Test haben sie ruckzuck gemacht! Ebenfalls Respekt an unsere Spürnase vor Ort, den Herrn Schwendner! Schleifspuren führen in den nahe gelegenen Wald, dann verlieren sie sich. Nicht einmal die Spürhunde heute Nachmittag waren den Kollegen eine Hilfe. Ein echtes Rätsel.«

»Die Sau, die derwischn mir scho! Den mach i koid, den …«, setzte Schwendner an, beflügelt vom Lob der Kollegen.

»Na, na, Schwendner, langsam. Sie san fei do koa Sheriff oder so und mir ned in Santa Fe.« Besener zeigte mit der zur Pistole stilisierten Hand auf ein Bild an der Wand, zielte und drückte ab. »Peng! Ui, der war's ja gar ned! Naa, naa, so geht des ned. Wir ermitteln in alle Richtungen und wenn wir den Verantwortlichen erwischen, dann kimmt er vor Gericht. Mir san in Bayern und ned im Wilden Westen. Einmal draufhaun dürfen S' aber vielleicht schon, gell?«

Klausi stand auf: »Äh, also, falls vergessen, mein Name ist Bremser, ich hatte den Auftrag, das Bohrfahrzeug ausfindig zu machen, und darf Ihnen Klein-Egon vorstellen!« Er hielt ein Foto in die Höhe mit einem Vehikel auf einem Anhänger. »Die spinnen, die Wissenschaftler. Geben ihren Fahrzeugen Namen! Egon ist in der Nähe von Lagerlechfeld verschwunden, wo er für zwei Wochen stand, weil ein paar Umweltaktivisten versuchten, die angesetzte Bohrung zu verhindern. Angeblich fühlt sich eine Haselmaus im Balzverhalten gestört oder so. Das Fahrzeug dient nur der Vorerkundung oder für kleinere Bohrungen. Für größere, tiefere Bohrungen kimmt dann ein größerer Lastwagen oder sie stellen dann einen richtigen Bohrturm auf. Des ist fei interessant, was mir der zuständige Leiter des Bohrteams da erzählt hat: Die bohren manchmal bis 3.000 Meter hinunter, bloß weil's da unten a warmes Wasser gibt. Da frag ich mich: Was juckt das eine Haselmaus? ›Geothermie‹ heißt des. Interessant. Des wenn die Römer schon gekonnt hätten, da wäre sicher …«

»Ich glaub, das tut nix zur Sache, danke«, würgte Besener den Redeschwall ab und lächelte Klausi an. »Kimm aufn Punkt!«

»Egon wurde wieder zurückgebracht. Den Diebstahl hätte keiner bemerkt, wenn nicht beim Einrangieren ein Malheur passiert wäre, wodurch ein Kabel eines angrenzenden Funkmasten beschädigt wurde. Die konnten dann ganz genau sagen, wann das Fahrzeug bewegt wurde. Als man die Viedeoaufzeichnungen der angrenzenden Industrieanlagen auswertete, sah man, wie Klein-Egon heimgefahren und eingeparkt wurde. Gezogen wurde der Anhänger von dem Pick-up, den der Eberhardt beschrieben hat. Dreist ist des fei scho!«

»Und der Pick-up, wo ist der? Zugelassen auf wen?«, wollte Besener wissen.

»Scheinbar auf einen Rentner in Garmisch, die Kennzeichen sind aber gestohlen. Das Fahrzeug des Mannes war zugedeckt im Carport geparkt. Wegen einer Hüft-OP darf er erst mal nicht fahren damit. Die Kollegen in GAP waren sehr kooperativ.«

Besener schaute nachdenklich drein. »Garmisch? Lechfeld? Na, so was. Die Erpresser haben aber Connections. Das gibt mir jetzt schon zu denken. Scheinen Profis zu sein. Was macht der Überblick der anderen Delikte? Johannes? Hast du Zusammenhänge gefunden?«

Hinfaller stand auf. »Das Verschwinden des Herrn Schmalzner können wir wie gesagt noch nicht in Zusammenhang mit der Geschichte auf dem Kalvarienberg bringen. Aber irgendwas muss es geben! Kleinere Sachen wie den Diebstahl von drei Fahrrädern oder zerstochene Autoreifen haben wir rausgenommen aus unserer Betrachtung. Es bleibt noch der Einbruch ins Stadtarchiv, wo nur 34,15 Euro gestohlen wurden, aber der Dieb offensichtlich ein Profi war. Da muss ich noch mehr Daten sammeln. Vielleicht finden wir was. Ich hab schon das Gefühl, das hat was mit unserer Sache zu tun. Außerdem gab es am 11. Oktober einen versuchten Einbruch in der Kalvarienbergkirche. Der Mesner konnte den Täter durch lautes Gebrüll und mit einem Kerzenständer bewaffnet verjagen. Identifizieren könne er ihn nicht, sagte er bei der Zeugenaussage. Es sei zu dunkel gewesen. Gestohlen wurde offensichtlich auch nix. Die Geistlichkeit tippt auf eine Mutprobe von Jugendlichen. Ich nicht, nach den Ereignissen!«

Besener erhob wieder das Wort: »Bleib dran, Johannes. Such die Nadel im Heuhaufen! Wenn sie einer findet, dann du. Klausi, du fragst dich mal hier im Betrieb bei den Schmalzners durch. Sammel einfach noch mal alle Daten zum Verschwinden des Chefs. Wir können nix ausschließen: Eifersucht, Habgier und so weiter. Was halt die Menschen so dazu treibt, einen anderen verschwinden zu lassen. Vielleicht ist er ja selbst inszeniert auf und davon. Ich hab irgendwie das Gefühl, dort liegt der Schlüssel zum Ganzen. Hauptkommissar Ohm, wenn Sie so freundlich wären und weiter an den Sprengladungen dranbleiben könnten? Haben Sie irgendwelche Ideen, wie man da mehr Informationen bekommen könnte?« Er lächelte den SEK-Mann entwaffnend an.

Der antwortete mürrisch. »Wir werden auf jeden Fall versuchen, die obersten Ladungen, von denen eine den Hund getötet hat, zu entschärfen. Dazu bekommen wir morgen einen Roboter geliefert. Wir werden für die insgesamt neun Bohrlöcher aber fünf Tage brauchen oder mehr. Uns läuft die Zeit davon bis Leonhardi! Die Wallfahrt kann auf keinen Fall stattfinden! Noch dazu haben wir alle Hände voll zu tun, Unbefugte, vor allem die von der Presse, fernzuhalten.«

Der Bürgermeister schüttelte den Kopf. Er war kreidebleich. »Das ist eine Katastrophe. Tölz ohne Leonhardifahrt! Die Zimmer sind ausgebucht. Busse aus ganz Deutschland, Österreich und sonst woher kommen bereits an, Tendenz steigend. Das ist Wahnsinn! Abgesehen von den Einnahmen ginge uns dermaßen viel Image verloren! Allein die Diskussionen um die Inszenierung der Wagner-Festspiele in Bayreuth oder der Passion in Oberammergau hat so viele Leute beeinflusst und nachgewiesenermaßen abgeschreckt. Stellen Sie sich vor, die Wagner-Festspiele würden ausfallen! Oder die Passion! Oder die Leonhardifahrt! Oder die Fußballweltmeisterschaft!«

Die Steigerung und das persönliche Empfinden des Bürgermeisters für die Wertigkeit der Ereignisse war Besener jetzt klar: Gleich nach dem globalen Aufschrei, sollte die Fußball-WM ausfallen, kam der Ausfall der Leonhardifahrt. »Na, na, Herr Fenser, lieber Bürgermeister«, beschwichtigte er. »Werfen Sie nicht so schnell die Hoffnung über Bord. Wir haben noch ein paar Tage Zeit!«

»Die Dregsei, die derwischn mir scho, des versprich i Eahna!«, schrie Schwendner und hieb auf den Tisch »Und dann, dann …«

»Dann griang de a boor aufn Deckel, die sie ung'spitzt in Bon nei ramman«, ergänzte Besener.

Schwendner strahlte ihn an. »Genau! Oder in die Luft 'nauf wia bei Asterix!«

Eine peinliche Pause entstand. Besener schoss etwas durch den Kopf.

Er trank seinen Rest vom Bier aus und sprang auf. »Ich weiß jetzt, wo der Schmalzner is! Und wenn er wirklich da is, is er auch tot.« Er schaute auf die Uhr und nickte Johannes Hinfaller zu. »Jetzt is' eh dunkel. Aber morgen früh fahren mir gleich zum Sauersberg und dann schau ma moi. Klausi, du drehst jeden Stein beim Schmalz-Bräu um. Wir brauchen den Zusammenhang zu den Anschlägen!«

Mit viel Gebrummel und »Guad Nachd« gingen sie auseinander.

Der Bürgermeister versuchte, mit Besener noch unter vier Augen wegen der Leonhardifahrt zu reden. Der wimmelte aber ab. »Fia heit glangt's ma fei, mach ma moing weida.« Er deutete auf Schwendner, der am Tisch eingeschlafen war. »Schaungn S' liaba, dass der heid Nacht wenigstens ein Bett sigt!«

Er schrieb noch schnell eine kurze E-Mail über den heutigen Tag an den Innenminister, dann war auch bei ihm Schluss.

KAPITEL 4

Mittwoch, 3. November – Gasthof Schmalz-Bräu, Bad Tölz

Um 7 Uhr saßen die drei Kriminaler beim Frühstück.

»Ich hab schlecht g'schlafn«, klagte Klausi. »Bauchweh hob i g'habt und dreimoi aufs Klo miassn. De Schwammerl warn aber einwandfrei, oder?«

»Ja, mei«, kommentierte Besener die Klage. Diskussionen am Frühstückstisch waren etwas, das er absolut nicht leiden konnte. Langsam und möglichst still aufwachen, das war seins, nicht so ein Scheißdreck.

»Schwer verdaulich sind's halt«, sagte Hinfaller. »Man g'wöhnt sich dran. Aber geil schmecken tun's, die g'mischten Wildschwammerl! Da kannst die Litauischen Reherl gleich ins Klo schmeißn. Außerdem sind da immer Quarzkörner drin, die knirschen beim Essen. So was gibt's bei uns ned! Überall quarzarme Böden, so weit das Auge reicht! Ich hab mal …« Hinfaller verstummte, weil er sah, dass sein Kollege es fast nicht mehr aushielt. Sie arbeiteten lange genug zusammen, dass er wusste, dass ihm fast alle Gespräche am Morgen ein Martyrium waren.

Besener schätzte Hinfaller und bemerkte sein Bemühen. »Schwamm drüber«, brummelte er. »Gibst mir no a Semme rüber?«

Mittwoch, 3. November – Dachshöhlen

Um acht ging's los. Mit dem »Bullen«-BMW zum Sauersberg.

Als sie wenig später auf dem Weg nach Wackersberg waren, läutete Beseners Handy. Er warf es Hinfaller hinüber. »Geh moi bitte hi, ich muass ja fahrn.«

Der meldete sich und lauschte kurz. Es war der Innenminister Brucker.

»Grüß Gott, Herr Innenminister. Nein, der muss fahren. Ich bin die Freisprechanlage. Aha, alles klar. Wiederschaun!«

»Er ist jetzt in Tölz«, berichtete Hinfaller. »Um uns zu unterstützen, wenn nötig, und vor allem um die Presseberichte zu koordinieren. Und den Oberstaatsanwalt bei Laune zu halten. Der ist ja schon seit gestern da. Er will ihn von uns fernhalten. Eine gute Idee! Er hat schon ein Gefühl für die Situation, oder?«

Es klingelte schon wieder. »Hod er wos vergessn perhäps«, murmelte Besner.

Hinfaller schaute aufs Display, schüttelte den Kopf und meldete sich wieder ganz brav mit seinem Namen. Ein paar »Ahas« und »Sosos«, am Schluss ein »Schön, danke. Servus« war alles, was Besener dieses Mal mitbekam.

»Und, wer war's?«, fragte er. »Bist gar nicht zu Wort gekommen, ha?«

»Bei den Frauen soll man nicht widersprechen, am besten gar nix sagen. Wer nix sagt, sagt nix Falsches. Auf viele Fragen gibt's eh keine richtige Antwort. Stell dir vor, sie fragt, in welchem Kleid sie schlanker ausschaut. Oder ob einem was auffällt. Da sagt man besser nix!«, philosophierte Hinfaller.

Besener wusste, dass sein Kollege seit vielen Jahren verheiratet war und zwei Kinder hatte. Details kannte er nicht. Auf jeden Fall hatte Johannes mehr Erfahrung im Umgang mit dem andern Geschlecht als er.

»Wer war's jetzt? Deine Frau? Aber die ruft doch nicht bei mir an!«

»Nein, die Gerda Wimmer war's. Sie meldet den Todesfall am Inn als aufgeklärt. Der Tote war tatsächlich ein Obdachloser. Er war blöderweise allergisch auf Wespengift. Der Arzt in der Pathologie hat einen natürlichen Tod attestiert. Einen schönen Gruß soll ich ausrichten.«

Besener wurde ganz euphorisch. Bin ich verliebt?, fragte er sich. »Die ist auf Zack, ha? Wobei das jetzt Glück war. Die räumt so richtig auf in unseren offenen Fällen. Da bleibt eigentlich nur noch die Sabotage mit nachfolgender Gasexplosion beim Moosen-Bauern. Des wird's dann morgen erledigt haben. Dann soll sie uns hier unterstützen. Dann kann Leonhardi doch noch stattfinden.«

»Wenn die da ist, bist du außer Betrieb, fürchte ich«, grinste Hinfaller.

»Depp«, erwiderte der. Aber so unrecht hat er gar nicht. Ich muss mich zusammenreißen!, dachte er bei sich. Ich muss mit ihr reden!

Ungefähr auf halber Strecke, bei der Unterführung am »Treibhaus«, dem ehemaligen »Ruh am Bach«, einem altehrwürdigen Tölzer Lokal, scherte hinter ihnen plötzlich ein alter VW Passat ein. Er tauchte wie aus dem Nichts auf, was Besener sofort auffiel. Bevor er Hinfaller darauf hinweisen konnte, wurden sie bereits von hinten gerammt.

»Zefix, was soll jetzt des?«, schimpfte Besener. Er hatte Mühe, den BMW auf der kurvigen Straße in Richtung Wackersberg zu halten. Da es bergauf ging, konnte er auch nicht sofort beschleunigen, um davonzukommen. Schon krachte es erneut. Der Wagen schlingerte. Endlich wurde es flacher. Besener schaltete herunter und gab Vollgas. Der Passat blieb dran.

Gerade als Hinfaller sich umschaute, zerbarst das Heckfenster. Deutlich war der Einschlag des Projektils in der Nähe des Radios zu hören. »Scheiße!«, rief er und duckte sich.

»Bieg ab! Weg von der Straße! Die schießen!«

»Ich weiß was Besseres. Halt dich fest«, bemerkte Besener, scherte nach links aus und bremste scharf. Der Passat rammte sie mit dem linken Kotflügel und drehte sich fast um 180 Grad. »So was Ähnliches hab ich mit einem Audi schon mal gemacht!«, sagte er verbissen und gab wieder Vollgas, dass die Reifen quietschten.

Der BMW beschleunigte gut. Er sah im Rückspiegel den Passat wenden und wieder losfahren. Es waren jetzt gute 500 Meter Abstand zwischen den Fahrzeugen. Sie kamen zu einer Kuppe mit einer engen Kurve. Dahinter bremste Besener ab. »Schnell, raus!«, rief er. Er stellte die Gangschaltung auf Leerlauf, sie lösten die Gurte und sprangen ab.

Kurz darauf duckten sie sich in den Straßengraben und Besener registrierte erfreut, dass der BMW immer schneller wurde und recht gut auf der Straßenmitte blieb. Der Passat kam über die Kuppe geschossen und rauschte an ihnen vorbei.

»Schnell. Schaung ma, dass mir wegkemma!«

Sie liefen auf der Straße etwa 100 Meter zurück bis zu einer Einmündung eines Feldwegs, wo ein gelbes Schild stand: »Bad Tölz über Dachshöhlen«.

»So ein Glück, des is der Fußweg zu den Dachshöhlen, da finden die uns nie!«

Nach zehn Minuten Flucht waren sie einigermaßen sicher, entkommen zu sein. Besener rief Obermeier, den Dienststellenleiter von Tölz, an und schilderte ihm die Jagd.

»Ich schick euch alle verfügbaren Leute!«, versicherte der. »Wir treffen uns bei den Dachshöhlen.«

Innerhalb einer Viertelstunde erreichten sie diese bizarre Laune der Natur aus angewittertem Schottergestein. Sie kletterten auf das Dach der Höhlen, setzten sich strategisch günstig in die Sonne und hielten Rückschau.

»Kannst du dir vorstellen, was das sollte?«, fragte Besener. »Will man uns aus dem Weg räumen oder nur erschrecken?«

Hinfaller stand ein wenig unter Schock. Seine Pupillen waren deutlich geweitet, sein Blick abwesend. »Das war ganz schön knapp. In Rosenheim geht's fei nicht so zur Sache. Stell dir vor, 40 Zentimeter weiter rechts, und das aus voller Fahrt. Ich darf gar nicht dran denken!«

»Oder weiter links, das ist grad wurscht«, bemerkte Besener. Dann fuhr er fort: »Ich hab nicht mal eine Waffe dabei. Die liegt im Hotelsafe. So eine Scheiße. Voll peinlich. Sag fei ja nix!« Er schaute eindringlich auf seinen bärtigen Kollegen. Der schien aber erst mal einen Schnaps oder etwas Ähnliches zu brauchen.

Fünf Minuten später war Obermeier schon da, mit fünf Leuten und zwei Fahrzeugen. Eines davon fuhr gleich wieder los, um das dritte Fahrzeug auf der Suche nach den Tätern zu unterstützen.

Mit den Kollegen aus Tölz ging's erst mal ins »Treibhaus«, dem Lokal ganz in der Nähe. Obermeier telefonierte mit seinen Leuten.

»Da war ich auch schon ein paarmal in meiner Sturm-und-Drang-Zeit«, sagte Besener zu Hinfaller. »Da wurde noch geraucht und nach dem Heimfahren um 3 Uhr nachts hast das Auto einen Tag lüften müssen vor lauter kaltem Rauch und Bierdunst. Pfui Deife! Aber a coole Location! Schad, dass bald Schluss ist. Irgendwie is der alte Kasten verkauft worden.«

Hinfaller reagierte nicht.

Besener sprach mit dem Mädl an der Bar. Ein doppelter Obstler, den ein benachbarter Bauer dem Etikett nach zu urteilen gebrannt hatte, ein paar Kekse und die Lebensgeister von Hinfaller kehrten zurück.

»Euer BMW ist hin«, sagte Obermeier. »Er ist direkt an eine große Buche hingerumpelt. Den könnt's vergessen. Er wird gerade abgeholt zur Untersuchung. Wir sind dafür nicht ausgestattet und fahren ihn gleich nach Rosenheim. Der Passat mit den Attentätern ist weg. Den Unfallbericht nehmen wir später auf.«

»Wir müssen noch mal zum Sauersberg rauf«, insistierte Besener. »Ich weiß, wo dem Schmalzner seine Leich' steckt.«

»Werdet's schon seng!«, fügte er hinzu, als alle neugierig schauten. »Daa diedel dummm …« Er summte wieder diesen Ohrwurm – wo hatte er den her?

Gerade, als es ihm fast einfiel, rief Obermeier: »Auf geht's! Pack ma's.«

»Wen pack ma?«, sagte plötzlich der bis dahin schweigsame Hinfaller. Ein leichtes Grinsen war zu erkennen.

»Willkommen zurück, Scotty«, grinste Besener ebenfalls.

Sie erreichten die Bank am Sauersberg sechs Mann hoch. Besener führte sie bis zum Ende der Schleifspur.

»Und jetzt: Alle Augen auf! Und zwar hin-auf. Der Schmalzner muss an einem der Bäume hängen. Das ist der einzige Ort, wo wir ihn nicht gesucht haben. Wir schwärmen von dieser Stelle aus!« Seinem Kollegen flüsterte er zu: »Aber nicht hinfallen, gell!«

Nach 30 Minuten war der Ermordete entdeckt. In zehn Meter Höhe hing er in der Gipfelregion einer großen Tanne. Die Bergung dauerte zwei Stunden. Die herbeigerufenen fünf Männer von der Bergwacht waren froh um die Abwechslung. Sie erzählten, dass sie schon eine Woche mit den Vorbereitungen für die Leonhardifahrt beschäftigt waren. Sie unterstützten das Rote Kreuz in Bezug auf Erstversorgung und Transport im Notfall, hatten aber auch drei Würstelstände in der Innenstadt zu betreuen. Die Dokumentation des Fundortes der Leiche machte die meiste Arbeit.

Der Innenminister kam auch den Hang hinaufgeschnauft, als sie gerade mittendrin waren. Er schüttelte nur den Kopf und raufte sich die Haare.

»Sie ham keine Ahnung, was das alles für Wellen schlägt!«, sagte er zu Obermeier. »Die Presse sitzt mir im Genick, der Tölzer Bürgermeister tut, was er kann, der Münchner OB kann eigentlich nur zuschauen, der Katastrophenschutz rechnet mit dem Schlimmsten! So ein Wahnsinn! Und jetzt auch noch ein Anschlag auf *meine* Kripobeamten!«

Obermeier hatte seine eigenen Sorgen und nickte abwesend. Er hatte bis vor Kurzem mit der Dienststelle telefoniert. Es ging um Leonhardi und die Koordination der Beamten.

»Ach, übrigens, servus, die Herren Kriminalbeamten. Gfreid mi!«, fuhr der Innenminister fort und schüttelte Besener und Hinfaller die Hand.

Bis der Tote geborgen war und die Kripoleute das Wichtigste gesehen hatten, war es bereits 16 Uhr. In Beseners Kopf summte es. Kein klarer Gedanke wollte ihm gelingen.

»Ich geh zu Fuß in die Stadt«, teilte er den anderen mit. »Ich muss nachdenken. Irgendwas passt da nicht zusammen, aber ich komm nicht drauf.«

Im allgemeinen Aufbruch nahm er Obermeier zur Seite und bat ihn um seine Pistole. »Wer weiß, was der Anschlag sollte. Ich will nix riskieren. Im Vertrauen: Ein Held bin ich keiner. Lieber ein gezielter Warnschuss, als tot sein. Ich bring's Ihnen morgen früh vorbei oder zur Besprechung mit.«

Obermeier hatte vollstes Verständnis. »Obwohl eine Streife heut hier patrouilliert, rate ich Ihnen, nicht an der Straße, sondern über die Dachshöhlen zu gehen. Ich glaub nicht, dass dort im Gebüsch einer lauert.«

Unten bei der Straße wartete schon der Bestatter auf die Bergwachtleute, die den Toten gekonnt den Hang heruntertransportierten.

Der Spaziergang durch Wiesen und Wald tat gut. Erst zuckte Beseners Hand zweimal in Richtung Waffe, als er Wanderer traf, bei einer Gruppe von drei radelnden Kindern nahm er sich zusammen und allmählich wurde er entspannter. Wo war nur der Zusammenhang vom Schmalzner zu den Terroristen? Er kam zur Ruhe und ein paar neue Gedanken formten sich. Was ihn an der Situation störte, konnte er aber nicht ergründen.

Oft ist es ja so, dass einem die besten Sachen einfallen, wenn man es gar nicht vermutet. Wenn das Hirn entspannt, fließen die Gedanken. Zum Beispiel fällt einem beim Bergwandern ein, dass man für die Schubkarre ein neues Rad kaufen wollte, weil das alte vor lauter Rost quietscht und nervt und überhaupts. Und einen Satz Pinsel, weil beim letzten Instandsetzen eines Kellermöbels schon keiner mehr da war. Und wenn man dann zwei Tage später zufällig am Baumarkt vorbeikommt – ist alles weg! Bis man den Pinsel kauft, vergehen Wochen! Wieso kommen wichtige Gedanken immer daher, wenn sie grad Lust haben, und nicht genau dann, wenn man sie braucht? Sind sie womöglich von oben gesteuert und der liebe Gott lacht sich ins Fäustchen? Jeder Zweite würd's wahrscheinlich so machen, wenn er (oder sie) Gott wär. Mindestens.

Aber zurück zum Besener …

Mittwoch, 3. November – Marktstraße, Bad Tölz

Die Nachmittagssonne wärmte seinen Rücken, als er die Marktstraße erreichte. In einem Anflug von Spontanität und Großzügigkeit sich selbst gegenüber hielt er kurz vor dem Ziel an der Eisdiele an und kaufte sich drei Kugeln Eis in der Waffel. Mal sehen, wie meine Lieblingssorte Pfefferminz hier schmeckt, dachte er sich. Sein bisher bestes Eis hatte er in Traunstein gegessen, beim Italiener gegenüber des Bahnhofs. Da hatte bis heute kein Eis mithalten können.

Besener bog schleckend um die Ecke in die enge Gasse zum Gasthof Schmalzner. Plötzlich stand die Gerda vor ihm. *Die* Gerda!

»Hallo, Manfred, griaß de!«, sagte sie und strahlte ihn an.

»Aah«, war das Einzige, was er herausbrachte. »Wo? Wie?«

Sie packte seinen Unterarm und nahm ihm das Eis aus der Hand. »Hmm, lass mal schlecken. Hmm … Pfefferminz liebe ich! Das geilste Eis, was es gibt.«

Ganz verdattert ließ er sich sein Eis wieder in die Hand drücken. »Wo kimmst jetzt du auf einmal her?«, brach es endlich aus ihm heraus.

Sie wedelte mit einem Autoschlüssel vor seinem Gesicht. »Voilà, ich bin dein neuer Dienstwagen! Bitte hab mich lieb und mach mich nicht wieder kaputt!«

Was für eine Frau! Er konnte es nicht fassen. Die ist total ausgeflippt und trotzdem erschreckend normal, dachte er sich. Irgendwie erinnerte sie ihn an jemanden. An ihn selbst? Es traf ihn wie der Blitz. Er war selber unberechenbar und naiv in manchen Alltagsdingen, womit er schon manche Frau vergrault hatte. Vor allem die oberflächlichen, darunter aber auch solche, die wahnsinnig gut aussahen und nach einer heißen Nacht plötzlich nicht mehr da waren.

»Und du hast wirklich ein Kind?«, hörte er sich sagen. Er lief rot an. »Ja, äh, ich hoffe, die Frage ist jetzt nicht zu privat«, stammelte er.

Die mittlere Kugel – Mango – rann inzwischen die Waffel hinunter und über alle Finger der rechten Hand. Er versuchte, durch wildes Schlecken das Schlimmste zu verhindern.

»Ich mein halt, dass du einfach so nach Tölz kannst, wo man doch fast äh … na ja, eine Stunde schon mindestens braucht. Also, wir haben ja fast zwei Stunden, weil die Umgehung da nicht …, aber am Nachmittag ist es oft … So weit is des gar ned, oder?«

»Den Tommi haben wir damals adoptiert, weil mein Mann keine Kinder zeugen konnte. Dass ich einen Depp geheiratet hatte, hab ich erst fünf Jahre später gemerkt, als er mich mit so einem Blondchen betrogen hat. Mit der Tochter eines Verdächtigen damals! Ich hab alles auf Band gehabt! Am schlimmsten war, als er mich dann frontal angelogen hat, er hätte keine Affäre und er wäre zu Hause gewesen. So ein Arschloch! Die allermeisten Männer sind Deppen, hab ich festgestellt. Machos oder Säufer oder beides oder Psychologen oder Sozialpädagogen oder totale Weicheier. Kennst du die, die im Bioladen ihre Frau anrufen, welchen Müsliriegel sie jetzt genau kaufen sollen und welchen Brei gleich wieder der kleine Bubi sooo gern mag? Zum Kotzen is des! Na ja, mit den Sozialpädagogen und den Deppen war ich jetzt ein bisserl zu allgemein. All zu gemein auch. Verstehst? Des is lustig! Voll der spontane Wortewitz. Oder heißt's Wortwitz? Gehört da ein Fugenlaut nei? Kimm, gib mir noch mal dein Eis!«

»Hmmm. So ein gutes Mangoeis hab ich zuletzt in Italien gegessen!«, kommentierte sie, als sie auch die zweite Kugel probiert hatte.

Froh, dass endlich das Thema gewechselt wurde, sagte Besener: »Musst mal nach Traunstein fahrn, am Bahnhof. Da ist das Eis auch besonders gut. Wobei das hier eher genauso gut schmeckt, merke ich grade.« Lag's an der Gesellschaft? »Außerdem kriegst du dort auch nur für eine Kugel nicht die Billigwaffel, die nur aus Luft besteht und zum Kotzen schmeckt. Eine gute Eisdiele erkennt man an der guten Eiswaffel!«

»Und du musst nach Geretsried fahrn! Da kost' des Eis bloß 80 Cent pro Kugel. Und ab zwei Kugeln kriegst eh die gute Waffel! Mein Sohn, der Tommi studiert übrigens Holztechnik in Rosenheim. Ich kann ihn schon a paar Stunden allein lassen.« Sie grinste ihn schelmisch an. »Wenn's ihm zu lang dauert, bis der Kühlschrank sich füllt, oder ich ihn zu sehr anöde, fährt er zur Freundin und dann kommen sie aus dem Bett nimmer raus. Mir is des wurscht, aber dem Studium ned. Ich würd's ja genauso machen.« Sie seufzte.

Vom Themawechsel verunsichert, sagte Besener nichts und sie schleckten abwechselnd sein Eis vor dem Eingang zum Schmalz-Bräu.

Wenn er das gewusst hätte, hätte er fünf Kugeln genommen. Oder 20. Er musste schmunzeln und gerade, als die Pause zu lange wurde (sie hatten bereits zehn Minuten nichts mehr geredet) und sie die Eiswaffel redlich teilten, kam Klausi aus dem Gasthof raus. Er hatte Besener durch die Glastüre vor dem Eingang stehen sehen.

»Chef, ich hab was rausgefunden, die Restaurantmanagerin da im Gasthof hat ausgesagt, dass …«, er unterbrach sich und blickte die Wimmer an.

»Das ist Kommissarin Wimmer aus Rosenheim, die mich während meiner Abwesenheit vertritt. Noch nicht gesehn? Das ist Klaus Bremser, unser dritter Mann hier«, stellte Besener die beiden gegenseitig vor.

Gerda schluckte Namenswortspiele und den letzten Bissen Waffel hinunter und sagte artig: »Grüß Gott.«

Sie wollte die Hand ausstrecken, schaute dann aber beide Hände an und dann Besener. Sie wischte einen Eisrest von seinem Mundwinkel und schleckte den Finger ab. Dann sagte sie: »Wir müssen erst mal Hände waschen!« Sie packte Besener am Arm und marschierte mit ihm in den Gasthof.

Der konnte nur noch über die Schulter rufen: »Woaßt, Klausi, mir san scho per Du!«

»Schaut eher aus wie verheiratet«, brummelte der.

Nach dem Händewaschen (sie ging dann doch in die Damentoilette) wartete Besener ein paar Minuten draußen vor der Tür. Gerda war verschwunden. Auch ein beherzter Blick in die Damentoilette offenbarte keine Neuigkeiten. Wo war sie hin?

Er ging zu Klausi. Der hatte es sich in einem Sessel im Eingangsbereich bequem gemacht. Seine Neuigkeiten brachten Besener zum Nachdenken: »Die Restaurantmanagerin war total durcheinander. Ganz verheult schaut die aus. Ich hab sie nur mühsam zum Hinsetzen und Reden bewegen können. Eigentlich weiß sie gar nix, hab ich den Eindruck, außer, dass ihr des alles furchtbar nahgeht. Kann mir schon denken, was da war.« Er machte Andeutungen mit Augenzwinkern und Kussmund. »Sie hat sich aber genau erinnert, dass erst nach dem Nässeschaden im Keller der Chef so durcheinander war. Der Kochlehrling hatte ihm anfangs noch geholfen, dann hatten Handwerker übers Wochenende den Schaden behoben. Sogar am Sonntag! Dann wurde es ihr plötzlich schlecht und sie musste zum Speim aufs Klo«, fügte Klausi hinzu.

Welche Handwerker arbeiteten schon am Sonntag, drängte sich als Frage auf.

Lag die Lösung im Keller? War's der Gärtner oder der Kochlehrling?

»Hol mir den Lehrling aus der Küche!«, befahl Besener.

Klausi zischte ab und kam schon nach zwei Minuten zurück. »Der hat heut frei, er wohnt in Dietramszell.«

»Wir fahrn hin«, sagte Besener, »ich muss telefoniern.«

»Ja, aber Chef, unser BMW ist doch hin, nach dem Crash in Wackersberg! Und den Bus haben die Spurensicherer nach Rosenheim mitgenommen. Wie …?« Ratloses Gesicht.

Besener warf ihm den Schlüssel zu. »Du fahrst.«

Der neue Dienstwagen war ein Mercedes-Geländewagen, wie ihn die Förster und Jäger hatten. Die Gerda hatte sich wieder selbst übertroffen.

Mittwoch, 3. November – in einem Café in Lenggries

In der Gaststube eines Lenggrieser Cafés saßen die fünf einheimischen Männer wieder zusammen. Sie hatten dieses Mal Wanderkarten und Rucksäcke dabei. Jeder war ein wenig verkleidet: mal mit Bart, mal mit Perücke, mal mit Brille und Kappe.

Es gab »lecker Kuchen« und einen »Pott Kaffee«. Der Münchner, ihr »Chef«, führte wieder das Wort: »Männer, der Plan C läuft gut. Natürlich gibt es Rückschläge, aber wir sind im Zeitplan. Dass der Tote so schnell entdeckt wurde, ist schade, aber nicht zu ändern. Er war ein absolutes Risiko und hat die Nerven verloren. Selbst schuld, würde ich sagen! Wir hatten das ja kurz besprochen.«

Er stach ein Stück von seiner Herrentorte ab und kicherte wieder so seltsam.

Die andern nickten und schauten säuerlich. Einen Kommentar gab es von keinem der Anwesenden. Besprochen war das vorher überhaupt nicht gewesen.

Der Mann aus Garmisch ergriff das Wort: »Das Bohrfahrzeug haben sie auch entdeckt. Die schauen harmlos aus, die drei von der Kripo, aber sie sind schon auf Zack! Das muss man neidlos anerkennen.«

Der Wackersberger schaute finster. »Ja, das habe ich auch festgestellt. Erst die Spur mit dem Notizblock vom Schmalzner. Daran hätten wir denken müssen! Dann ist es auch noch misslungen, dass wir die Kripoleute vorübergehend aus dem Verkehr ziehen. Als wir das Fahrzeug einholten, waren sie nicht mehr auffindbar. Das ist schon mehr als ungünstig gelaufen! Und dann haben sie wie gesagt auch noch die Leiche entdeckt. Dass das alles so aus dem Ruder läuft! Mensch, der Schmalzner, also das hätte vielleicht gar nicht sein müssen.«

Der Chef der Truppe blickte bös in die Runde. »Wollt ihr hinschmeißen oder das Ganze durchziehen? Wir haben besprochen, dass wir uns nicht beirren lassen. Hohes Risiko – hoher Gewinn. Ihr könnt's nicht raus aus der Sache!«

Der Wackersberger beschwichtigte: »Freilich ziehen wir an einem Strang. Einen Toten habe ich halt nicht erwartet und gesprochen haben wir erst drüber, als es schon zu spät war. Aber es ist halt so. Wir sitzen alle im selben Boot – wir haben dasselbe Schicksal. Die Kripo macht mir große Sorgen. Echt scheiße ist das! Wir werden einen neuen Anlauf nehmen, wenn die Gelegenheit günstig ist. Die sitzen uns zusehends im G'nack, das gefällt mir gar nicht! Gut, dass du so ein sicherer Schütze bist. Wenigstens haben wir ihnen ordentlich Angst eingejagt.« Er nickte dem Murnauer zu. »Einen Toten haben wir schon, einen toten Cop zusätzlich können wir fei jetzt nicht brauchen.«

Der Chef bemerkte: »Andererseits wäre dann das Chaos noch größer und wir hätten freie Bahn!« Er kicherte wieder.

»War bloß Spaß, nichts da, wir halten uns strikt an den Plan. Spontanaktionen wie die in Wackersberg sprechen wir gemeinsam kurz ab, aber sonst: keine Alleingänge! Wir müssen uns am Riemen reißen! Es geht voran, bald können wir die Aktion beenden und verschwinden. Die Gelegenheit ergibt sich gewiss in Kürze, dann schnappen wir uns die Pfeifen. Jetzt haben sie auch noch gelegentlich Verstärkung von so einer Blonden bekommen und sind zu viert. Vier blinde Hühner suchen die Körner.« Ein bisschen schaute er wie der Joker-Bösewicht im Batman-Film.

Der Murnauer ergriff wieder das Wort: »Ich hab von der bei der letzten Observierung einiges mitbekommen. Die ist sehr sprunghaft und absolut naiv, hab ich den Eindruck. Von der ist eher nichts zu befürchten. Die bringt die anderen drei eher durcheinander, als dass sie hilft. Mir scheint, sie hat ein Auge auf den Kommissar Besener geworfen. Na, ich wüsste auch, was ich mit der machen würde! Jedenfalls nicht offizielle Polizeiarbeit. Eher was anderes …« Er zwinkerte den anderen zu. Die trauten sich aber nicht recht, ihre – ganz offensichtlich zustimmende – Meinung dazu kundzutun. Eine peinliche Pause entstand.

Der Chef wechselte das Thema: »Die Details zur Geldübergabe gebe ich heute noch raus, in der nächsten Stunde. Die Mails sind wieder nicht nachzuverfolgen. Ich gehe nicht davon aus, dass die wirklich zahlen wollen. Aber es bindet ordentlich Manpower. Übergabeort ist die Autobahnraststätte am Irschenberg. Da ist täglich dermaßen der Teufel los, dass sie ganz schön was zu tun haben.« Er grinste.

Die anderen nickten wieder.

»Scheiß auf Leonhardi«, sagte der Mann aus Partenkirchen plötzlich leise.

Wieder leichtes Nicken von allen Seiten, während sie schweigend ihren Kuchen weiteraßen.

Dann hob der Chef den Arm und rief laut: »Frollein, die Rechnung, bitte!«

Die Bedienung warf ihrer Kollegin beim Ausschank einen bedeutungsvollen Blick zu. »Manchmoi kannt i de Urlauber aufn Mond schiaßn! Muass ma so rumplärrn? Manche san scho a lautes Volk, ha?«, raunte sie ihr zu. Sie ließ den Beleg aus der Kasse, seufzte, setzte ihr freundlichstes Lächeln auf und ging zum Tisch hinüber. »Sodala, die Herren …«

Mittwoch, 3. November – Dietramszell

In Bad Tölz herrschte bereits auffallend reges Treiben wegen der bevorstehenden Leonhardifahrt. Lastwägen des Städtischen Bauhofs luden Absperrgitter an allen möglichen Stellen in der Innenstadt ab. In Sichtweite des Eingangs vom Schmalz-Bräu stand auch bereits ein Haufen davon. Parkverbotsschilder »vom 05. Nov. 9 Uhr bis 07. Nov. 9 Uhr« an allen möglichen Gehsteigen und Zufahrten.

Klausi steuerte den Wagen in Richtung Dietramszell. Am Bahnhof standen bereits große Holzschilder mit Pfeilen »Innenstadt«, »Busbahnhof« oder »WC 500 m links«.

»So ein Brimborium«, sagte Besener. »Jedes Jahr! Wahnsinn.«

»Die Einnahmen hätt ich gern«, bemerkte Klausi.

Besener wählte Gerdas Nummer. »Griaß de … Was, du bist scho wieder aufm Heimweg? Schad. Was heißt da ›wieso‹? Dann hätten wir mal in Ruhe ein Eis essen können … Ja, hast ja recht … Ich weiß nicht, wir ham da eine ›Deadline‹, wie man in Tölz sagt. Bis Leohardi muss die Situation geklärt sein. Ich weiß auch nicht wirklich, wie das gehen soll. Auf jeden Fall darf ich mich da jetzt nicht ablenken lassen. Die …« Er schaute Klausi an. »Sie hat aufgelegt! Erst sagt sie, sie kann ja jederzeit innerhalb einer Stunde da sein und dann legt sie einfach auf!« Er fuchtelte sich vor dem Gesicht herum. »Die spinnen, die Weiber!«.

»Aber sie schaut wahnsinnig guad aus für ihr Alter. Ein heißer Feger!«, gab Klausi zum Besten. »Ihr seid derselbe Jahrgang«, fügte er hinzu.

Besener sparte sich die Frage, woher der das wieder wusste. Sein Jahrgang war eh schon ganz schön lange her.

»Des weiß ich, weil ich's für den Hinfaller hab nachschaun müssen. Ist übrigens erst zwei Tage her.«

Soso, der Hinf-aller! Den werde ich mir mal vorknöpfen, dachte er.

Nach zehn Minuten schaffte es Besener endlich, diese weiblich-sinnliche Ablenkung abzuschütteln und seine Gedanken zur Ermittlung zurückkehren zu lassen.

So eine Kurverei nach Dietramszell. Verrückt! Da haben die Missionare bei den Kelten irgendwo mitten im Wald ein Riesenkloster errichtet und sie dann in Dietramszeller umbenannt, dachte er bei sich. Wenn die Welt eine Scheibe wär, wär sie vielleicht hier zu Ende.

Der Lehrbua wohnte auf einem Bauernhof, etwas außerhalb, wo es gemäß Beschilderung zum nächsten Waldvolk nach »Bairawies« ging.

Sie fuhren auf den Hof und ein schwarzer Hund sprang ums Auto herum, laut bellend. »Der tuat nix«, sagte Besener voller Hoffnung nach fünf Minuten Warterei und stieg beherzt aus. Klausi blieb sitzen und machte große Augen. Er öffnete das Fenster einen Spalt, sodass er die Erklärungen des Kollegen gut hören konnte. »Ein echter Wachhund bellt bloß und meldet den Besucher. Und dann will er schnuppern. Wenn allerdings was schiefläuft, wenn man zum Beispiel nach anderem Hund riecht oder nach Katze, Maus, is' scheiße! Deswegen werden ja so viele Briefträger gebissen, weil sie nach einem andern Hund riechen, also wenn, äh …« Er hatte den Faden verloren.

Der Hund war auf den Hinterbeinen stehend so groß wie Besener. Sagenhaft! Irgenwann hatte er dann genug geschnuppert und geschleckt und schnüffelte lieber an seinem eigenen Hintern herum. Besener wagte sich zum Eingang.

Eine Klingel gab's nicht.

Er marschierte hinein und rief ein paar Hallos und »Is wer do?«. Der Hund ließ ihn nicht aus den Augen, Abstand: 30 Zentimeter. Aber schwanzwedelnd.

Eine Stahltür führte in den Stall. Er schüttelte den Hund dadurch ab und betrat die stinkende Kuhgarage. Hinten im Eck machte sich eine Frau mit hellblauem Kopftuch zu schaffen.

Als er näher kam, sah er, dass sie eigentlich sehr hübsch war, aber halt wie alle Leute in der Landwirtschaft gezeichnet vom frühen Aufstehen, von der harten Arbeit und so weiter. Keine vom Jungbauernkalender, fuhr ihm durch den Kopf.

Er hatte zu lang blöd geschaut, er stand nämlich plötzlich einen Meter vor ihr. Sie schaute ihn herausfordernd an. »Griaß God, sogt ma, und außerdem sogt ma, wos ma mecht!« Sie stemmte die Hände in die Hüften.

»Griaß God«, erwiderte Besener, »i bin von der Kripo und mecht den Jan.«

»Midnehma?«

»Naa, bloß redn mit eahm.«

»Da muss ich erst den Hund einsperrn.«

»Den hab ich scho troffn.«

»Mei, hot er sie oog'sprunga? Des macht er so oft, obwohl er's ned derf. Er ist ja noch ein Junger.«

Besener fuchtelte in Richtung Einfahrt. »Fast hätt ich ihn derschossn«, meinte er. *Dass ich keine Waffe dabeihab und mir fast in die Hosn g'schissn hab, braucht die ja nicht zu wissen.*

Schwanzwedelnderweise kam der Hund von der Straßenseite jetzt in den Stall und hüpfte wieder an Besener hoch. Die Frau ließ einen Pfiff hören und der Hund kuschte. Sie nahm eine Leine und befestigte ihn damit an einem Haken.

»Entschuldigung, ich bin die Reiser Fanny«, sagte sie. »Mei Mo is arbeiten, er is Lkw-Fahrer. Von der Landwirtschaft leben kann man ja heutzutage nimmer.«

»Der Herr Schmalzner ist tot und ich muss mit dem Jan reden. Ist des Ihr Sohn?«

Sie wurde leichenblass. »Der Andi – tot?«

Besener hatte Angst, dass sie umkippte. »Da setzen wir uns hin, kemman S'.« Er zeigte auf einen umgedrehten Holztrog.

Sie ließ sich schwerfällig nieder und lehnte sich zurück, die Augen geschlossen.

Nach ein paar tiefen Schnaufern legte Besener seinen Arm um sie und fragte: »Geht's wieder? Kannten sie den Schmalzner näher?«

»Wir sind zusammen in die Schule gegangen. Und hernach waren wir mal zwei Jahre ein Paar. Bis er zur Bundeswehr ging, da hat er sich dann sehr verändert. Er wollte erst unbedingt Soldat werden! So ein Depp! Mit seiner Wampen! Nie im Leben, hab ich gesagt. Offizier auch noch. Na ja, bissl ein Streber war er schon in der Schule, aber sonst …« Sie überlegte ein wenig. »Er hat dann umgeschwenkt auf Polizei und es dann ja auch fast geschafft mit der Karriere in München, wenn er nicht die Wirtschaft hätte übernehmen müssen. Ein sauberes Mannsbild war er da! Optisch, mein ich. Aber sonst nimmer der Andi wie vorher. Irgendwie arroganter …« Sie schluchzte. Eine Träne tropfte auf Beseners Hose.

Er wurde plötzlich am Kragen gepackt und hochgezogen. Jan!

»Wos wolln Sie von meiner Muata? Wos is do los?«

Besener hatte keine Mühe, dem Bürscherl den Arm umzudrehen und ihn so außer Gefecht zu setzen.

»Kripo, du Held. Wegen dir bin i do. Wenn du der Jan bist.«

»Ja, san S' scho richtig«, antwortete der kleinlaut und fügte noch ein leises »au!« hinzu.

Zehn Minuten später wurde auch Klausi aus dem Auto befreit (Weichei!) und sie saßen wenig später in der Stube bei dampfendem Kaffee. Frische Schmalznudeln und ein saugeiler Rahm im Kaffee hätten fast vom Grund des Besuchs völlig abgelenkt. Nach einer Viertelstunde »Hmm!« und »Ahh!« und Geschichten vom Schwammerlomelett kam Besener dann endlich zur Sache: »Der Schmalzner wurde ermordet, Jan. Warst du des?«

»Naa. War i ned«, war dessen Antwort. Klare Frage – klare Antwort. So liebte es Besener.

»Wo warst du am 1. November um die Mittagszeit?«

»In der Arwat hoid.«

»Willst du es auch mal probiern?«, fragte Besener den Klausi, ein bissl genervt.

»Weißt du, wer's war?«

»Naa.«

»Hast jemand im Verdacht?«

»Vielleicht eine von seine Schicksn?«

Patsch! Die Mutter hatte ihm eine Saftige geschmiert. »Reiß die zamm, du Rotzlöffel. Red anständig von am Totn!«

»Ja, mei. Ein bissl was wird halt getratscht und angeblich hatte der Herr Schmalzner da immer mal wieder eine Affäre. Sogar mit der Restaurantmanagerin, hat sie selbst behauptet!«

Er schaute überrascht ob seines langen Monologs. »Mich mag er gar ned«, fügte er hinzu.

»Wie kommst drauf?«, wollte Besener wissen.

Die Geschichte aus dem Weinkeller war recht schnell erzählt. Mit den richtigen Fragen … klare Antworten!

Beim Verabschieden sagte Besener zur Fanny: »Der Schwendner ist auch ein Schulkamerad, oder? Das hat er so nebenbei mal erwähnt.«

»Der Schwendner?«, sie lachte lauthals. »Der hat schon in der Schule nur das Notwendigste gemacht. Ich möchte nicht wissen, was das jetzt für ein fauler Hund ist. Man hört ja so einiges: mit Blaulicht zum Leberkässemmeln-Kaufen fahren und solche Brüller.« Leise fügte sie hinzu: »Aber dass ich mit dem Schmalzner mal intim war, des geht fei den Jan und die Leut' nix an. Mei Mo weiß es und des muss g'langen. Immerhin hat ihn der Andi deswegen als Lehrbua genommen. Und bevor Sie fragen: Er ist nicht sein Sohn.«

Auf dem Weg zurück nach Tölz wussten sie nicht recht was zu reden. Ihnen schwirrte der Kopf vor lauter Zusammenhängen.

»Schöner Hund«, meinte Klausi plötzlich.

»Depp«, antwortete Besener.

Mittwoch, 3. November – Gasthof Schmalz-Bräu, Bad Tölz

Zu Hause im Gasthof trafen sie Hinfaller.

Es war bereits 19 Uhr. Es wurde Dienstende befohlen und Bier bestellt. Hinfaller hatte sagenhafte Neuigkeiten. Aber erst nach dem Abendessen. Die Küche war wirklich erstklassig! Der Schmalzner hatte ein gutes Händchen gehabt, erstaunlich! Außerdem war die Bude gerammelt voll. Immer.

Besener hatte nicht gewusst, dass man sauren Presssack so verfeinern konnte, dass er besser als bei seiner Mutter schmeckte. Da hatte er plötzlich ein schlechtes Gewissen, weil er schon eine ganze Weile nicht mehr in Miesbach gewesen war. Aber es hielt nicht lange an, weil der Presssack viel zu gut war.

»Der Schmalzner war nicht besonders beliebt, aber wurde auch nicht gehasst. Er zahlte gut und hat erstklassiges Personal«, fing Hinfaller an zu berichten.

»Hatte«, korrigierte Klausi.

Hinfaller ignorierte ihn. »Und jetzt kommt's: Die Sabine, die Restaurantleiterin, hatte ein Verhältnis mit ihm und ist schwanger! Den Gynäkologen hab ich schon angerufen, der hat's bestätigt. Nicht die Vaterschaft, aber die Schwangerschaft.«

»Einen Braten ihm Rohr«, grinste Klausi.

»Jetz, kimm! Die Sprüche machen, des is mein Part, gä!«, erwiderte Hinfaller. »Nicht alles ist witzig. Schon gar ned, wenn's um Tote geht! Zammreißen!«

Klausi wurde rot und sagte nichts mehr.

»Dann haben wir eine Nachricht bekommen, wann und wo die Geldübergabe stattfinden soll. Haltet euch fest: Am 6. November um 10 Uhr in der Autobahnraststätte am Irschenberg! Da ist in Tölz Ausnahmezustand wegen der Wallfahrt, ein Verkehrskollaps wahrscheinlich und gleichzeitig ist der Rasthof täglich vor Mittag dermaßen stark frequentiert, da brauchen wir nicht bloß zehn Kollegen zur Unterstützung. Und wo sollen wir dann sein? Mal schnell hinfahren wird nicht gehen. Die 30 Minuten normale Fahrzeit könnten da drei Stunden werden!«, schimpfte Hinfaller. »Das Lösegeld für München soll in der Halle des Hauptbahnhofs deponiert werden. 15 Millionen! Des san doch Wahnsinnige, oder? Oder Geniale«, meinte er nachdenklich.

»Der Innenminister soll uns möglichst viele Rosenheimer Kollegen für die Geldübergabe am Irschenberg abstellen. Am besten organisieren sich die da drüben selber«, meinte Besener. »Ich persönlich glaub nicht, dass da einer der Erpresser auftaucht. Ich glaub auch nicht, dass wir was zahlen. Wir sind denen auf den Fersen.« Er grinste.

Hinfaller auch und sagte: »Eher schon auf die Zehen getreten!«

Nach dem zweiten Bier und dem Festmahl-Ende mahnte Besener zur Stoffsammlung: »Also, was ham mir: einen ermordeten Gastwirt und einen Bombenleger, Schrägstrich Erpresser. Wie hängt das zusammen, wenn überhaupt? Was hat den Schmalzner fast einen Monat lang so bewegt, wie seine Leute sagen? Wieso explodieren die Sprengladungen, wenn gar keiner da ist? Fragen über Fragen …«

»Und wer hat auf uns geschossen?«, fügte Hinfaller hinzu.

»Und warum?«, meinte Klausi.

Besener sprang auf, der Stuhl kippte um. Die Leute an den Nebentischen glotzten. »Das ist es!«, rief er. Er wusste jetzt, was ihn gestört hatte!

Er ahmte mit den Händen die Verfolgungsjagd nach: das Einscheren des Fahrzeugs hinter ihnen, die kurvenreiche Strecke, das Abspringen …

»Das hat er öfter«, flüsterte Hinfaller Klausi zu. »Setz dich hin, Manfred«, raunte er seinem Kollegen zu.

Als der saß, war er ganz aufgeregt. »Woher wussten die Verfolger, dass wir kommen? Ha? Sagt mir das! Die einzige Erklärung: Wir werden abgehört! Morgen holst du mir Spezialisten her, die unsere Zimmer und die Besprechungsräume da herinnen durchsuchen und vor allem die Dienstwägen. Na ja, unsern nimmer vielleicht.« Er grinste. »Dieses Mal war's kein Audi, möchte ich bemerken.«

Die anderen waren sichtlich nachdenklich und entsetzt.

»Bin gespannt, was die Spurensicherung zum hängenden Schmalzner herausgebracht hat«, meinte plötzlich eine bekannte Stimme neben dem Tisch: Schwendner. Er stand da und grinste.

Die Bedienung, die zufällig die Bemerkung mit angehört hatte, blieb stehen und schaute erschrocken. Das von ihrem hängenden Chef hätte sie lieber nicht hören wollen.

»Des schaut guad aus«, sagte Schwendner und deutete auf das halb volle Weißbier von Besener. Dann deutete er auf sich und schaute die Bedienung erwartungsvoll an. Die nickte und zog ab.

Klausi und Johannes verabschiedeten sich und Schwendner setzte sich. Besener war noch nicht wirklich müde. Die Zwiebeln vom Sauren Presssack hatten ihn wieder fit gemacht. Da konnten auch die drei Halben Reutberger noch nicht recht was ausrichten.

Schwendner bekam sein Bier, leerte es gleich im ersten Zug zur Hälfte und schaute Besener erwartungsvoll an. »Aaah! Des is guad. Was gibt's Neues? Hamma schon einen Verdächtigen?«

Was konnte es schaden, wenn man einen engagierten Kollegen weiterhin mit ins Vertrauen zog?, dachte Besener. Der hatte schon bei der Suche nach dem vermissten Gastwirt ein gutes Näschen bewiesen.

Er erzählte ihm die Ereignisse des Tages: die Autojagd am Sauersberg, das Auffinden des toten Schmalzner, die Gerda ließ er aus (was geht das den Schwendner an), der Besuch in Dietramszell und schließlich die vermeintliche Affäre des Schmalzner.

»Mei, die Fanny hab ich lang scho nimmer g'seng. Dass die mal mit dem Andreas zamm war, hab ich gar nicht mitgekriegt. Und dass die Restaurantleiterin was mit dem g'habt hat – so was! Meinst, dass es auf Eifersucht hinausläuft? Mord im Affekt? Oder geht's um die Wirtschaft? Wer erbt die eigentlich? Mei, jetzt hab ich Du g'sagt. Dann mach ma's halt glei so. Wer älter ist, weiß i jetzt ned. Ich schau älter aus!« Er hielt Besener das Bierglas entgegen. »I bin der Herbert.«

»Manfred, is scho recht«, erwiderte Besener. Irgendwie gefiel ihm der Kollege inzwischen. Er hatte was Normales, er war geradeheraus.

»Affekt schließe ich aus, weil die Leich so fachmännisch versteckt war. Ein Einzelner hat zu tun, bis der Körper da oben hängt. Er war ja schon ein Brummer, der Schmalzner, gell. Wie du gesagt hast, wir müssen warten, was die Spurensicherung sagt. Was meinst, woher die gewusst haben, dass wir früh zum Sauersberg fahren? Wo könnte die Wanze sein?«, fragte Besener.

»Na ja, wir san doch da drüben g'sessn, im Nebenzimmer. Da sollten wir halt als Erstes suchen. Oder es gibt eine undichte Stelle. Ein Maulwurf vielleicht?«, meinte Schwendner. Irgendwas schwirrte noch in seinem Hirn herum zu dem Thema, aber er konnte es nicht fassen. Scheiß Biertrinkerei, dachte er bei sich.

»Ah, geh! Ein Maulwurf bei uns, so ein Schmarrn! Der Bürgermeister vielleicht? Oder der Ohm? Eher ist es einer, der uns bespitzelt. Wie so ein Agent à la Bond, schwarz angezogen und in der Nacht von Haus zu Haus schleichend?« Besener lachte.

Da war's wieder: Schwendner schoss der Blitz der Erkenntnis durch den Kopf.

Der Einbruch im Stadtarchiv!

Er erzählte Besener die Geschichte.

»Wieso ist der Fall dann nicht weiterverfolgt worden?«, fragte der und fügte hinzu: »Der Hinfaller Johannes ist an dem Einbruch dran, aber anscheinend noch nicht dazu gekommen.«

»Ja, mei, das war halt eine Lappalie damals. Wir können ja nicht jeden Scheiß aufklären. Es soll schon im Verhältnis stehen zum Aufwand. Du hast keine Ahnung, was bei uns die Halbwüchsigen alles anstellen! Ein paar Watschen würden da eher helfen als die ewigen Sozialstunden. Da lachen die Hundskrüppel doch bloß! G'scheiter is', mir finden die Sau, die für das da alles verantwortlich is!« Schwendner hieb mit der Faust auf den Tisch. Seine neue Lieblingsbeschäftigung!

»Ja, hast ja recht«, beschwichtigte Besener. »Die Obermeier sollten wir noch mal besuchen. Wie eine Mutprobe oder ein Einbruch fürs schnelle Geld hört sich das nicht an. Vielleicht hat der Täter ja doch was anderes gesucht beziehungsweise mitgenommen? Wie geht's deiner Kollegin eigentlich? Der mit dem Hund?«

»Die Uschi! Die ist fertig mit den Nerven. Ich hab sie heute besucht. Sie hat halt niemanden, der ihr nahesteht. Obwohl sie eine ganz eine Fesche is.« Schwendner schaute träumerisch zur Decke.

»Geht da nix?«, meinte Besener direkt. Aus einer spontanen Laune heraus erzählte er Schwendner dann doch die Geschichte von der Gerda Wimmer. »Ich werd nicht schlau aus ihr. Sie ist so sprunghaft, wie ein großes Kind hin und wieder. Eigentlich kenn ich sie gar nicht. Wir hatten noch nie Gelegenheit zum Quatschen.«

»Mir geht's genauso«, erwiderte der. »Die Uschi scheint so unnahbar, so überlegen. Derweil ist sie ganz normal. Wir ham heut eine Stunde geredet im Krankenhaus. Dann hat sie mich sogar kurz umarmt. Ich glaub, sie hat den Vorfall inzwischen gut verkraftet. Die haben gute Psychologen dort, hab ich den Eindruck.«

»Du musst halt deinen Ruf als fauler Hund und Abseiler loswerden«, schlug Besener vor. Nach ein paar Bier konnte man so was unter Männern schon mal loswerden, ohne dass der andere beleidigt reagierte, dachte er sich. Der Dienststellenleiter Obermeier hatte ihm da ein paar Geschichten erzählt vom Schwendner, mein lieber Schwan!

Schwendner nickte zustimmend und hieb wieder auf den Tisch. »Die Sau, die derwischn mir!«

»Und dann hau i eahm oane nei!«, fügte er hinzu.

Besener war froh, dass das Thema Erschießen vom Tisch war. Er lud seinen neuen Freund ein, zur Frühstücksbesprechung um sieben anwesend zu sein. Es galt, vielen Spuren nachzugehen.

KAPITEL 5

Donnerstag, 4. November – Gasthof Schmalz-Bräu, Bad Tölz

Nach dem Frühstück war wieder Besprechung. Die gute Nachricht kam gleich zuerst: »Schwendner, Sie san jetzt Mitglied in unserer Ermittlungsgruppe ›Leonhardi‹. Sie san offiziell ausgeliehen.« Hinfaller schwenkte ein Blatt Papier in der Hand.

»Sagt's bitte Herbert zu mir«, meinte Schwendner.

Die schlechte kam gleich danach von Hinfaller: »Die Spezialisten haben bisher insgesamt fünf Abhörgeräte gefunden, eins hier im Raum und eins in deiner Jacke, Manfred. Sie sind noch nicht fertig. Momentan sind wir hier sauber.«

Es war nicht zu fassen! Wie konnten sie sich so dilettantisch bespitzeln lassen? Da musste man doch damit rechnen! Besener ärgerte sich.

»Klausi, du recherchierst, wer den Schmalz-Bräu erbt. Vielleicht liegt ja da die Lösung des Rätsels. Johannes, du redest mit der Spurensicherung. Ich fahr mit dem Kollegen Schwendner Herbert zum Stadtarchiv. Den Einbruch hab ich euch ja vorhin geschildert. Ich werde das Gefühl nicht los, dass da mehr dahintersteckt. Die Schwester des Polizeichefs Obermeier arbeitet da. Und danach schauen wir, was die Bomben am Kalvarienberg so sagen. Der Ohm, die Pfeife, lässt ja nix hören. Die SEKler sind halbe Soldaten und haben mit stinknormalen Kripoleuten nix am Hut. Danke fürs mangelnde Vertrauen!« Besener war plötzlich stinksauer. In der Erpressungssache waren sie noch keinen Schritt weitergekommen. Wanzen überall! Was konnte schlimmer sein?

»Um 13 Uhr ist große Besprechung im Landratsamt, um 14 Uhr Pressekonferenz. Bis dahin brauchen wir mehr, Männer! Sonst fliegt uns das alles hier um die Ohren!« Er fuchtelte mit den Armen und verdrehte die Augen.

»Hat er das öfter?«, fragte Gerda Wimmer, die plötzlich neben Hinfaller stand.

Während die Kollegen grinsten, lief Besener rot an.

Wegen allgemeiner Sprachlosigkeit fügte sie noch hinzu: »Und was kann ich machen?«

»Griaß de, Gerda.« Besener erwachte aus seiner Lähmung. »Musst du nicht in Rosenheim unsern Laden schmeißen?«

»Die Sabotage beim Moosen-Bauern ist geklärt. Er war's selber. Er hat sich gestern umgebracht und einen schönen Abschiedsbrief hinterlassen. Die Kollegen vom Betrugsdezernat haben jetzt einiges zu tun. Er hat über zehn Großbauern in der Umgebung schwer belastet. Ja, mei. Ohne Moos ist halt nix los! Und jetzt bin ich eine Woche lang zu euch zur Unterstützung abgestellt. Wenn ihr mich haben wollt!« Sie grinste.

»Ich scho«, sagte Besener. »Also, ihr wisst schon, für Dings, äh …« Die Zweideutigkeit blieb im Raum hängen. Keiner traute sich, was zu sagen. Soll sie doch hängen, dachte er. Nur Schwendner zwinkerte ihm zu, in einem unbeobachteten Augenblick.

»Da ist auch gleich was, was wir schon längst hätten machen sollen«, fiel Besener ein. »Schau dir bitte die Erpresser-E-Mails, vor allem die mit der Animation darin an. Das kann nicht jeder erstellen, hab ich mir sagen lassen. In Tölz gibt's gewiss einige Computer-Fachleute, die da was sagen können. Die Zusammenstellung aller bisherigen Ermittlungsergebnisse gibt's erst heute Nachmittag, wenn's dir recht ist.«

»Ja, freilich, Manfred.« Sie lachte fröhlich. »Erst brauch ich ein Zimmer. Endlich mal was anderes als Rosenheim!«

Sie waren aufgestanden. »Auf geht's, Leute, wir sind jetzt zu fünft«, motivierte Besener noch einmal. Hinfaller ging, Klausi zog seine Jacke an. Besener nahm seinen Mut zusammen: »Und, äh, Gerda, was ich schon gestern hätte sagen sollen …«

Sie drückte ihm einen Schmatz auf den Mund und ging mit einem »Passt scho!« davon.

Schwendner stand mit offenem Mund da. »Des is also die Gerda«, sagte er schließlich.

Klausi merkte wissend an: »Die sind fei scho per Du!«

Daa diedel dumm … Da war der Scheißohrwurm schon wieder! Besener war beschwingt und hatte gerade wieder vergessen, was er heute tun wollte. Was man ihm offensichtlich ansah.

Schwendner packte ihn nämlich am Ärmel. »G'scheiter is', wir fahrn jetzt!«

Donnerstag, 4. November – Blombergstraße, Bad Tölz

Rudi Eberhardt saß am Frühstückstisch und traute immer noch seinen Augen nicht. Er hatte den ganzen gestrigen Tag in der Universitätsbibliothek in München verbracht, um nachzuforschen, ob beim Bau der Kalvarienbergkirche etwas über den Untergrund geschrieben worden war. Aber die Baumeister im 18. Jahrhundert hatte das offenbar nicht so interessiert.

Stattdessen war er – zufällig – auf die Unterlagen gestoßen, wie und wo man rund um den Kalvarienberg Stollen angelegt hatte, um einen Kohlebergbau zu betreiben. Dabei war ihm eine Notiz in die Hände gefallen, laut der die Bergleute in einem solchen Versuchsstollen auf einen bereits bestehenden Gang getroffen waren.

Der Rest des Manuskripts war unvollständig. Er hatte Kopien gemacht und sich nach der Geschichte dieser Unterlagen erkundigt.

Zuletzt ausgeliehen 1969 von einem gewissen Pater Franziskus vom Kloster Benediktbeuern, vorher 1945 von Major Miller von der US-Armee. Was hatte das zu bedeuten?

Er hatte bereits im Kloster angerufen und erfahren, dass besagter Pater immer noch existierte, wenn auch 85-jährig.

Er nahm sich vor, den Pater am Nachmittag zu besuchen, vielleicht konnte der ja Licht ins Dunkel bringen. Spannend, ein bissl Altertumsforschung zu betreiben. Eine schöne Abwechslung! Gab's noch unentdeckte Geheimnisse in der Geschichte von Tölz?

Donnerstag, 4. November – Stadtarchiv Bad Tölz und Kalvarienberg

Schwendner und Besener erreichten bei Frau Obermeier im Stadtarchiv nichts.

Totale Schneiderfahrt! Keine Möglichkeit, eine Komplettinventur in der kurzen Zeit zu machen, keine Möglichkeit, schnell festzustellen, ob etwas fehlte. Mysteriös, zweifellos. Die Obermeier ließ aber andererseits auch nicht locker. Sie suchte auf eigene Faust, weil sie befürchtete, dass doch was fehlte.

Deswegen besuchten sie gleich den Pseudosoldaten Ohm am Kalvarienberg in seinem Einsatzgebiet.

Wieder wurde ihnen der Zutritt vom Posten am Tor verweigert. »Der Chef ist bereits unterwegs«, war der einzige Kommentar.

Als der dann schließlich eintraf, war seine Laune offensichtlich zum Kotzen. Er schnauzte diesen und jenen an; alle parierten, weil sie ihm dienstgradsmäßig nicht gewachsen waren.

»Es hat schon wieder eine Explosion stattgefunden und ich kann sie nicht hinauflassen. Innerhalb der letzten zwei Tage gab es drei davon. Wir können selbst unsere Spezialisten nicht mehr dort hinlassen. Zu gefährlich. Der Bombenentschärfungsroboter wurde beschädigt, ein neuer ist nicht in Sicht. Sie sehen, meine Herren, wir treten auf der Stelle und können wenig tun. Der Erpresser hat die Oberhand – leider. 20 meiner Leute haben den Sylvensteinstaudamm abgesperrt. Dort wird jetzt auch nach Sprengstoff gesucht. Wir gehen davon aus, dass es unmöglich ist, in den Damm ein Loch zu sprengen, aber was nützt das? Da gibt's viele Wartungsstollen und Kammern im Inneren, das dauert! Vom Kraftwerk im Berg ganz zu schweigen. Ich kann gerade nicht mehr tun, meine Herren! Und jetzt entschuldigen Sie, ich muss weitermachen.« Er grüßte knapp und war weg.

»Was hat jetzt der so eilig zu tun, wenn man gar nichts tun kann?«, brachte es Schwendner auf den Punkt.

»Ein aufgeblasener Wichtigtuer ist des, ein arroganter Depp«, erwiderte Besener.

»Der Schmalzner wär auch so einer geworden, das wett ich«, sagte Schwendner. »Der hielt sich schon zum Ende der Schulzeit für was Besonderes. Aber es sind Gott sei Dank nicht alle Superpolizisten so. Mein Schwager ist Hubschrauberpilot in Österreich, der ist voll okay. Ich kenn da einige, die ganz in Ordnung sind. Des ist wie bei den Mountainbikern: Die zwei, drei rücksichtslosen Raser fallen auf, der Rest der friedlichen Sportler kann nix dafür.«

»Und was mach ma jetzt? So eine Scheiße. So kommen wir nicht weiter«, fragte Besener.

»Wir könnten der Uschi einen Krankenbesuch abstatten«, schlug Schwendner vor.

Besener musste grinsen. »Eine gute Idee. Da bringen wir ihr ein Eis vom Italiener mit. Pfefferminz kann ich empfehlen.«

Der Termin war überschaubar. Dienstlich bei der Eisdiele in der Fußgängerzone vorfahren, dann schnell zum Krankenhaus. Nach einer Stunde waren sie wieder draußen mit dem Versprechen: »Die Sau, die derwischn mir!« Die Uschi hatte dankbar geschaut.

»Nur so geht's!«, sagte Besener. »Sei ein Held!«

Gute Ratschläge von einem, der selber nicht weiß, wie's funktioniert, dachte er.

Donnerstag, 4. November – Gasthof Schmalz-Bräu, Bad Tölz

Sie fuhren zum Schmalz-Bräu, weil noch eine Stunde bis zum Treffen Zeit war. Die Restaurantmanagerin entpuppte sich als ganz nette, normale Person, aber durcheinander. Sie sei soo glücklich mit ihrem Andi gewesen, soo verliebt und eine gemeinsame Zukunft sei schon geplant gewesen. Dann wieder aufs Klo zum Speim und dann wieder weiter: Der arme Andi … Wenigstens hat er dann einen Erben, da kann er von oben drüber wachen.

Besener konnte es nicht mehr hören. Wie eine Mörderin kam die nicht rüber. Außerdem viel zu zierlich.

Als sie zum Landratsamt fuhren, war es erst zwölf. Besener schimpfte: »Den ganzen Tag bis jetzt nix erreicht, so ein Mist! Und woanders hockt so ein Arschloch zu Hause, lacht über unsere Unfähigkeit und lässt ganz nebenbei alle paar Stunden mal eine Bombe platzen.«

Gerda war schon da. Logisch.

Umarmung, Bussi. Auch logisch.

Irgendwie war Besener genervt. Eigentlich war das nicht seine Art, auf fleißige Kollegen oder Kolleginnen zu eifern, aber die Zähigkeit der Ermittlungen suchte ihresgleichen.

Bericht der personifizierten Eifrigkeit: »Die Animation ist mit einem Programm erstellt worden, das nur große Firmen in Gebrauch haben, aber auch Ämter und Behörden. Die Schriftart gibt's nicht, sie ist eine Eigenkreation des Erpressers.« Sagenhaft. Und jetzt?

»Und jetzt?«, fragte Besener. »Das engt den Verdächtigenkreis nicht wirklich ein. Abgesehen davon beschäftigt es mich, dass es laut Geologen gar nicht möglich oder nur sehr unwahrscheinlich ist, dass die Sprengung wie angedroht hinhaut. Dasselbe gilt für den Staudamm. ›Impossible!‹ Ham die Spazialisten wirklich gesagt!« Er erinnerte sich, dass Gerda ja nicht viel wusste, und fing von vorne an.

So verging auch diese Stunde und ruckzuck war es 13 Uhr.

Die üblichen Verdächtigen waren wieder zur Besprechung da: SEK-Verantwortlicher Ohm, Bgm. Fenser, PHK Obermeier, Kripo, POM Schwendner. Zusätzlich der Pfarrer und der OB von München, Lohbrunner. Irgendwie hatten Besener und seine Leute die Bürgermeister immer über alles auf dem Laufenden gehalten, allein schon wegen ihrer Nähe zum Innenminister. Der Pfarrer war von Besener hinzugezogen worden, weil die Kirche am Kalvarienberg unmittelbar betroffen war. Eigentlich ging das gar nicht bei polizeilichen Ermittlungen, Zivilisten dabeizuhaben. Dafür stellten ihre Einwände und Erklärungen eine echte Hilfe dar. Wer wusste mehr über die örtlichen Gegebenheiten als der jeweilige Bürgermeister oder der örtliche Pfarrer?

Alle hörten der Zusammenfassung von Besener zu. Der in letzter Sekunde zusammen mit Hinfaller eingetroffene Klausi fügte hinzu: »Den Schmalz-Bräu und alles, was dazugehört, erbt eine Familie Verler, entfernte Cousins und Großcousinen in München. Ein Motiv für einen Mord ist aktuell hier noch nicht in Sicht. Ich bin dran mit ein paar Leuten.«

Keiner wusste recht, was man dazu sagen sollte, also fuhr Klausi fort: »Interessant war ein Besuch bei Schmalzners Hausarzt.« Klausi nahm seinen Job immer ganz genau. »Nach einer Mumps-Erkrankung vor zehn Jahren war der Gastwirt zeugungsunfähig.«

Da schau her! Ein Raunen ging durch die Gesellschaft.

Die Restaurantleiterin hat doch glatt alle angelogen! Wittert wohl das schnelle Geld, dachte Besener.

Klausi hatte auch gleich einen Maurerbetrieb für nachmittags bestellt inklusive der Spurensicherung. Die Aussage des

Kochlehrlings hatte sie alle neugierig gemacht, ob der Keller nicht doch Geheimnisse barg.

»Respekt, Klaus«, kommentierte Besener. »Ich bin dabei heut Nachmittag.« Das »i« hatte er bewusst weggelassen. Der Klausi wurde allmählich zum Klaus, zweifellos.

Der Bericht von Hinfaller war nicht weniger interessant: Der Schmalzner wurde erschlagen mit einem stumpfen Gegenstand (der Pfarrer bekreuzigte sich) und danach auf einen zehn Meter entfernten Baum gehängt. Allerdings nicht am Hals, sondern in einer Art Kletterknoten, sodass er da oben in drei Jahren immer noch gehangen hätte, schön mumifiziert. Der Leichnam wäre vom Wind ruckzuck ausgetrocknet gewesen und dann hätten die Vögel auch keine Freude mehr dran gehabt.

»Pfui Deife, muass des sei!«, warf Bürgermeister Fenser ein.

Ja, mei. Wenn der Pathologe das so schreibt, was sollte man machen?

Das Seil war kein gewöhnliches, es war sauteuer und würde nur von Alpinisten fürs Hochgebirge verwendet. Ein paar G'spinnerte, Geldige gäb's zwar immer, die sich so was leisten, aber eher selten.

Na, na!

Ja, mei. Wenn's doch der Sportartikelhändler so gesagt hat!

Der Bürgermeister: Auf jeden Fall habe den Schmalzner ein Profi erledigt und verschwinden lassen. Nur Dank dem Herrn Schwendner (Beifall) und dem Herrn Besener und seinem Team (Raunen) inklusive eines schrottreifen Wagens (Jaja, das kennen wir, Gelächter) habe der Mord als solcher erkannt werden können.

Der Pfarrer klagte, dass die Kalvarienkirche gesperrt sei, Ohm zuckte die Schultern, die Erpressung sei sehr wahrscheinlich nur ein Bluff, was den OB von München erleichtert.

Im Anschluss schmiedeten sie noch eine Version für die Presse mit dem Inhalt: bestätigter Mord, mehrere Spuren, Leonhardifahrt noch immer fraglich.

Danach trafen sich die ermittelnden Beamten, nachdem alle anderen gegangen waren und auch Obermeier für die Pressekonferenz gebraucht wurde. Das Wort dort führte ja der Bürgermeister. Dieses Mal nicht Publicity um jeden Preis. Eher notwendige Ausübung des gewählten Amtes. Fenser nahm die Bürgernähe wirklich ernst.

»Um drei kommen die Handwerker, wer ist dabei?«, fragte Klausi.

»Ich auf jeden Fall«, meinte Besener, »allein, weil ich der Restaurantleiterin eins auswischen möchte. So eine gierige Kuh! Aber was du vergessen hast: Was ist mit den Abhörspezialisten? Sind die fertig geworden?«

Klausi grinste: »Das hab ich nicht vergessen. Die haben zehn Wanzen gefunden. Gleichmäßig verteilt in unseren Zimmern und Klamotten. Daraus folgt, dass es keine undichte Stelle gibt. Oder?«

»Tja. Die Wanzen könnten aber auch auch eine Ablenkung sein und es gibt wirklich ein Leck bei uns. Des wär ja Wahnsinn!«, sinnierte Besener. »Stellt euch vor, einer erzählt's beim Bier seinem Spezl und der ist der Erpresser und lauert uns auf. Wahnsinn. Oder der Bürgermeister im Bett seiner Frau. Und die dann ... ich darf gar nicht dran denken!«

»An was genau magst du da nicht denken?«, fragte Gerda schelmisch.

Hinfaller kam ihm zuvor: »Na, daran, wer alles infrage käme! Auf jeden Fall ist die Kelleruntersuchung terminlich so knapp, dass derjenige keine Chance zum Reagieren hat.«

Donnerstag, 4. November – Kloster Benediktbeuern

Pater Franziskus erwies sich als sehr alter, gebrechlicher, aber geistig hellwacher Mann. Er war schon ganz zusammengeschrumpelt.

Rudi fragte ihn unverblümt nach den Unterlagen aus der Universitätsbibliothek.

»Ich hab damals eine Doktorarbeit über die Kirchen in Bad Tölz geschrieben und bin dabei auf einen Hinweis zu Berichten von Bergleuten aus den 20er-Jahren gestoßen, die bei ihrer Arbeit kurz vor der Jahrhundertwende angeblich einen verfallenen unterirdischen Gang entdeckt haben. Der Gang sei nicht mehr vollständig passierbar gewesen, die Bergmänner hätten aber eine Holzkiste darin gefunden. Es waren sogar die Beteiligten mit Namen genannt. Was damals in der Kiste gefunden wurde und wo der Fundort genau lag, darüber gab es keine Dokumente mehr. Diese Unterlagen hat ein Major Miller von der US-Armee 1945 entliehen und nie zurückgebracht.«

»Holla, ein Geheimgang?«, meinte Rudi.

Der Pater fuhr fort: »Sie wissen vielleicht, nördlich der Kalvarienbergkirche ist die Galgenleite, die heißt nicht umsonst so. Da hat man bis 1790 verurteilte Verbrecher hingerichtet. Und natürlich gab's auch, wie so oft, Gerüchte über einen geheimen Gang, der von der Kirche zur Galgenleite führt. Weil die Scharfrichter einen Fluchtweg brauchten oder weil die Schätze der Verurteilten versteckt wurden oder was weiß ich! Ich glaubte diesen Geschichten nicht, bis ich 1969 auf diese Notiz stieß. Am wahrscheinlichsten war meiner Meinung nach ein Fluchtweg aus der Kirche. Die Mesner und Geistlichen haben gerne in solchen unterirdischen Verstecken bei Krisen Unterlagen oder Wertgegenstände deponiert. Was die

Bergleute dort wirklich gefunden haben, wird man wohl nie genau herausfinden. Ich kann mir vorstellen, dass es auch nur Korrespondenz war, die man vor dem Krieg oder vor Bränden bewahren wollte. Dieses Wissen hat Major Miller nämlich mit ins Grab genommen. Er hat die Unterlagen ja damals in München entliehen und nicht zurückgebracht. Über den besagten Offizier hab ich dann weiter nachgeforscht. Er verschwand spurlos nach dem Besuch in der Reichsbibliothek, wie sie damals noch hieß. Man kann sagen, auf dem Heimweg.«

Rudi lief es kalt den Rücken hinunter. »Wo war er denn stationiert?«

»Na, in Tölz natürlich. Unter direktem Befehl von General Patton.«

Rudi wusste, was zu tun war.

Donnerstag, 4. November – Keller des Gasthofs Schmalz-Bräu, Bad Tölz

Im Weinkeller war es trotz des Gewölbes ziemlich eng. Besener war noch nie gern mit vielen Leuten zusammen unter der Erde gewesen (U-Bahn eingeschlossen). Er spürte eine gewisse Beklemmung hier mit den Kollegen von der Spurensicherung (die erneut dabei waren), den Handwerkern und dem Geschäftsführer des Schmalz-Bräus. Der hatte bereits das Wegräumen der Kisten organisiert und beaufsichtigt. Jan hatte wieder geholfen, dieses Mal ohne Murren. Das Weinregal war ja bereits damals an die andere Wand umgezogen.

Beim Hinuntergehen hatte Besener die Restaurantmanagerin »zufällig« getroffen und ihr im Vorbeigehen gesagt: »Wenn wir im Keller fertig sind, komm ich mit einem Arzt zu Ihnen und wir machen dann einen Vaterschaftstest an dem Fötus, gell? Es muss ja alles seine Ordnung haben. Pfiat Eahna.«

Sie war auf einen Schlag kalkweiß geworden und hatte nur genickt. Besener war sich sicher, dass sie vor lauter Schreck gar nicht hinterfragen würde, ob so ein Test während der Schwangerschaft überhaupt erlaubt beziehungsweise möglich war. Na ja, in neun Monaten auf jeden Fall.

»Wos grinst'n so deppert?«, wollte Hinfaller wissen.

»Wirst es dann schon sehn, wenn wir wieder raufkommen«, grinste Besener weiter.

Die Maurer begannen, den Putz von der neuen Wand abzuschlagen und in Bodennähe ein Loch zu hauen.

»Des warn koane Maura id, de des aufgmaurt ham. Des dabräsld oissam. Des is a Schand firinsan Berufsstand. A Schand! Mr machan so ebbs anschdändig. Mrr …«

Sie rollten das »r«, dass es eine wahre Freude war. Besener musste sich anstrengen, um alles zu verstehn. »Wo hast denn die her?«, fragte er leise Klausi.

»Aus Gaißach«, flüsterte der zurück.

Gaißacher! Wer sie nicht wirklich kannte, sollte sich kein Urteil erlauben. Geradlinige, ehrliche Menschen, das wusste Besener. War er nicht auf einem Waldfest in Wall oder so mal einer ganz Netten aus Gaißach begegnet? Schlecht zu verstehen, aber wahnsinnig liebenswert. Geknutscht ohne Ende. Sein Alkoholspiegel machte dieser Chance damals den Garaus. Auch der detaillierten Erinnerung daran. Schade.

Ein mannsgroßes Loch war herausgehauen und starke Scheinwerfer wurden aufgestellt: Sie schauten hinein. Zu sehen war ein zehn Meter langes Stück Gewölbe, das an das des Kellers nahtlos anschloss.

»Des schaut ja aus wie in der U-Bahn«, entfuhr es Klausi.

»Und das war's auch«, erläuterte der Geschäftsführer. »Das muss der Tunnel sein, mit dem unter den Häusern Pferdefuhrwerke die ganze Marktstraße hinauffahren konnten, geschützt vor Schaulustigen und neugierigen Wegelagerern. Viele wurden gleich hier unten be- und entladen. Herr Schmalzner hat oft davon erzählt in den letzten Jahren. Das hat ihn sehr interessiert. Sie müssen wissen, Tölz lag immer schon an einem bedeutenden Salzhandelsweg von Berchtesgaden nach Mittenwald und Venedig. Auf der anderen Straßenseite muss es einen ähnlichen Tunnel geben. Vieles ist heute ja nicht mehr erhalten. Seltsam, dass dieser Teil nicht als Keller genutzt wurde.«

Genau, das ist der Punkt, dachte Besener. Was war hier unten bis zum 3. Oktober?

Die Leute der Spurensicherung legten los. Nach einer halben Stunde durften alle hinein. Der leitende Kollege berichtete: Metallteile, viel Rost, ein paar Lederreste, Gummireste. Diese – besonders interessant – an fünf Stellen konzentriert. Siehe Kreidemarkierungen. Was für ein Glück: der Oberspurensicherer ein passionierter Oldtimer-Liebhaber. Also Fall sonnenklar: nach der Spurweite US-Militärjeep, Kriegsmodell. Beweise natürlich erst in zwei Tagen, nach der Analyse der Lackreste. Dann war's natürlich zu spät. Logisch. Klugscheißer.

Dann, triumphierend, die Krönung: im Plastiksackerl ein menschliches Fingerknöcherl, in einem anderen ein paar Haare. Das Knöcherl lag am Rand des Gewölbes in einer Ritze. Die Haare gut verteilt. Jemand hatte zusammengebesenert (Spitzenwitz! Noch nie gehört!), aber nicht gründlich genug. Logisch jetzt: Nicht nur der Jeep, wahrscheinlich auch menschliche Überreste waren hier unten.

Der Spurensicherer triumphierte langsam zu Ende. Das war schließlich seine Arbeit. Das Finden, nicht das Triumphieren!

Schön, dachte Besener. Und übernahm wieder das Ruder: »Schön! Also. Logisch interessiert uns jetzt, wo es hier am andern Ende weitergeht. *Wenn's* ein Jeep war, muss er ja irgendwo hereingekommen sein.« Besener patschte mit der Hand an die Wand und zwinkerte den Maurern zu, die Augenbrauen angehoben. Die Handwerker verstanden sofort und maulten nicht. Sie wussten, dass der Staat sicher zahlte, im Gegensatz zu manchem Privatkunden. Ein Kabel wurde verlegt und der Bohrhammer aus der roten Box herangeschafft.

Erneut wurde die Wand aufgehackt, dieses Mal mit anerkennendem Gemurmel: »Koa Glump id. Oid, aber stabil. Schau moi, der Mertl is äha a Beton …«

Rouniert war bald eine längliche, türähnliche Öffnung herausgestemmt. Die Maurer räumten sogar den Schutt beiseite! Eine Kehrschaufel war im Einsatz. Wirklich ordentliche Handwerker, Besener staunte.

Einer bemerkte seinen Blick. »Ohne zusätzlichn Service griagst heit koan Auftrag nimma, woaßt. Mrr Handwirka miassn do umdenga.«

Besener nickte.

Die Öffnung führte in einen weiteren dunklen Hohlraum. Insgeheim hatte Besener sich Tageslicht erhofft. Die Strahler leuchteten Kircheninventar an: Holzbänke, Holzkisten, Truhen, Regale mit Metall- und Glasgefäßen, alles unberührt, überzogen mit grauem Staub. Überall Kreuze, ein paar Kruzifixe und so weiter. Die Spurensicherung wurde zur Seite geschoben. Hier war die Staubschicht unberührt. Der Protest der Kollegen war eher minimal. Die Neugierde überwog.

Der Raum war wesentlich höher als der Tunnel vorher. Mindestens sechs Meter hoch!

In einer Ecke führte eine Holzleiter nach oben. Das ist ja wie im Indiana-Jones-Film, dachte Besener und stieg vorsichtig hinauf. Die Leiter war trocken und sehr stabil. Für die Ewigkeit, dachte er sich. Oben war eine Klappe, wahrscheinlich eine Falltür. Er stemmte sich mit dem Rücken dagegen. Es knarzte und knirschte, aber nichts passierte. Er versuchte es erneut und hatte das Gefühl, es ginge immer leichter. Nach fünf- bis sechsmal Knirschen und Knarzen schwang plötzlich die Klappe nach oben und fiel mit einem lauten Krachen nach hinten. In einem hell erleuchteten Raum stand drohend eine Gestalt – nur schemenhaft im Gegenlicht zu erkennen – über Besener und schwang ein großes Kruzifix. »Satan, weiche …!«

Besener wäre fast wieder rückwärts die Leiter hinuntergefallen. Die Gestalt bückte sich und sprach, dieses Mal leiser, erstaunt: »Ja, Herr Besener, Sie san's! Wo kommen Sie denn her? In Gottes Namen!« – Der Pfarrer!

»Gott sei Dank!«, entfuhr es dem Kommissar. »Ich komm von unten, aus Ihrer Rumpelkammer.«

Der Pfarrer keuchte: »Ich brauch einen Schnaps!«

Er staunte nicht schlecht, als plötzlich 15 Mann in seiner Küche standen. Eine Flasche Obstler reichte gerade so. Jeder nur einen, war die Devise, man war ja im Dienst! Es bot sich ein kurioses Bild: Der Fliesenboden war in einem groben Rechteck aufgerissen. Die Falltür war einfach zugefliest worden! »Da drauf stand immer schon ein kleines Kastl. Ich bin so derschrocken, als es zu wackeln begann! Bis ich gemerkt hab, dass etwas von unten kam. Ich hab denkt, äh …« Jeder wusste, dass er den Leibhaftigen im Verdacht gehabt hatte. »Dann hab ich das Regal weggerückt. Aber mit dem Herrgott hätt ich mich schon derwehrt.« Er tätschelte das große Kruzifix. Über 20 Kilogramm, Eiche. Eine gute Wahl!

»Was ist denn da drunter?«, fragte Besener und ging ein paar Schritte zur Zimmertür. »Ein Kellerraum, der mit einem

Gewölbe verbunden ist, das in meine Garage führt. Die geht seitlich in den Hof hinaus. Längsseitig ist heute dann eine Betonwand das Ende. Aber das Ganze war noch zu Kriegszeiten offen bis zum alten Finanzamt oben und führte dort ins Freie. Es diente als Fluchtweg bei Fliegerangriffen. Die Gott sei Dank nie stattfanden.« Er war ganz in Gedanken versunken. »Obwohl, kurz vor Kriegsende war mal ein Angriff geplant. Auf die Sperrholzfabrik Moralt damals. Die haben für Flugzeuge Sperrholz hergestellt. Der Angriff wurde angeblich wegen schlechtem Wetter aber abgebrochen. So ein Glück damals!« Er saß gedankenverloren da. Auf einmal schreckte er auf. »Wo kommen Sie überhaupts her?«, fragte er schon wieder. Irgendwie war er durcheinander, verständlicherweise.

»Wie gesagt von unten. Und davor – aus dem Schmalzner seinem Keller. Das Gewölbe geht durch, ziemlich weit. Sie sollten mal ein Loch in Ihre Garagenwand hauen, da gäb's noch ein paar Kirchenschätze zu heben«, grinste Hinfaller. »Die Handwerker hätten wir schon dabei.«

Jetzt grinsten die Gaißacher. Die Kirche zahlte auch gut!

Der Pfarrer verlangte Erklärungen. Es war alles zu viel auf einmal, das war ganz deutlich.

Besener ließ nicht locker: »Aber zuerst müssten wir schnell wissen, wer das Gewölbe damals zugemauert hat. Das kann nur 1945/46 gewesen sein, unseren Ermittlungen zufolge.«

Obwohl von den ganzen Zusammenhängen überfordert, holte der Pfarrer ein altes Verzeichnis aus einem Regal im Wohnzimmer des Pfarrhauses.

»… in den Kriegsjahren … blabla … Pfarrer Johann Riesch … Friedensverhandlungen mit den Amerikanern, Mesner … Sebastian Schmalzner … bis zu dessen Tod 1956, … neuer Pfarrer 1955 …«

»Da schau her! Ein Schmalzner war Mesner!«, bemerkte Besener.

»Ja, oft war des ein Nachbar. Die hatten's ja nicht weit. Dafür gab's Vergeltung, gell!«

Das konnten sich alle vorstellen. Eine Hand wusch die andere. Bier gegen Sünden – oder so.

Die Leute von der Spurensicherung sperrten die Gewölbe dann doch noch ab, der Pfarrer hatte große Augen gemacht, was da in seinem unbekannten Keller lagerte, und wollte gleich stöbern. Eine kurze Zusammenfassung hatte er auch erhalten und nicht schlecht gestaunt, dass hier im Untergrund jahrzehntelang ein Jeep gestanden hatte. Die Handwerker begannen mit dem dritten Loch und hatten eine Mordsgaudi. Massiven Beton sahen sie als persönliche Herausforderung.

Und Besener und seine Leute – saßen in der Herbstsonne auf dem Friedhof und sinnierten. Gerda hatte sich verabschiedet. Sie wollte mit der Frau Obermeier vom Stadtarchiv reden. Von Frau zu Frau, mit dem neuen Wissen.

»Dann hat der Mesner und Gastwirt Schmalzner den Jeep kurz nach Kriegsende in seinem Keller verschwinden lassen«, fasste Hinfaller zusammen.

»Oder ein anderer Schmalzner war gerade Gastwirt zu der Zeit«, warf Besener ein. Das muss doch leicht rauszufinden sein. Wenn wir einen alten Tölzer fragen, vielleicht kann sich einer an die Zeit erinnern. Aber es ist halt schon 65 Jahre her!«

»Und zu wem gehört der Knochen?«, fragte Klausi. »Des ist doch greislig! Meint ihr, da ist noch einer dringesessen, all die Jahre?«

»Das schaut ganz so aus. Drum war auch der Schmalzner so durcheinander. Aber wer hat die Sachen Anfang Oktober für den Schmalzner entsorgt? Das muss sein Mörder sein! Da kommt natürlich jetzt vor allem Habgier als Motiv ins Spiel. Von Goldbarren bis zu Juwelen und anderen Dingen, die heute einen Haufen wert sind.« Besener maß mit den Händen einen Goldbarren ab.

»Oder eine Schatzkarte«, warf Klausi ein.

Die anderen lachten. »Ah geh, Kindskopf. Eine Schatzkarte doch ned. Mir san do ned in Hollywood, oder?«

Beseners Handy läutete. »Ui, a Anruf … Besener, grüß Gott! … Ah, Herr Eberhardt, Sie san's! Grias Eahna. Ja, ums Eck aufm Friedhof bei der Stadtpfarrkirche samma. Nein, keine Beerdigung, eine Besprechung. Is guad, bis glei.«

Er legte auf. »Der Naturbursch besucht uns. Er hat uns im Gasthof Schmalz-Bräu vergeblich gesucht und ist dann wieder heim. Er war ganz aufgeregt. Jetzt kimmt er wieder.«

Hinfaller verdrehte die Augen, bei Besener überwog die Schwere. Ein Schnaps um die Uhrzeit war nicht ohne! Aber Medizin hatte sein müssen nach den Erlebnissen im Keller.

Donnerstag, 4. November – Stadtarchiv Bad Tölz

Gerda saß im Stadtarchiv auf einem Stuhl und hatte gerade das Überwachungsvideo noch einmal mit Frau Obermeier angeschaut. Standen vielleicht die Regale, an denen der Dieb einen Augenblick lang haltgemacht hatte, mit den Jahren 1945/46 in Verbindung? Irgendwo musste doch das Puzzleteil im Heuhaufen liegen, das alles zusammenfügte.

Nach 15 Minuten intensiver Sucherei im Regal, in der Kartei, im Kistenlager und gleichzeitig stirnrunzelnder Denkerei war Frau Obermeier plötzlich ganz außer sich. »Die persönlichen

Briefe des amerikanischen Miltärverwalters in Tölz, von General Patton von 1945 san weg«, sagte sie. »Es waren eh so wenige!«

»Um wie viele Briefe handelt es sich denn da?«, fragte die Wimmer.

»Zwölf sind's. Die sind uns vor zehn Jahren aus Berlin geschickt worden. Dort musste man aus Platzgründen ein bissl was auslagern.«

»Ham Sie irgendwo verzeichnet, was drinsteht?«

»Wir scannen seit fünf Jahren alles und speichern es digital, aber sind erst beim ›O‹. So ein verdammter Scheißdreck!« Die Obermeier erschrak über ihre eigene Wortwahl. »Müssn S' scho entschuldigen, aber mich regt so was furchtbar auf. Sollen s' Geld stehlen, wie sie wollen, aber doch keine unwiederbringlichen historischen Dokumente. Und wir sind erst beim ›O‹«, schimpfte sie.

»Könnten die in Berlin eine Kopie haben?«

»Das kann ich probiern. Da müsste ich halt eine E-Mail hinschicken.«

»Können S' nicht anrufen, das wär mehr dringend, mein ich.« Gerda war ganz ungeduldig.

Nach ein paar Telefonaten war klar: Es könnte eine Kopie geben in Form eines Mikrofilms; der wäre aber, wenn er überhaupt existierte, ausgelagert in einem ehemaligen Bunker. Der Hinweis auf Mordermittlung und Kripo brachte lediglich das Versprechen ein, so bald wie möglich zurückzurufen.

»So eine Scheiße«, entfuhr es der Kripobeamtin jetzt auch.

Frau Obermeier nickte bloß und meinte mit einem grantigen Gesichtsausdruck: »Sag ich doch!«

Gerda Wimmer stand auf. »Dann geh ich wieder. Da ist meine Handynummer. Rufen S' mich an, wenn die sich melden. Pfüa God.«

»Wiederschaun.«

Donnerstag, 4. November – Stadtpfarrkirche, Bad Tölz

Auf dem Weg zum Schmalz-Bräu kam sie in der Marktstraße direkt beim italienischen Eiscafé vorbei. Ein Eis, das ist jetzt genau das Richtige!, dachte sie. Und gleichzeitig dachte sie auch an Manfred Besener, »ihren« Kommissar. An ihr seltsames, gemeinsames Eisessen am Vortag. An die Schmetterlinge im Bauch. Er war ein ganz netter Kerl irgendwie. Aber auch ein Depp. So ganz ohne Einfühlungsvermögen. Er dürfe sich wegen des Falls nicht ablenken lassen! So eine Unverschämtheit. Jedes Mal, wenn sie kurz davor war, sich selbst einen Ruck zu geben und sich einzugestehen, er sei eine private Überlegung wert, ließ er wieder eine Bemerkung fallen, die sie kilometerweit zurückschleuderte. Anstatt ihr um den Hals zu fallen, ließ er Bemerkungen fallen! Die Pfeife! Ganz innen drin fühlte sie sich gut, wenn sie mit ihm zusammen war. So richtig »zu Hause«, als ob sie sich schon ewig kannten.

Und dann aber wieder das ständige Reden mit den Händen. Fuchtelwahnsinn!

Sie ertappte sich, dass sie so dermaßen unsicher war in seiner Nähe, wie sie das bei keinem anderen kannte. Deswegen war sie auch immer absichtlich so supergut drauf. Kein Platz für Gefühle. Noch nicht. (Ihr Sohn, ständig neu liiert, sagte immer, eine Beziehung würde ihr auch nicht schaden. Man würde wunderlich, wenn man zu lange allein lebte. Sie sei doch noch jung und der Busen hielte sich noch ein paar Jahre von selbst. Noch so ein unverschämter Kerl! Was wusste der schon vom Leben? Sie musste zugeben, dass er ein wenig recht hatte, der Pimpf.)

Und der erste Kuss, in Rosenheim! Was da passiert war, wusste sie immer noch nicht. Sie hatten sich gerade 20 Sekunden gekannt. Wahnsinn! Wie die Teenager. Hatte sie ein Hormonproblem?

Als Kriminaler war er aber offensichtlich geboren. Er hatte ein Näschen für die richtige Spur. Ein g'scheiter Depp also.

Sie musste grinsen und stieß plötzlich mit einem mittelalten Herrn zusammen, der auffallend altmodisch gekleidet war. Mit Pollunder, groß gerautet.

Glücklicherweise ohne Eis-Unfall.

»Entschuldigen S', Fräulein, ich hab Sie nicht ums Eck kommen sehn. Ist Ihnen was passiert? Ich hab's eilig, wissen S', ich muss zur Polizei. In Tölz ist der Teufel los und ich weiß, warum!«

Gerda, wegen der Anrede richtig in Schwung gebracht, sagte: »Gestatten: Mein Name ist Polizei, Fräulein Kriminalpolizei. Sie dürfen auch Gerda sagen.« Sie strahlte ihn an. Dann fummelte sie ihren Dienstausweis aus der Jeans und hielt ihn dem Herrn vor die Nase.

»Mei, Entschuldigen S', Frau Kommissar. Mein Name ist Eberhardt, Rudolf. Letzteres ist der Vorname, gell. Oder sagt man Frau Oberkommissarin?« Der Eberhardt war ein bisserl schwierig, fiel ihr auf.

»Man sagt Gerda. Und jetzt geh ma zur Polizei. Wo ist die?«

»Aufm Friedhof, Frau Gerda.«

Schwierig.

Die drei Kripobeamten lungerten auf den Grabsteinen herum und waren wegen des Schnapses vom Pfarrer und der Wärme total fertig.

Der Eberhardt kam daher mit der Gerda im Schlepptau. Die grinste vor sich hin.

Wie hat sie das wieder gemacht?, dachte Besener. Frau Perfekt-Kollegin. Aber irgendwie … süß? Nett? Scharf? Es gab kein Adjektiv für die Wimmer. Irgendwie war sie schwer zu fassen – im wahrsten Sinn des Wortes.

Auch er musste grinsen. Er stand auf. Der Kreislauf kam in Schwung.

»Grüß Gott, Herr Kommissar, grüß Gott, die Herren. Ihre Kollegin hab ich zufällig getroffen, das Fräulein Gerda.«

Die verdrehte die Augen hinter seinem Rücken und machte eindeutige Zeichen.

»Grüß Gott, Herr Eberhardt, was gibt's denn so Dringendes und Wichtiges, dass sie gleich meine Vorgesetzte anschleppen? Grüß Gott, Frau Kriminaloberkommissarin Wimmer.« Er schaute ernst und verbeugte sich ein wenig. Der Rudi schrumpfte merklich. Besener zog die Unterlippe vor und fuhr fort: »Ich hab leider noch nicht die von Ihnen gewünschten Ergebnisse, Chefin.«

Rudi stotterte: »Ich hab, äh, ja, wenn ich gewusst hätte, dass … Wen soll ich jetzt …?«

Die andern zwei mussten sich wegdrehen, um nicht zu platzen.

Hinfaller entschärfte die Situation: »Jetzt setzen Sie sich erst einmal, Herr Eberhardt. Wollen Sie da zum Gruber, gestorben 1989, oder zur Schwester Maria, 1957? Die Steine sind schön warm.«

Rudi setzte sich vorsichtig. Natürlich zum Gruber.

Er fing zu erzählen an, was er herausgefunden hatte, die Gerda nicht aus den Augen lassend. Sie waren alle nahe dran, laut loszulachen.

Die gute Laune war aber schnell verflogen, als Rudi Eberhardt schloss: »… und Major Miller verschwand mit den Dokumenten, die er einfach entwendet hatte. Egal, was die Bergleute gefunden hatten, es war offensichtlich enorm wichtig. Wahrscheinlich hat er den Schatz geborgen und sich abgesetzt!«

»Eher wurde er wegen seines Geheimnisses kaltgemacht«, folgerte Besener. »Wir haben entsprechende Hinweise gefunden.« Er klopfte Eberhardt anerkennend auf die Schulter »An Ihnen ist ja ein echter Kriminaler verloren gegangen! Respekt! Sie haben uns entscheidend weitergebracht. Und nix für ungut, ich hab da ein bisserl geschwindelt. Die Frau Wimmer ist gar nicht meine Vorgesetzte.«

Rudi ließ sich nichts anmerken.

»Sie ist meine Geliebte«, hätte gut gepasst, aber das traute sich Besener nicht zu sagen. Es hätte den Rudi fertiggemacht. Er war die Höflichkeit in Person. An dem ist ein Engländer verloren gegangen, dachte Besener.

Gerade als »der Eberhardt« gehen wollte, fiel Hinfaller noch was ein.

»Entschuldigung, eine letzte Frage: Kennen Sie einen alten Tölzer, der sich noch an diese Zeiten erinnern könnte? Der müsste ja mindestens 80–90 sein.«

»Ja, spontan fällt mir da die Uroma vom verstorbenen Schmalzner Andreas ein. Die wohnt, glaub ich, im Josefi-Stift. Des ist ein Seniorenwohnheim oben bei der Mühlfeldkirche. Ich weiß aber nicht, wie die beinand ist. Die muss ja bald 100 sein!«

»Danke, das probieren wir. Wiederschaun!«

»Wiederschaun, die Herren, Frau Oberkommissarin!«

Weg war er.

Sie platzten vor Lachen. Gerda rannen die Tränen herunter. »Der arme Mann. Ihr seid's gemein!«

»Wir ham ja sonst nix zu lachen, oder?«, fragte Besener.

»Eigentlich nie«, bestätigte Hinfaller. »Wir ziehen uns immer extra die karierten Krawatten um und schauen alle halbe und volle Stunde zehn Minuten lang ganz ernst.« Er zog genau wie Besener vorhin die Unterlippe vor. Sie lachten wieder alle los.

Donnerstag, 4. November – Josefi-Stift, Bad Tölz

»Schwamm drüber. Wir fahren zum Josefi-Stift, bevor ich da jetzt einschlaf«, beschloss Besener.

»Lass uns doch gehen, es ist nicht weit, sehe ich grad«, meinte Klausi und wischte auf seinem iPhone herum. Recht hatte er! In zehn Minuten waren sie dort.

Im Josefi-Stift war die Schmalzner-Oma (sie wurde wirklich so genannt!) schnell gefunden.

»Mein Beileid, Frau Schmalzner, Ihr Urenkel, der Andreas ist gestorben. Wir sind von der Kriminalpolizei, es ist leider unsere Pflicht, Ihnen das mitzuteilen.«

»Heit Mittag hat's Hackbraten gem'! Der war fei guad! Moing gibt's Reiberdatschi, da frei i mi scho drauf!«

Besener versuchte es noch mal. »Frau Schmalzner, wir sind da, weil wir was fragen müssen. Es geht um eine aktuelle Ermittlung. Des wär fei furchtbar wichtig!«

»Heit Mittog war de Mehlspeis arg pappig. Des hot ned g'schmeckt. Mei Alfons, Gott hab ihn selig, der hot Mehlspeisn macha kenna! So wos gibt's heit nimmer.« Die Schmalzner-Oma nickte vor sich hin.

Besener schaute ratlos. »Geh ma wieder, oder?«

»Ich hab a Idee«, sagte die Wimmer und setzte sich neben die Seniorin. Sie legte den Arm um ihre Schultern. »Du, Oma, wie war denn des im Kriag? Wart's froh, wia der aus war?«

»Mei, im Kriag! Mir ham ja alles g'habt. I bin vom Klosterwirt aus Fischbach. Des hob i dir ja eh scho oft erzählt, Madl, gell?« Sie streichelte der Gerda die Wange.

»I hear des aber so gern«, sagte Gerda. »Erzähl's noch amoi!«

»Die älteste Tochter bin i g'wen. Mir ham ja von de Bauern immer ois griagt. Fleisch, Eier, Mehl. Es war immer ois do. Mei, des war a scheene Zeit!« Sie nickte wieder vor sich hin.

»Wann sind sie dann nach Tölz gekommen?«, versuchte es Hinfaller.

»Morgen kimmt der Pfarrer. Da gibt's immer was Guad's zum Frühstück!«

»Und dann is der Alfons kemma?«, fragte Gerda vorsichtig.

»Ja, den hob i heiratn miassn, do war i erst 17. Domois hot ma do ned auskenna. Des war ausg'macht zwischen unsere Väter. Zwoaraviazge, mitten im Kriag, hob i noch Deiz ziang miassn. Aber schlecht is' uns do aa ned ganga. Des Fleisch und die Eier hamma aa do vo de Bauern kafft.«

Sie nickte wieder. Das Gespräch drohte zu verebben. War die Oma eingeschlafen?

Besener mischte sich ein: »Haben Sie mal im Keller ein Auto gesehn? Ein amerikanisches vielleicht?«

»Einmal wär i fast noch Amerika ganga! Mei, ja …« Die Schmalzner-Oma war wieder aufgewacht!

»Amerika, wirklich?«

»Ja, der Stanley, der war ein ganz Liaba. Der hat bei uns öfters mal gegessen und der war so ein fescher Mo! Und die tolle Uniform!« Sie kicherte. »Mir ham nix oobrenna lossn, woaßt, Madl. Die Liab wenn dich trifft, do derfst ned wegschaun. Do muasst zuapacka! Mia ham nix oobrenna lossn! Am scheenstn war's am Sauersberg drom, do war so a romantisch's Fleckal. Mei, war des a fescher Mo! Der wollt mich heiratn! Mei …«

Am Sauersberg! Besener lief es eiskalt den Rücken hinunter.

»Was war dann glei wieder mit dem Stanley? Warum is nix draus wordn?«, bohrte Gerda nach.

»Der Patton musste auf oamoi weg und auch der Stanley hat sich nimmer g'rührt. Schad. Dabei wollte er mit mir nach Amerika! Er hat immer im Speicher am Dachfenster einen Chick geraucht, woaßt, Madl. Danach, da hat er immer g'raucht. Mir ham ja koane Zigaretten g'habt!«

Gerda wusste nicht, was sie sagen sollte.

»Ach so, ja. Und dabei hod er im Speicher moi a altes Fotoalbum gefunden. Da war er ganz aufgeregt und hat danach immer ganz wenig Zeit für mi g'habt. Aber der Alfons war aa ned unrecht. Mir ham uns zammag'rafft, gell!«

Besener lief es immer noch kalt den Rücken hinunter. Eine Vorahnung durchzuckte ihn. Er legte sanft eine Hand auf den ledrigen Arm von der Schmalzner-Oma. »Wie heißt denn der Stanley noch?«, fragte er vorsichtig.

»Müller! Müller heißt er. Des ist lustig, oder? Ein deutscher Name, den hob i mir gleich merken kenna! Und Major is der! Ein fescher Mo! Hoffentlich kimmt er boid amoi wieder vorbei, mein Major. Mei, ja …«

Gerda fröstelte. Klausi war kreidebleich.

»Das glaubt uns kein Mensch!«, flüsterte Hinfaller. »Der Schmalzner hat den Miller entsorgt, weil er seine Frau mit nach Amerika nehmen wollt! Wahnsinn, oder? Und im Keller war er jahrelang versteckt mitsamt seinem Auto! Einfach verschwunden.«

»Verschwunden, ja. Verschwunden ist aa mei Firmged, der Onkel Hans. Des is scho komisch. Der kimmt aa nimmer vorbei.« Die Oma musste gute Ohren haben! »Ob der mit nach Amerika is? Der wollte mir nämlich helfen. Dem hat der Stanley arg imponiert. Die ham gemeinsam mal einen SSler erledigt. Der hatte sich in Fischbach auf unserm Stadel versteckt. Als er dann zum Schiaßn oog'fangt hod, hod'n der Stanley abg'lenkt und der Hans hod'n mit am oidn Karabiner derschossn. Der Stanley is Geheimagent oder so wos. Mei, hob i Sachan dalebt, Madl! Mei …«

Als sie sicher waren, dass die Schmalzner-Oma schlief, verließen sie das Altenheim. »Ich brauch jetzt ein Bier«, sagte die Gerda. »Des is ja kaum auszuhalten sonst.«

Die andern drei nickten bloß und folgten ihr ins Bräustüberl.

Das erste Bier verschwand schweigend. Als das zweite kam, sagte Besener: »Zusammenfassung!«

Klausi begann: »Der Miller hat sich in die Schmalzner-Tochter verschaut, muss es aber geheim halten, weil die schon verheiratet ist. Bei einer Raucherpause (Gehüstel) findet er ein altes Fotoalbum bei den Schmalznern, worauf er irgendwas ausheckt und schließlich 1945 in die Bibliothek nach München fährt, ein paar Seiten über einen Geheimgang am Kalvarienberg entwendet und zurück nach Tölz fährt, um dort … mitsamt seinem Auto im Schmalzner-Keller zu verschwinden, weil der eifersüchtige Ehemann verhindern will, dass er ihm die Frau ausspannt.«

Gerda fügte hinzu: »Und der Firmpate sitzt auf dem Beifahrersitz, aus irgendeinem Grund, und wird gleich mit entsorgt.«

»Der aktuell Ermordete findet über 60 Jahre später die Toten und die Papiere und vertraut sich jemandem an. Der entsorgt alles miteinander und ihn auch gleich mit. Keine Mitwisser!« Hinfaller runzelte die Stirn. »Aber warum den Kalvarienberg sprengen? Geht's doch um eine Schatzkarte, ha, Klausi? Am Ende hast *du* recht?«

Gerda merkte noch an: »Irgendwie wusste der Patton Bescheid. Zumindest scheinen im Stadtarchiv Briefe von oder an Patton in seiner Funktion als Kommandeur in Tölz geklaut worden zu sein. Kopien gibt's nur vielleicht und nur irgendwann. Die hat der Schatzsucher gewiss für irgendwas gebraucht. Die hätten da sonst ganz gut vor sich hingeschlummert.«

Besener sinnierte weiter: »Das mit der Erpressung passt nur dazu, wenn das Ganze ein Ablenkungsmanöver ist. Vielleicht haben die das Versteck beziehungsweise den Gang gefunden, ausgeräumt und brauchen die Zeit, ihre Spuren zu verwischen!« Besener fuchtelte wieder, triumphierend.

»Das heißt aber auch, dass der oder die Täter über alle Berge sind und der Fall eigentlich erledigt. Da kommt doch keiner mehr hin, ist alles abgeriegelt«, folgerte Hinfaller. »So eine Scheiße!«

»Aber irgendwas stört mich. Irgendwie passt's doch nicht zusammen.« Besener grübelte. »Da passt was nicht zusammen …«

»Meinst, die zahlen das Lösegeld?«, wollte Klausi wissen. »Stellt euch vor, die Sprengung wird doch noch ausgelöst und die Isar gestaut. Es langt ja auch schon, wenn die Kirche hin is. Die ist ja quasi ein Wahrzeichen von Tölz! Nicht bloß die Bäume umsprengen!«

Besener fuhr auf wie vom Blitz getroffen. »Mensch …, wenn das stimmt … Klausi, es kann sein, dass du den Fall gelöst hast! Wenn tatsächlich …, ich muss nach Lenggries!« Er stürmte hinaus.

»Wart, Schatzl, ich kimm mit!«, rief die Wimmer und war aufgesprungen. Besorgt schaute sie kurz die Kollegen an. Hatte sie wirklich »Schatzl« gesagt? Wo war dieser Kosename plötzlich hergekommen? Anscheinend hatte es aber keiner bemerkt. Sie stürmte hinaus.

»Was hat die g'sagt?«, fragte Hinfaller, als sie weg war.

Klausi grinste. »Ja, mei. Die san halt per Du jetzt.«

»Du werst aso a Depp sei!«

Draußen war es bereits dunkel. Besener stand wie verdattert vor der Mühlfeldkirche. »Was willst'n jetzt in Lenggries?«, fragte die Wimmer schnaufend.

»Ja, nix mehr. Es ist ja schon … zehn!« Er blickte zur Kirchturmuhr. »Wo ist die Zeit heute hin? Der Tag hat so zäh begonnen und jetzt hängt alles zusammen, ich weiß nur noch nicht genau, wie. Stell dir vor, ich irre mich! Das kann ich nicht riskiern!« Er schüttelte den Kopf und machte wilde Armbewegungen.

»Wen hast denn im Visier? Wer steckt deiner Meinung nach dahinter?«, wollte Gerda wissen.

»Ich muss wirklich erst nachdenken, tut mir leid.« Er sah sie direkt an. »Aber schön, dass du da bist!« Er umarmte sie und sie küssten sich wie damals in Rosenheim.

Plötzlich ging er wieder auf Abstand. »Weißt was, ich lad dich ein, mit mir zur Leonhardifahrt zu gehen. Da reden wir dann über alles. Was die Schmalzner-Oma g'sagt hat, werd ich nimmer los.«

Gerda wusste nicht recht, was er meinte und was jetzt los war und sie sagen sollte. »Findet Leonhardi denn statt?«

Er grinste: »So sicher, wie ich ein Jennerwein bin!« Er summte wieder: Daa diedel dumm …

Sie sagte: »Den Schnee, auf dem wir alle talwärts fahren, kennt heute jedes Kind!«

»Was is?« Besener war verwirrt. Was wollte sie? Irgendwie kannte er aber den Satz – von irgendwoher.

»Also gut, mein Lieber, zweiter Versuch: Sie war so jung, das Herz rein und weiß und jede Nacht hat ihren Preis.« Sie lachte.

Da ging ihm ein Licht auf! Er fügte hinzu, dieses Mal mit Melodie: »Wann er di anspricht und du waaßt warum, sog eahm, dei Lebn bringt di um!« Er lachte auch. »Des passt, oder?«

»Der Kommissar geht um!«, ergänzte Gerda.

Sein Ohrwurm! Ein Klassiker von Falco.

Ein wirklich erfolgreicher Tag.

KAPITEL 6

Freitag, 5. November – Gasthof Schmalz-Bräu, Bad Tölz

Die fünf der Ermittlungsgruppe »Leonhardi« hatten sich um 7 Uhr zum Frühstück in der Ermittlungszentrale im Schmalz-Bräu verabredet.

Als Besener etwas zu früh unten ankam, war nur Hinfaller da. Trotz der heiligen Frühstücksruhe fing Besener ein Gespräch an: »Warum hast eigentlich den Klausi über die Gerda recherchieren lassen? Was soll denn das?«

Hinfaller grinste bloß. »Wie lang arbeiten wir jetzt zusammen? Fünf Jahre?«

»Fünfeinhalb.«

»Also, fünfeinhalb Jahre. Und ich hab schon mindestens vier heiße Frauen in deiner Nähe gesehen, die dir offensichtlich gefallen haben. Die waren aber alle meiner Meinung nach nichts für dich bodenständigen Urbayer. Zu oberflächlich, zu schickimicki. Du meinst, du hättest sie irgendwie verjagt, ich glaube wirklich, es waren die Falschen.«

»Aber …«

»Ruhe, ich red jetzt!« Hinfaller beugte sich vor und sprach eindringlicher. »Ich hab eine Frau, die eine ganz Liebe ist. Ich hab Kinder, die auszuhalten sind. Wenigstens wissen sie, was sich gehört, und sie haben wirklich gute Aussichten auf eine erfolgreiche Zukunft. Ich hab das große Los schon gezogen. Natürlich schau ich fesche Mädln gern an, aber sonst auch nix. Ich bin ja nicht blöd! Aber du! Du bist mir in den Jahren so ans Herz gewachsen, dass ich mir schon auch Gedanken um dich mache. Selbst kannst du nämlich nicht entscheiden, welche Frau zu dir passt oder nicht! Und drum hab ich ein bisserl nachgeforscht. Die Gerda ist auch eine ganz Liebe und steht mit beiden Beinen im Leben. Was sie bisher mitgemacht hat, war nicht leicht. Ihr Mann war anscheinend ein Volldepp. Ihr seid euch sehr ähnlich, das kann schon auch ein Problem sein. Aber erst einmal ist es eine Chance. Also erwarte nicht, dass sie was sagt. Du musst schon selber was machen. Denk dran, was die Schmalzner-Oma gesagt hat!«

»Das hab ich der Gerda auch schon gesagt. An Leonhardi reden wir«, sagte Besener kleinlaut.

»Dann is ja gut. Und jetzt mag ich in Ruhe frühstücken.«

So grantig kannte Besener seinen Kollegen gar nicht. Schien ihm ein wichtiges Thema zu sein.

»Warum schaut's ihr denn so blöd?«, fragte Klausi, der an den Tisch getreten war.

»Vorsicht, junger Mann!«, fauchte Hinfaller.

»Entschuldigung, hätt halt ein Spaß sein sollen.«

Als die Gerda und kurz drauf der Schwendner kam und bevor weitere Fragen auftauchten, begann Besener: »Leute, ich glaube zu ahnen, wer unser Bombenleger und Mörder ist. Aber wir dürfen dieses Wissen noch nicht streuen. Ganz im Gegenteil. Wir müssen uns still verhalten. Des gilt vor allem für dich, Schwendner, äh, Herbert. Der Täter und seine Komplizen dürfen nix ahnen. Folgendes muss die einhellige Meinung sein: Wir haben gestern ein Gewölbe entdeckt, das bis zum Pfarrheim führt. Leider keine Spuren, die zum aktuellen Fall passen. Wir haben nichts Konkretes.«

Er winkte der Bedienung und fragte nach dem Geschäftsführer.

Der stand kurz drauf am Tisch.

»Herr Maier, es ist von höchster Wichtigkeit für die Ermittlungen und die Ergreifung des Täters, dass Sie über die Ergebnisse der Kollegen von der Spurensicherung Stillschweigen bewahren! Können wir uns darauf verlassen?«

»Selbstverständlich, Herr Kommissar! Ich mache meinen Job und Sie Ihren. Wir müssen schauen, dass jeder erfolgreich ist, im beiderseitigen Interesse.« Ein Profi halt.

Besener fuhr fort: »Wer könnte noch etwas mitbekommen haben von unseren Vermutungen? Die Maurer?«

Der Geschäftsführer entgegnete prompt: »Nein, auf keinen Fall. Nur die eine Bedienung vielleicht, die Ihnen mal Getränke gebracht hat. Ich spreche mit ihr. Ist das alles?«

»Ja, vielen Dank.«

Besener wandte sich wieder seinen Kollegen zu. »Ich muss nach Lenggries und nehm den Johannes mit.«

Hinfaller nickte.

Gerda, du und Klausi, ihr müsst in München was überprüfen. Gerda, du hast ein Auto da? Gut.« Er erklärte ihnen, was zu tun war.

»Und Herbert«, er nickte Schwendner zu, »du besuchst den Eberhardt und den Pfarrer und verpflichtest sie zum Stillschweigen. Vorher rufst du noch deinen Chef, den Obermeier, und den Ohm vom SEK an und informierst kurz über unsere Erkenntnisse. Sie dürfen niemandem etwas sagen! Wir treffen uns wieder hier zum Mittagessen, ab zwölf. Gibt's Fragen?«

Schwendner zückte sein Telefon, Gerda stand auf und murmelte »Autoschlüssel …«

Es klopfte und die Restaurantmanagerin kam herein. »Herr Besener, ich möchte Sie sprechen.«

»Ich muss eh aufs Klo«, sagte Klausi und stand auf.

Die anderen gingen ebenfalls, nur Hinfaller blieb noch da. Besener machte ein Zeichen in seine Richtung und sagte zur Restaurantmanagerin: »Wir brauchen immer zwei Leute, sonst gilt's nicht. Gestern bin ich nicht mehr dazu gekommen, mit Ihnen zu reden. Ich bitte um Entschuldigung. Also: Ich weiß schon, was Sie uns sagen wollen, Frau Tichow. Und wir haben vollstes Verständnis für Ihre Situation.«

»Ehrlich?« Sie fing an zu schluchzen. »Ich hatte eine Affäre mit einem Gast, was eigentlich gar nicht geht in meiner Position. Und vor lauter Frühlingsgefühlen haben wir nicht verhütet. Ich bin selber schuld, wenn mich der Maier rausschmeißt. Noch dazu, wo ich behauptet hab, dem Andi sein Kind wär das! Das hat er nicht verdient, der Schmalzner Andi. Ein feiner Mensch war des!«

»Wer war denn der Gast?«, wollte Besener wissen.

»Welcher Gast? Der, mit dem ich …? Was geht Sie das an?«

»Das müssen Sie schon der Kripo überlassen, was wichtig ist und was nicht.«

»Entschuldigung. Sie sagen es eh keinem, ich weiß. Das war ein Industriellensohn aus dem Ruhrgebiet. Ein fescher Mann! Ich war sofort verliebt. Einen Gegenbesuch sollte ich machen! Das geht ja gar nicht, dann würde ja alles rauskommen. Ich konnte ihm das nicht erklären, jetzt erst recht nicht mehr! Ich könnt mich abwatschen dafür!«

»Jetzt suchen Sie mir bitte seine Adresse raus. Ich werde die Information auf jeden Fall vertraulich behandeln und Sie nicht kompromittieren, versprochen. Der Maier erfährt nix. Und das Kind wollen Sie behalten?«

Sie nickte. »Er war so ein lieber Kerl!« Dann ging sie.

»Was sollte jetzt das?«, fragte Hinfaller.

»Wirst schon sehn. Den Erzeuger ruf ich demnächst an. Familienzusammenführung, hihi. Treffen wir uns in zehn Minuten am Auto? Ich muss noch schnell den Brucker informieren. Bis dann.«

Freitag, 5. November – in der Nähe des Kalvarienbergs im Wald, Bad Tölz

Heute waren nur drei Männer zusammengekommen, zwei hatten wichtige Dinge zu erledigen.

Der Chef ergriff das Wort: »Um's kurz zu machen, Männer, die Pfeifen von der Scheißkripo kommen schneller voran, als wir uns das leisten können. Dick und Doof fahren jetzt dann nach Lenggries, ich regel das dieses Mal persönlich. Wir setzen sie außer Gefecht und nehmen sie mit. Dich brauch ich dafür.« Er deutete auf den Murnauer. »Gezielte Schüsse sind notwendig.«

»Aber …«, entgegnete der Murnauer.

»Ned derschiaßn! Nur ausbremsen, keine Sorge«, beruhigte Hans-Jürgen. Er fügte hinzu: »Obwohl der Wolf ja auch das Rotkäppchen fressen wollte, das wär gar nicht schlecht. Die Oma hat er ja schon gefressen, gell? Was weg ist, ist weg, oder?« Er war laut geworden.

Er beugte die Knie, umkreiste watschelnd einen Baum und sagte mit verstellter Stimme: »Großmutter, warum hast du so große Augen? Damit ich dich besser fressen kann! Hihihi.«

»Fahr ma!«, sagte er plötzlich und stapfte davon.

Die anderen beiden tauschten einen besorgten Blick.

Freitag, 5. November – Steinbruch Lenggries

Der Stau in Tölz war heute besonders schlimm. Offensichtlich, weil viele Gäste in der Stadt waren. Auch die Zahl der Fußgänger hatte merklich zugenommen. Sie brauchten 20 Minuten, bis sie endlich das Ortsschild passiert hatten und immerhin mit 70 km/h der Autokolonne Richtung Lenggries folgten.

»Nächstes Mal besorg ma uns a Motorradl, des ist doch Wahnsinn da!«, grummelte Besener.

»Hast du an Führerschein?«, fragte Hinfaller.

Beseners undurchschaubare Handbewegung beendete das Thema.

In Lenggries trafen sie am Steinbruch den Geologen Leitner, der sie schon am Kalvarienberg beraten hatte. Sie hatten eine halbe Stunde im Bürocontainer warten müssen, weil er zuerst im zweiten Steinbruch, für den er auch zuständig war, mit dem Sprengmeister und den Vorarbeitern den weiteren Abbau besprechen musste.

Besener kam ohne Umschweife zur Sache: »Herr Leitner, wenn man so einen Baum wie den da drüben sprengen wollte, wie müsste man das machen?« Er deutete auf eine große Buche.

Leitner hatte darauf sofort eine Antwort. »Na, mindestens drei, vier Ladungen um den Stamm herum, das würde ihn abreißen. Das meiste verpufft zwar, aber das müsste funktionieren.«

»Nicht abreißen, mit Wurzel umfallen lassen! Sie haben doch die Pappel gesehen am Kalvarienberg oben. Wie die sich geneigt hat. Vielleicht eine Ladung ein bisserl eingraben, würde das auch gehen?«

»Auf keinen Fall. Das meiste verpufft nach oben. Die Wurzeln sind zu stark. Da müssen sie schon ein, zwei Meter oder noch tiefer rein. Aber dann mit mehr Sprengstoff.«

Die Kripobeamten erinnerten Leitner an die Explosion, die sie von den Beinen geholt hatte und den Baum fast umgeworfen hätte.

Der bestätigte: »Ja, das war wie eine Explosion im Untergrund, die das Erdreich und Gestein, was oben drüberliegt, auflockert. Dann hätte der Baum keinen Halt mehr gefunden. Die Oberfläche hebt sich bei solchen Sprengungen oft um einen Meter und fällt dann wieder mindestens einen halben Meter zurück. Wie bei einem Erdbeben halt. Aber man hat gar nichts gesehen oberflächlich. Das ist schon komisch. Es war also doch keine Flächensprengung.«

»Von wie viel Sprengstoff reden wir da?«

»Ich zeig's Ihnen.«

Sie gingen zu einem Betonbau mit Stahltür. Leitner schloss auf und deutete auf ein paar Holzkisten.

»Zwei Kisten in etwa. Der Inhalt passt bei uns in drei Bohrlöcher. Schaun S', das sind so längliche Pakete und der Bohrer ist soo dick.« Er formte mit den Händen einen Kreis von etwa zehn Zentimeter Durchmesser.

»Und wenn man das alles in ein Bohrloch packt?«

»Jetzt weiß ich, worauf Sie hinauswollen!« Leitner lachte und schlug sich an die Stirn. »Da hätte ich aber auch selber draufkommen müssen! Wenn die Ladungen in einer langen Reihe im Bohrloch nach unten reichen, ist das nicht optimal. Zu weit unten haben sie zu wenig Wirkung, zu weit oben zu viel. Das gibt dann nur einen Krater. Außer, man möchte eine sehr hohe, senkrechte Wand wegsprengen. Aber das ist ja am Kalvarienberg nicht der Fall. Ich bin weiterhin überzeugt, dass eine Wegsprengung des Bergs mit den paar Bohrungen nicht möglich ist.«

»Und wie konnte jetzt der große Baum umgesprengt werden?«

»Die Sprengstoffmenge von zwei Kisten muss ein paar Meter im Untergrund eingegraben gewesen sein. Eine Spezialsprengung, die nur die paar tragenden Wurzeln kappt. Was soll das für einen Sinn haben? Wie die das gemacht haben, weiß ich nicht. In einem lockeren Sandboden ginge das. Die Wurzel reißt ab und der ganze Stock dreht sich im lockeren Boden. Aber bei unserem steinigen Untergrund? Da unten ist ja kein Lockermaterial oder gar ein Hohlraum, das kann ich mir nicht vorstellen.«

»Aber ich weiß es, glaub ich. Da haben Sie uns sehr weitergeholfen. Vielen Dank!«

Sie verabschiedeten sich.

»Der ist doch ganz nett, der Leitner. Am Kalvarienberg machte er so einen hochwichtigen Eindruck«, sagte Besener zu seinem Kollegen. »Und, Johannes, weißt, um was es geht?«

»Nicht wirklich«, gab Hinfaller zu.

»Die Explosion am Kalvarienberg, deren Zeuge wir waren, kann nicht aus einem Bohrloch stammen. Entweder die Sprengstoffmenge wäre zu gering oder zu weit unten. Ich behaupte, den besagten Gang dort oben am Berg gibt's wirklich und jemand sprengt sich da unten den Weg frei. Und dabei haben sie ein paar tragende Wurzeln erwischt. Und der Hohlraum des Ganges hat dann Raum geschaffen, dass der Baum kippen konnte.«

»Du meinst, die suchen den Schatz immer noch wie die Maulwürfe?«

»Und ich glaub, denen läuft die Zeit davon. Morgen ist Leonhardi. Da muss man schon eine Show veranstalten, um suchen zu können.«

»Aber warum richtet da das SEK-Antiterrorkommando nix aus?«, fragte Hinfaller, obwohl er die Antwort ja wusste: »Weil der oder die Drahtzieher genau welche von der Spezialtruppe am Kalvarienberg sind!«

»Genau! Und zwar direkt vor dem aufgeblasenen Ohm seiner Nase!« Besener startete den Geländewagen.

Der Weg vom Steinbruch in Richtung Zivilisation war schotterig. Besener fuhr recht flott, er liebte solche Strecken. Meistens waren derartige Wege Forststraßen oder privat und deswegen für den Verkehr gesperrt. Und dieses Fahrzeug war schließlich dafür gemacht!

Er erinnerte sich an die Verfolgungsjagd mit dem Audi des Innenministers. Das war kein geeignetes Auto gewesen und deswegen Adrenalin pur. Ständig war er mit dem Unterboden auf dem Forstweg aufgesessen, der in der Mitte höher war als in der Fahrspur. Versetzt zu den Fahrrillen fahren hilft generell, aber das Risiko abzustürzen wird dadurch nur noch größer. Natürlich hätte die Sache auch böse ausgehen können. Nur wer das Spiel gewinnt, darf Fehler machen. Wenn er den Flüchtigen nicht gestoppt hätte, wäre es wahrscheinlich schlecht um ihn gestanden. So war er ein Held gewesen!

Plötzlich schrie Hinfaller auf. Die Frontscheibe war in lauter kleine Stückchen zerbrochen, die aber wegen des Sicherheitsglases nicht herausfielen. Sie war so gut wie undurchsichtig. Besener konnte gleichzeitig die Lenkung nicht mehr beherrschen und bevor er weiter reagieren konnte, kamen sie vom Feldweg ab. Der Geländewagen kippte in den Straßengraben, in dem ein kleiner Bach floss, überschlug sich einmal und blieb auf der Fahrerseite liegen.

Sie bemerkten die zwei maskierten Männer kaum, die kurz danach die Polizisten aus dem Wrack zogen.

Freitag, 5. November – Gasthof Schmalz-Bräu, Bad Tölz

Klausi und Gerda saßen im Gasthof und hatten sich Essen bestellt. Zweimal Wiener Schnitzel mit allem. Beide hatten das Gefühl, dass es noch was zu feiern geben würde.

»Bin gespannt, wann der Manfred die Katze aus dem Sack lässt!«, sagte Klausi. »Er war so sicher, den Täter zu kennen. Ich frag mich, wo die bleiben. Es ist schon Viertel nach zwölf. Der Hinfaller lässt kein gutes Essen aus! Ich war noch nicht oft dabei bei den Ermittlungen vom Manfred Besener, aber er hatte immer recht! Haben Sie schon einen Verdacht, wer's war?«

»G'scheiter, du sagst Gerda zu mir. Das Gesieze geht mir aufn Geist, wenn man zusammenarbeitet. Außer ich kann wen nicht leiden. Der soll dann schon Sie sagen zu mir.«

»Mir san jetzt auch per Du? Des is stark!« Er wollte sich erheben.

»Ja, halt! Aber nicht so, wie du meinst! Des mit'm Manfred is irgendwie ganz was anderes. Des is, äh …«

»Liebe aufn ersten Blick halt. Ich bin doch nicht blöd! Bloß weil ich der Klausi bin!« Er machte einen Schmollmund und sie mussten lachen. Wie recht er hatte, oder?

Der Schwendner traf ein, ganz außer Atem. »Einen Unfall hat's gegeben! Der schöne Mercedes-Geländewagen vom Manfred is Schrott! Die beiden sind verschwunden!«

»Scheiße«, entfuhr es der Wimmer. »Setz dich. Erzähl, was passiert is!« Sie rückte einen Stuhl an den Tisch.

»Ja, dann, ich bin der Herbert. Gerda, gä! Hab ich mir gemerkt. Obwohl die Uschi, also die ist ja im Krankenhaus, genau.« Er hatte den Faden verloren. »Also, äh … die beiden waren beim Leitner, der da beim Steinbruch in Untermurbach arbeitet und auch die Sprengungen verantwortet. Und beim Zurückfahren wurde ihnen in den rechten Vorderreifen und in die Windschutzscheibe geschossen. Zack – Überschlag in die Pampa. Ohne Lenkung und Sicht ist da der Fall gleich erledigt.« Er ballte die Faust. »Die Schweine. Die wenn ich derwisch!«

Gerda war es ganz heiß geworden. Hoffentlich wurden die beiden nur festgehalten, hoffentlich war nix passiert!

»Der Manfred glaubte doch zu wissen, wer der Drahtzieher und Mörder ist. Er hat uns extra heute nach München zum Polizeipräsidium ins Archiv geschickt. Er hat aus Schmalzners Polizeivergangenheit einen im Visier, der da bei der Spezialtruppe am Kalvarienberg mit dabei sein muss. Wir konnten herausfinden, wer mit dem ermordeten Schmalzner damals in einer Einheit war. Es waren fünf Leute. Die waren eineinhalb Jahre zusammen in einer Stube und einem Team und gingen durch dick und dünn. Die waren damals schon auf dem Weg zum SEK. Viele Sonderaufgaben. Viele Freiheiten. Ein bissl was Besonderes und ein bissl viel für den Einsatz geschaffen. Die Leute, die uns – zugegeben sehr zögerlich – Einblick in die alten Akten gewährt haben, konnten mit dem Namen der Einheit nicht mehr viel anfangen. Man bräuchte einen, der damals auch dabei war. Schau, das sind die Namen: Stefan Leitner, Andreas Schmalzner, Norbert Oberlechner, Jürgen Verler, Robert Veith, Erwin Abseiter.«

»Die sagen mir gar nix. Der Steinbruchmensch heißt doch Leitner!«, meinte Schwendner.

»Ja, aber der ist viel zu jung. Überprüfen müssen wir ihn trotzdem. Vielleicht ein Verwandter? Wir müssen wissen, was aus denen geworden ist. Ich meine, der Manfred glaubt, dass einer von denen der Täter ist, oder gleich mehrere.«

»Dann könnt's sein, dass die Verbrecher oben am Kalvarienberg im offiziellen Auftrag die Bomben bewachen, die sie selber gelegt haben?«, fragte Schwendner. »Die Namen müssten dann mit denen auf der Liste übereinstimmen. Aber die haben wir ja gar nicht!«

Der Klausi zuckte mit den Schultern. »So schaut's aus. Der Ohm muss die liefern, das wird nix helfen.«

»Ich geh jetzt gleich zum Schmied statt zum Schmiedl und ruf den Innenminister an. Der muss den Ohm zwingen, die Namen seiner Leute rauszugeben, und zwar flott!«

Gerda zückte ihr Telefon. »So geht's doch nicht weiter!«

Freitag, 5. November – Kalvarienberg, Bad Tölz

Besener wachte auf. Er hatte höllische Kopfschmerzen. Aha, Betäubungsmittel, dachte er. Auch sein Knie tat weh, sonst schien alles zu funktionieren. Er war gefesselt und trug eine Augenbinde.

»... und was ist mit dem Manfred? Wo is der? Wie geht's ihm?« Hinfaller hörte sich ein wenig schrill an.

Besener wollte etwas sagen, aber nur ein Grunzlaut kam heraus. Offensichtlich sah sein Kollege genauso wenig.

»Der rührt sich schon. Keine Sorge«, sagte eine zweite Stimme. »Jetzt haben wir euch endlich. Ihr seid lästiger als Scheißhausfliegen! Jetzt ist Schluss mit Ermitteln. Jetzt ist Pause. Ruht euch aus. Ich lass euch beide mal allein.« Schritte entfernten sich.

»Manfred?«

»Hier!«

»Alles okay?«

»Einigermaßen. Und du lebst auch noch?«

»Ich glaub, meine Hand ist gebrochen. Tut sauweh und ist angeschwollen.«

»Wo sind wir?«

»Höhle, würd ich sagen.«

»So eine Scheiße.«

»Genau. Und bevor du fragst: Ich weiß auch nicht mehr als du.«

»Scheiße.«

Freitag, 5. November – Gasthof Schmalz-Bräu, Bad Tölz

Der Innenminister hatte es sich nicht nehmen lassen und kam vorbei in die »Kommandozentrale« im Gasthof Schmalzner. »Ich hab schon lang geplant, dass ich zur Lösegeldübergabe in Tölz sein werde. Jetzt bin ich ein paar Tage früher angereist und konnte ja auch schon helfen. Also … wenn Sie mich brauchen«, er nickte Gerda zu, »dann pack ich auch mit an. Sie nutzen das ja auch schon fleißig.« Er grinste. »Mit den SEK-Leuten diskutiere ich am liebsten. Heute hätte ich den Fenser bei der Presse unterstützt. Aber um mein München zu retten, bin ich hier besser aufgehoben. Er lässt sich übrigens entschuldigen. Er vertraut auf den bewährten Krisenstab. Den Oberstaatsanwalt, den hab ich auch im Griff. Der soll euch bloß in Ruhe lassen! Die Ergebnisse geben Ihnen recht, meine Herren, äh, Damen und Herren.« Er lächelte weltmännisch.

Auch der Münchner OB war erschienen. Also waren sie zu sechst: Die Politiker Brucker und Lohbrunner, die Tölzer Polizisten Obermeier und Schwendner und die Kripo-Leute Wimmer und Bremser (der Klausi).

Der Innenminister warf sich in die Brust: »Ich schlag vor, Frau Wimmer übernimmt das Kommando, bis wir den Besener wiederhaben! Also, fangen S' an!«

Punkt 14.15 Uhr ging es los. Gerda zog ein Blatt Papier heraus und sagte: »Meine Herren, pack ma's. Ich hab mir schon ein paar Punkte notiert, eine To-do-Liste gemacht, würde man heute sagen!«

Ihr war nicht zum Scherzen zumute, ganz im Gegenteil. Den anderen offensichtlich auch nicht. Aber hochkonzentriert waren sie alle. Vor allem die Wimmerin.

»Prioritäten sind: Erstens die Kollegen finden, zweitens die Lage am Kalvarienberg und Sylvensteindamm in den Griff bekommen, also die Täter festsetzen, drittens: den Mord am Schmalzner aufklären! Wir haben genug offene Baustellen, da werden wir uns ein paar Stunden beschäftigen können. Ich bin froh, dass die Herren aus München uns unterstützen. Ich darf …«

Sie wurde unterbrochen von einem »Pling« ihres Mobiltelefons. »Tschuldigung, des is immer an, wenn grad …« Sie schaute aufs Display: eine SMS von Besener! *Ihre Kollegen sind in unserer Gewalt. Nichts unternehmen bis zur Deadline morgen, 06.11., um 10.30 Uhr. Nach Geldübergabe geben wir den Aufenthaltsort bekannt.*

»Eine Nachricht der Entführer!«, rief sie. »Er lebt noch! Also beide.«

»Wahrscheinlich«, kommentierte Obermeier das Ganze. Das Handy wurde herumgereicht.

Auch Schwendner war deprimiert. Nicht mal ein Bier war jetzt angemessen. Er bestellte ein Wasser. Bevor die Bedienung außer Sichtweite war, rief er sie noch mal zurück und änderte seine Bestellung auf Johannisbeerschorle.

»Häd i fast an Fehler g'macht«, murmelte er »Uäh, a Wasser!«

Gerda fuhr fort und unterbrach mit einer ungeduldigen Handbewegung das Gemurmel der Anwesenden. »Wir müssen strukturiert bleiben. Wir haben noch einige Stunden Zeit! Lassen sie uns produktiv sein! Ich habe die vollste Unterstützung vom Gasthof. Es werden ein paar Sachen von der Küche vorbereitet, sodass wir immer was essen können, wenn es grad wäre. Getränke sind eh da. Die Nachtschicht wird ein wenig aufgestockt, um uns zu unterstützen!«

Der Geschäftsführer vom Schmalzner hatte sich ein wenig vom hohen Ross heruntergeschwungen, als ihm die Vergänglichkeit des Daseins bewusst geworden war. Wie schnell war alles anders (oder aus, wie beim Mordopfer)! Seine Professionalität hatte er behalten. Das Haus war randvoll mit Touristen. Dass trotzdem Platz und Zeit für die Ermittler war, stand nie zur Debatte. Der Schmalzner hatte ein gutes Händchen gehabt bei der Auswahl seiner Leute. Die Ermittler spürten die anderen Gäste kaum. Nur – nachdem sich ein paarmal jemand in der Tür geirrt hatte, wurde der Besprechungsraum immer abgeschlossen.

Die Aufgaben wurden verteilt: Zur Überprüfung des Steinbruch-Leitners meldete sich Obermeier, der Polizeidienststellenleiter von Tölz, freiwillig. Er hatte Zugang zu den ganzen Melderegistern und persönlichen Daten. Es musste ausgeschlossen oder bewiesen werden, dass er mit Schmalzners Bundeswehrkameraden Leitner etwas zu tun hatte. Außerdem waren noch weitere Personalien zu klären. Man wollte und durfte nichts übersehen! Der Eberhardt zum Beispiel, auch der Pfarrer oder einige Mitarbeiter des Schmalz-Bräus waren eine Zeit lang über die Ermittlungen informiert gewesen. Einige Leute standen Obermeier zur Verfügung, sodass er effektiv recherchieren konnte.

Die Liste der Namen der SEK-Leute vor Ort sollte bis zum Abend kommen, hatte ihnen der Innenminister zugesagt, mit der Zusatzbemerkung: »Dass es so lange dauert, führe ich auf Eitelkeiten zurück. Wie die kleinen Kinder sind manchmal meine Männer. Sie wollen einfach ihren Kopf durchsetzen.«

Klausi sollte noch einmal den Stand am Sylvensteindamm erfragen und dazu notfalls selbst hinfahren.

Der Innenminister wollte sich über die Lösegeldübergabe im Rasthof an der A8 in Irschenberg persönlich informieren. Mit dem Einsatzleiter sprechen und so weiter. Sie wollten um 20 Uhr entscheiden, ob wirklich Geld übergeben werden sollte. Für den Einsatz hatte das letztlich kaum eine Auswirkung.

Innerhalb der nächsten Stunde musste aber endgültig entschieden werden, ob die Leonhardifahrt stattfinden sollte. Kleine Änderungen waren schon organisiert, allein weil oben beim Kalvarienberg kaum Platz zu Verfügung stand. Dort, auf der Wiese, wo die Pferdegespanne während des Gottesdienstes normalerweise warteten, war ein großer Bereich mit Bauzäunen abgesperrt worden, der von bewaffneten SEK-Leuten bewacht wurde. Trotzdem bestand weiterhin die Option, das Ganze abzusagen. Bevor die Würste in den Kessel kamen, sozusagen. Der Tölzer Bürgermeister hatte hart verhandelt und 15.30 Uhr als spätesten Termin zähneknirschend zugestanden. Wenn ein Go gesendet werden sollte, hätten die Organisatoren noch die ganze Nacht zu tun. Was Lebensmittel betraf oder schnell erledigt werden konnte, war solange aufgeschoben worden.

Man stelle sich vor, es sind ein paar Tausend Weißwürste auf einmal übrig! Wahnsinn! Wenn man da an ein Geburtstagsfest zum Beispiel mit 35 Gästen denkt. Essensplanung – da gehen die Meinungen auseinander. Es muss genug da sein – peinlich, wenn was ausgeht. Reste kann man konservieren und allmählich verbrauchen, sagt der eine. Wenn eins aus ist, essen die Gäste auch was anderes, sagt der andere. Wenn einer um zwölf statt um acht kommt, muss er damit rechnen, dass nur noch Salzstangen da sind statt dem geilen Kalbsbraten. Sagt der Pragmatiker.

Aber Essensplanung für Leonhardi – da braucht ein Außenstehender nicht mitreden. Viele Erfahrungswerte zählen da, was die Touristen und Einheimischen so verputzen. Wenn's schneit – 300 Liter Glühwein mehr. Scheint die Altweibersommersonne – 3.000 Würscht und zehn Liter Senf mehr und ein paar Hektoliter Bier zusätzlich. So ungefähr.

Aber was passiert, wenn Leonhardi ausfällt! Wer soll allein die Sachen, die immer mindestens verbraucht werden, essen? Da frisst du ja ein Jahr nur Würste aus der Kühltruhe!

Wie gesagt – Wahnsinn!

Diese Entscheidung wollten sie gemeinsam treffen, und das wenn möglich einstimmig. Gerda war hier in der Pflicht, sie herbeizuführen. Außerdem wollte sie die Suche nach Manfred und Johannes in die Hand nehmen. Handy orten lassen, mögliche Verstecke und so weiter.

Nebenbei sollten Fakten für die Presse zusammengestellt werden. Das wollte dann der Münchner OB Lohbrunner in die Hand nehmen, der Tölzer Bürgermeister war genug gestraft mit der Situation. Lohbrunner hatte große Erfahrung mit heiklen Themen. München war ein anderes Kaliber als Tölz! Da durfte beim Starkbieranstich keine Strähne falsch sitzen! Und ja nicht »Angezapft ist« rufen, sondern wie es sich gehört »O'zapft is!«. Mia san mia und so weiter. Sonst wirst du als OB ruckzuck abgewählt! In Tölz wirst du auch gemessen an deiner Beliebtheit. Ja, freilich! Glaub ja nicht, an städtebaulichen Erfolgen. Die Devise ist: Was kann man durchsetzen, ohne sich zu viele Feinde zu machen? Ein schönes Projekt, super für die Stadt, aber eine missmutige Bevölkerung – ruckzuck abgewählt!

Uns geht's irgendwie gleich, dachte Lohbrunner.

Zu guter Letzt musste wahrscheinlich noch ein Sondereinsatzkommando von auswärts her, die GSG 9 von der Bundespolizei am besten. Wenn es hier wirklich um korrupte oder kriminelle Strukturen innerhalb des SEK ging, brauchte man eine davon unabhängige Exekutive, die die andere Exekutive dann in den Schwitzkasten nehmen konnte. Sie sollten möglichst kurzfristig da sein, wenn sie gebraucht wurden, am besten innerhalb von 30 Minuten. Das wurde Schwendner übertragen. Der war sichtlich in seinem Element, dass er alle Hebel in Bewegung setzen durfte. Am besten, die Spezialisten wären bereits vor Ort, ob es jetzt neue Erkenntnisse über die Täter gab oder nicht. »Ein Hubschrauber wär nicht schlecht!«, meinte er nachdenklich.

Irgendwie wurde er aber nicht ernst genommen damit. »Die Kirche im Dorf lassen« war die einhellige Meinung. In den nächsten Stunden würde sich gewiss mehr ergeben, sodass weitere Entscheidungen getroffen werden konnten, und ein GSG-9-Team – das schadete ja auf keinen Fall in solchen Situationen.

Ein Hubschrauber auch nicht, im Vertrauen. Den kann man immer brauchen.

Es wurde vereinbart, dass alle immer erreichbar sein sollten – vor allem bis 15.30 Uhr. Je nachdem, wie die Entscheidung bezüglich der Leonhardifahrt nach allen vorliegenden Erkenntnissen dann ausfiel, hätten alle mit ihren Projekten weiterzumachen. Treffen im Gasthof sollte spätestens wieder um 20 Uhr sein.

Gerda schaffte es mit Gesten und Blinzeln, Klausi und Schwendner im Raum zu behalten, als Obermeier, Brucker und Lohbrunner sich verabschiedeten. Sie ging zur Tür und sperrte hinter ihnen wieder ab.

»Leute, ich weiß nicht, warum, aber ich vertraue euch hundertprozentig. Mein Bauch sagt mir das mehr als deutlich. Deswegen muss ich mit euch reden: Wisst ihr, was die Entführung der Kollegen bedeutet?«

Die beiden schauten ratlos und nachdenklich. Was meinte sie?

»Wenn wir davon ausgehen, dass wir alle Wanzen entfernt haben – und das haben wir, ich hab vor unserem Treffen noch mal hier suchen lassen …«

»Dann muss einer geplaudert haben, dass Manfred und Johannes zum Steinbruch fahren!«, folgerte Schwendner. Er schlug Klausi an die Schulter. »Mensch, des ist doch logisch! Woher hätten die das denn sonst wissen sollen? Wir ham doch einen Maulwurf! Menschmeier. Wer kon des sei?«

»Der Ohm muss es sein«, meinte Klausi. »Nur der hat die Möglichkeit, alles zu vertuschen.«

»A geh, Schmarrn«, entgegnete Schwendner, »der genießt doch das Vertrauen vom Innenminister. So einer ist doch ned kriminell, hör auf!«

»Dann steckt halt der Minister auch mit drin, Dientsherr oder nicht! Ich bin Kriminaler, bei mir sind alle gleich!« Klausi drückte das Kreuz durch und gab sich kämpferisch.

Gerda schlichtete: »Beweise müssen her. Jeder kann's sein. Haltet die Ohren gespitzt!«

15.30 Uhr

»Danke, Herr Fenser, Ihnen auch!«, sagte Gerda am Telefon und legte auf. Sie hatten einstimmig entschieden, dass die Wallfahrt stattfinden konnte.

Dem Bürgermeister war ein Stein vom Herzen gefallen – und auch wieder nicht. Da hätte wohl keiner in seiner Haut stecken mögen! Wenn man genau weiß, es könnte was passieren. Man stelle sich vor, es platzt eine Bombe irgendwo in Hörweite und die Hälfte der Rösser scheuen. Es langt ein Gespann, das durchgeht. Wahnsinn, das Risiko. Überall Menschen! Unglaublich, dass die Herren das haben stattfinden lassen. Da riskiert man doch lieber den Zorn der Bevölkerung, als einen Haufen Menschenleben auf dem Gewissen zu haben!

Na ja, am Ende war's ja dann doch richtig. Es ist eh wenig passiert. Zwar mehr als sonst, aber …

Ausschlaggebend war eigentlich gewesen, dass Ohm die Lage als »unter Kontrolle« beschrieb. Klausi hatte ihm ein Loch in den Bauch gefragt. Ohm war dieses Mal erstaunlich ruhig und geduldig gewesen. Am und vor allem im Sylvensteindamm waren zehn SEK-Leute anscheinend immer noch nicht auf irgendetwas Verdächtiges gestoßen.

Auch wenn einer der SEKler wahrscheinlich der Drahtzieher war und von den anderen keiner wirklich wusste, worum es bei all dem Schlamassel in Tölz wirklich ging, waren die Zuständigen des Sonderkommandos Antiterror einer Meinung: keine unmittelbare Gefahr für Mensch und Tier. Für Kirche und Bäume vielleicht schon.

Die gemeinschaftliche Presseerklärung der beiden Bürgermeister hatte den dringlichen, aber doch positiven Inhalt: Die Situation am Kalvarienberg ist nicht entschärft, aber unter Kontrolle. Eine größere Explosion, die Menschen außerhalb des abgesperrten Bereichs verletzen könnte, ist aus heutiger Sicht nicht wahrscheinlich. Spezialkräfte sichern den Bereich. Die Stadt wird dennoch kein Risiko eingehen und weiter mit den Terroristen verhandeln. Parallel wird die Leonhardifahrt stattfinden, mit etwas geänderter Route und Abstand zum gesperrten Bereich oben bei der Kalvarienbergkirche. Hauptziel ist es, keine Menschen zu gefährden.

Auf diese schwierige Entscheidung hin war eine Pause fällig für die Anwesenden. Neben Gerda waren Obermeier, Klausi, OB Lohbrunner und der Innenminister da. Außerdem hatte Obermeier zwei Beamte aus der Dienststelle losgeeist, die unterstützten.

Schwendner war noch unterwegs.

Es gab eine kleine Menükarte mit zwei Suppen, drei Hauptgerichten und zwei Nachspeisen zur Auswahl. Erst als sie nach ein paar Minuten zur Ruhe kam, merkte Gerda, wie viel Hunger sie eigentlich hatte. Trotz der Sorgen um die entführten Kommissare Besener und Hinfaller ließ sie es sich schmecken. Ein großes Glas Johannisbeerschorle dazu gab ihr neue Kraft.

Sie überlegte, welche Gefühle sie eigentlich genau für den Manfred hatte. So ernsthaft konnten die gar nicht sein, sonst hätte sie schon mal den inneren Abstand ein wenig verringert. Oder doch? Schließlich gab's schon Küsse, dic waren nicht zu leugnen! Warum legte sie sich auch jetzt so ins Zeug als inzwischen leitende Beamtin? Überwog das Arbeitsfieber, der Jagdinstinkt? War sie gefühllos? Oder verliebt? Die Angst um die beiden war zweifellos da, aber sie hatte den Eindruck, wenn sie nichts unternahm, um die Kollegen zu finden, könnte diese Angst die Oberhand gewinnen. Lieber das Ruder in die Hand nehmen, dann kamen einem keine verzweifelten Sachen in den Sinn. Sie schüttelte den Kopf, um die unnützen Gedanken zu vertreiben, und hörte lieber den andern zu.

Obermeier erzählte ein wenig zum Ablauf der Wallfahrt und Anekdoten aus den letzten Jahren.

»Einmal is ein Gespann auf dem Retourweg unten in der Marktstraße in der Kurve zu schnell g'wen und der Truhenwagen umgekippt. Da sind die Jungfrauen herausgekugelt, sag ich eich! Ich hab's zufällig direkt gesehen und gleich helfen können. Gott sei Dank san die vier Pferde gleich stehen gebliem. Paar blaue Flecken gab's, aber sonst ...« Er klopfte dreimal auf den Tisch. »Toi toi toi, nix passiert!«

Klausi fragte nach: »Wie jetzad, lauter Jungfrauen?«

Dann musste er sich einen Vortrag anhören, welcher Familienstand welche Tracht erforderte und dass – heutzutage – nicht immer drin war, was draufstand. In dem Fall eigentlich nie.

Gerda schmunzelte. Der Obermeier war ein echter Tölzer und redete manchmal unterbewusst so ein Fernsehbayerisch, dass ihn auch alle verstanden. Der Münchner OB und der Innenminister hätten ohne diese Bemühungen vielleicht schon das ein oder andere nicht kapiert. Vor allem die ganzen Fachausdrücke aus der Bekleidungssparte. Aber die hatte Obermeier eh nicht erklärt. Nur deutlich ausgesprochen. »Und die mit'm Fuchs sind de oidn Weiber, dös is wichtig, weil die ham den besten Schnaps. Jetz passt's oamal auf, der ...« So ging's weiter. Fernsehbayerisch vom Feinsten!

Gerda genoss es, mal nicht im Mittelpunkt zu stehen, und seufzte.

Plötzlich spürte sie eine Hand auf der Schulter. Klausi sagte leise: »Der Manfred gäd ned unter, werst seng. Oiss werd guad.« Er schaute zuversichtlich. Gerda kamen ein paar Tränen. So ein Pimpf und solche Worte! Also doch Gefühle für den Manfred. So was! Sie fühlte sie sich getröstet und verstanden. Es wurde Zeit, die zwei Kollegen zu retten!

Nach einer kurzen Pause wurde eine halbe Stunde später wieder angepackt.

Obermeier hängte sich ans Telefon und zusammen mit seinen zwei Leuten hatte er bereits um 19 Uhr die wichtigsten Ergebnisse: Der Rudi Eberhardt war »sauber«, ein unbescholtener Bürger. Na ja, eher ein Breznsoizer, wie man so sagt, aber harmlos. Der Steinbruchgeologe Leitner hatte auch keinerlei Verbindungen zu dem ehemaligen Polizei-Leitner.

Das Unfallfahrzeug von Besener und Hinfaller war untersucht und drei gezielte Einschüsse gefunden worden. »Der Plan war sicher, die beiden nur aufzuhalten. Ein Projektil hat die Windschutzscheibe so in der Ecke getroffen, dass sie komplett blind wurde. Ein weiteres die beiden Reifen auf der Fahrerseite. Ein Schütze, der so genau zielt, hätte auch die Insassen getroffen.«

Der Innenminister wiederum berichtete von der Entscheidung, kein Geld, aber doch immerhin eine Tasche mit Papier bereitzuhalten. Der Übergabeort an der Autobahnraststätte war kontrolliert worden, ein Absperren wegen der vielen Menschen, die geschäftlich oder im Urlaub hier anhielten – von den Lkws gar nicht zu reden –, überhaupt nicht möglich. Vielmehr wollte man die Kräfte in Tölz konzentrieren und die Entführten finden.

Schwendner meldete sich auch gegen 19.30 Uhr auf Gerdas Handy. Sie hatte sich schon gefragt, was er so machte. Als sie ranging, sagte sie zur Begrüßung: »Grad wollt ich dich zammscheißen, weil man nix hört und siegt. Wo bist denn, Mensch?«

Der Tonfall war nicht ironisch, bemerkten die Umstehenden. Hatte Schwendner in seine alte Lethargie zurückgefunden?

Aber zu viel mehr kam sie nicht. Ein paar »Aha« und »A schau her« oder sogar »Ui!« waren zu hören. Nach einem »Pfiate« berichtete sie den anderen: »Der is in Innsbruck und hat drei Cobra-Teams mobil machen können! Besser Österreicher als die eigenen Leute, die womöglich mit drinstecken, sagt er. Alles ist bereits genehmigt. Untergebracht hat er sie in der Polizeidienststelle in Tölz. Das tut's leicht angeblich. Die Leonhardifahrt ist halt kein Ponyreiten, sondern ein oktoberfestmäßiges Großereignis. Schaut's ned so, des war ein Zitat! Jedenfalls ist alles organisiert und um Mitternacht will er eh wieder da sein, um zu helfen. Unglaublich! Wie er des geschafft hat, frag ich mich.«

»Was ist jetzt eigentlich mit der Liste vom Ohm?«, fragte sie an den Innenminister gewandt.

Der zuckte mit den Schultern und hob die Hände, was bedeuten sollte: Ich kann auch nichts machen. Er griff zum Telefon und wählte. »Ohm ist nicht erreichbar, erst um neun wieder«, sagte er zwei Minuten später.

Klausi hatte inzwischen bei der Baufirma, die den Sylvensteindamm saniert hatte, die verantwortlichen Leute erreicht. Einen sogar im Zillertal beim Après-Ski! Der Damm sei mit ein paar Kisten Sprengstoff nicht zu knacken, wie sich alle einig waren. Die fünf neuralgischen Stellen, die in irgendeiner Weise eventuell Ziel eines Anschlags hätten sein können, waren schnell erklärt und Klausi zischte ab nach Lenggries. Zum Damm in der Nacht braucht man zehn Minuten. Wenn man das Blaulicht einschaltet und sich nicht um die Geschwindigkeitsbegrenzungen scheißt. Sonst halt fünf Minuten länger.

Der Münchner OB war sichtlich erleichtert. Auch, dass der Kalvarienberg in die Isar rutschen sollte, hatte der Geologe Leitner so gut wie ausgeschlossen. München war also quasi außer Gefahr.

Gerda hatte um 21 Uhr endlich den Ohm ans Telefon bekommen. Der versprach, noch in der nächsten halben Stunde die Liste der in Tölz stationierten SEK-Teams per E-Mail zu senden. Angeblich sei das schwierig, weil Teams aus anderen Bundesländern involviert wären.

Um Mitternacht tauchte Schwendner auf mit der Bemerkung: »Einen Hunger hab i! I kannt a halbe Sau verdrucken!«

Die Küche hatte genau das Richtige. Zwiebelrostbraten mit Petersilienkartoffeln. Nebenbei erzählte er ein wenig. Auf den Hubschrauber angesprochen, hüllte er sich in Schweigen und machte zufällig dieselbe Geste wie der Innenminister ein paar Stunden vorher: Schulterzucken. Wieso überhaupt Innsbruck, fragte sein Chef, der Obermeier. Auch da wollte er nicht recht was sagen. Dafür grinste er ein bissl.

»Was wird da eigentlich gespielt, ha?«, warf plötzlich der Obermeier in die Runde und haute mit der Faust auf den Tisch. »Das gibt's doch nicht, dass wir denen nicht draufkommen! Das gibt's doch nicht, dass es keine zielführenden Spuren gibt! Wo sind die entführten Kollegen?«

Um 2 Uhr nachts ging dann allen irgendwie der Elan aus. Das Wichtigste war getan und organisiert. Die Namensliste war immer noch nicht da.

KAPITEL 7

Leonhardi, 6. November – Kalvarienberg, Bad Tölz

Der enge, muffig-feuchte Gang machte einen Meter vor ihm eine scharfe Biegung nach links. Da er aus Platzgründen mit dem linken Arm voraus unterwegs war, wurde ihm klar, dass diese Biegung vielleicht sein Scheitern bedeutete. Die für diesen Zweck ungeeignete LED-Stirnleuchte wurde auch immer schwächer. Zurück konnte er aber jederzeit. Eigentlich. Oder redete er sich diese Alternative nur ein? Hier hineinzukriechen, war die wahrscheinlich blödeste Idee seines Lebens gewesen. An die Platzangst, die jeden Menschen in dieser Situation von hinten packt, hatte er nur in den tiefsten Tiefen seines Unterbewusstseins gedacht. Sie wollte aber raus, das spürte er. Gleichzeitig bildete sich Rudi Eberhardt ein, dass von irgendwo ein Lichtschein zu sehen war. Er musste ungefähr zehn Meter unter der Rasenoberfläche sein. Große Steine, vermischt mit Erde und Kies, waren an der Stelle, wo er gerade war, von der Decke des Gangs gebrochen und hatten die letzten zehn Meter nur noch ein sehr langsames Kriechen mit ganz flach gepresstem Körper erlaubt.

Der Gürtel blieb plötzlich an der Tunneldecke an etwas hängen, die Platzangst wurde unerträglich. Voller Panik wand sich Rudi wie ein Regenwurm, um vorwärtszukommen und vielleicht doch noch diesem nassen Grab zu entfliehen. Ein leises Rauschen und ein erhöhter Druck auf Rudis Beine ließen ihn schaudern. Ich bin gleich tot, dachte er. Hier wird mich nie einer finden.

Er hatte sich die Sache mit dem Geheimgang noch einmal durch den Kopf gehen lassen. Er kannte die meisten Kohleschürfe aus alten Unterlagen und Karten. Und wenn man berücksichtigte, was der alte Pater gesagt hatte, dann endete so ein Fluchttunnel nicht irgendwo in einer offenen Wiese, sondern am steilen Isarufer. Dort konnte man ungesehen im Wald verschwinden. Die Kirchenleute waren ja auch praktisch denkende Menschen gewesen damals.

Er hatte sich an die kleine Höhle erinnert, die er seinerzeit nach einem Windwurf entdeckt hatte. Konnte das der besagte Ausgang sein? Er hatte seine Lampe und seinen Klappspaten eingepackt und war losgezogen.

Er hatte die Höhle, die nur zwei Meter in den Hang führte, ausgeleuchtet und erneut festgestellt, dass zu keiner Seite ein Gang weiterführte. Sie war genau an der geologischen Grenze vom gefalteten Sandstein – unten – zum Eiszeitschotter – oben – angelegt. Dort ließ es sich am leichtesten graben und die Decke aus diesem natürlichen Beton war auch sehr stabil. Er hatte ein bisschen nach unten gegraben und plötzlich zwei Stufen aus mörtellos gefügten Steinen gefunden. Da hatte er eine Stunde weitergewerkt, wie die alten Archäologen in Ägypten damals, und war plötzlich durch gewesen! 15 Stufen führten steil nach unten, dahinter ging es wieder leicht bergauf. Dann führte der Gang weiter in den Berg hinein. Er hatte ihn gefunden! Er war im Originalzustand eineinhalb Meter hoch und nur circa 120 Zentimeter breit. Die Verwitterung hatte aber auch schon ganze Arbeit geleistet. Oftmals war nur noch die Hälfte an Platz vorhanden.

Jetzt steckte Rudi fest. Er war schon mindestens eine halbe Stunde im Berg unterwegs. Ein leichter Luftzug ermunterte ihn, dass es einen zweiten Ausgang geben musste. War da wirklich Licht? Er schaffte es, seine Stirnleuchte auszuschalten. Tatsächlich! Da vorne war ein Lichtschimmer! Vielleicht noch vier, fünf Meter. Die Platzangst war weiterhin unerträglich. Wie eine Blindschleiche sich in einer menschlichen Hand bewegt, wand sich Rudi und gewann Zentimeter um Zentimeter an Raum. Auf einmal war es geschafft. Ein letzter Kieshaufen vor ihm gab nach vorne nach und er blickte auf aufgestapelte Kisten, zwischen denen Licht hindurchdrang. Der Raum war überraschend groß: mindestens zwei Meter hoch und vier Meter lang. Die Tiefe war hinter den Kisten verborgen. Dort war auch die Lichtquelle. Er hörte Stimmen.

Er kroch aus seinem Loch und richtete sich ein wenig auf. Er spürte, wie Steinchen und Sand innerhalb seines T-Shirts den Rücken hinunterrieselten. Ein paar fanden den direkten Weg in die Unterhose. Fast unmöglich, sich nicht davon ablenken zu lassen. Er schwitzte stark. Er dachte fest daran, dass so weit im Untergrund keine grausligen Viecher dabei sein konnten. Oder war das eine Spinne, die eben aus seinen Haaren gefallen war? Es schüttelte ihn vor Grausen.

Die Stimmen waren jetzt deutlich zu verstehen: »Wir sind gleich dran, Hans-Jürgen. Noch eine kleine Ladung müsste genügen.«

»Du kannst schon mal die Ablenkungsüberraschung herrichten für unsere Geislein«, sagte der, der vielleicht Hans-Jürgen war. Er kicherte wie ein Irrer.

»Jawohl, Chef!« Der Erste schlug die Hacken zusammen.

»Lass den Blödsinn, schau, dass es vorangeht.«

»Hast ja recht. Ich bin froh, wenn wir hier wieder weg sind.«

»Ich bin draußen. Macht weiter! Warum hab ich bloß so groooße Augen?«, sagte Hans-Jürgen ein paarmal mit verstellter Stimme, die sich langsam entfernte.

Er ging offensichtlich. Bei dem war eindeutig eine Schraube locker. Das medizinische Wissen vom Rudi war da nicht notwendig. Das war offensichtlich.

Rudi wusste nicht, was er tun sollte. Er hörte auch nichts mehr vom anderen.

Plötzlich schoss ein Arm zwischen den Kisten hindurch und packte Rudi bei den Haaren.

»Au! Spinnst du, du bläde Sau?« Rudi war das herausgerutscht. Er wusste durchaus um den Ernst der Situation. Vor ihm stand ein Mann im schwarzen SEK-Overall. Der silberne Stern machte ihn zum Kommissar, das Namensschild zum Abseiter.

»Au!«

»Wo kimmst jetzt du her?«, wollte Abseiter wissen.

Rudi überlegte fieberhaft und dachte an die Erzählung vom Pater aus Benediktbeuern.

»Na, durch die Kirch halt, woher denn sonst, Herr Kommissar?«

Der reagierte gereizt. »Da kommt keiner durch, des gibt's ned! Du kannst mir viel erzählen!«

Rudi merkte, dass sein Tipp goldrichtig war.

»Ich bin aber da. Warum ham Sie mich überhaupt entdeckt?«, fragte er und wechselte absichtlich das Thema. Vielleicht war der böse Krieger milde zu stimmen. Er vermisste seinen Geologenhammer. Den im richtigen Augenblick mit der Spitze voraus …

»Du schnaufst ja wie ein Nilpferd! Dich hört ja ein Blinder!«

Dieser wahnsinnig ungeistreiche Vergleich brachte Rudi auf die Palme. Kaum dem Tod entronnen, musste er sich so einen Scheiß anhören!

»Flusspferd heißt des, Herr …« Er tippte an das aufgenähte Namensschild in Brusthöhe »*Abseiter*. Und außerdem, Sie Terrorist … Ein Blinder hört normalerweise mehr als wir beide zusammen!«

»Ruhe jetzt, du Klugscheißer. Da kannst du gleich bei der Party live dabei sein. Auf geht's!« Er packte Rudi am Kragen und schleppte ihn durch einen etwa zehn Meter langen mannshohen Gang in den nächsten Raum. Hier lagerten weniger Kisten, dafür aber zwei Stühle, auf denen die beiden Kommissare Besener und Hinfaller gefesselt saßen.

Rudi wurde mit Handschellen an einen rostigen Eisenring hinter seinem Rücken gekettet. Er musste stehen, weil der Eisenring recht hoch angebracht war.

»Viel Spaß«, murmelte Abseiter und trollte sich.

Am Ende des Gangs außer Hörweite der Gefangenen trat Abseiter zu zwei seiner Mitverschwörer in SEK-Uniform, die gerade den Sprengdraht anbrachten. »Das wird die letzte sein«, sagte der eine. »Mit der langen Eisenstange sind wir schon durchgestoßen. Endlich sind wir am Ziel. Dann hauen wir ab und lassen es krachen. Der Hans-Jürgen hat genaue Vorstellungen, wie das ablaufen soll. Man könnte meinen, der würde am liebsten ganz Tölz in die Luft sprengen.« Er schüttelte den Kopf.

»Ich muss mit euch reden«, sagte Abseiter leise. »Wer findet, dass der Chef – vorsichtig formuliert – im Vollbesitz seiner geistigen Kräfte ist?«

Keine Handmeldung.

»Wer findet, dass er vielmehr total irr und besessen ist?«

Zwei Hände, auch er hob sie.

»Was haltet ihr davon, wenn wir die Schlussvorstellung modifizieren?«

Er erklärte kurz, um was es ging. Die zwei waren einverstanden und jeder ging wieder seinen Geschäften nach.

»Herr Oberkommissar, geht's Ihnen gut?«, rief Rudi aufgeregt.

»Sind Sie des, Eberhardt? Hat man Sie auch entführt?«

»Naa, weniger. Mehr erwischt oder geschnappt.« Er erzählte von seinen weiteren Recherchen zum Geheimgang und dass er ihn gefunden hatte, vermied es aber, den Weg seines Hereinkommens zu beschreiben. Vielleicht lauschte ja der Abseiter irgendwo.

»Sehn Sie des, Herr Kommissar? Die Decke der Räume ist aus Nagelfluh, einem betonartigen Gestein, das der Gletscher hiergelassen hat, und die Gänge wurden in dem recht weichen Sandstein angelegt.«

Besener war genervt. »Mir sind die Augen verbunden! Wie soll ich da was sehen?«

Es rummste und der Boden erzitterte. Besener rief ganz aufgeregt: »Die sprengen sich den Weg zu einer verborgenen Kammer frei oder so. Wenn ich nur wüsste, um was es genau geht, was die suchen!«

Man hörte jemanden »Juhuu!« schreien und eilige Schritte entfernten sich. Sie waren am Ziel!

Plötzlich wurde es hell, er blinzelte. Jemand hatte seine Binde abgenommen! Es hatte doch jemand im Raum gestanden und gelauscht!

Das Bild wurde scharf: Hinfaller!

»Aber ... Johannes ... wie?«, er stammelte und hätte gern gefuchtelt, konnte aber nicht.

»Ich habe mich befreit und befrei jetzt dich, wenn's recht ist«, flüsterte Hinfaller. »Fortbildung: ›Hoodini, befreie dich!‹ Hat wirklich so geheißen, war ma extra in der JVA am Chiemsee und haben mit den Häftlingen geübt. Da ham einige was drauf, sag ich dir! Gab ein paar Vergünstigungen für die. Win-win halt.«

»Warum hast du dich dann nicht schon viel früher befreit?«

»Ja, erst hab ich da nicht dran gedacht. Außerdem ist mein Handgelenk gebrochen, ich kann es gar nicht bewegen. Musst schon entschuldigen! Der Eberhardt da hat mich auch total abgelenkt.«

Besener grinste. Der Johannes war schon ein Hund. Der hatte Qualitäten, die traute man ihm gar nicht zu.

Selbst die Handschellen Eberhardts hatte er im Nu offen. Er benutzte eine Art Haarnadel. Wo er die herhatte, wollte er nicht sagen. Der Rudi glotzte bloß.

Irgendwie sind wir ihm nicht geheuer, dachte Hinfaller und grinste auch. »Und, wie mach ma jetzt weiter?«, wollte er dann wissen.

Rudi spähte um die Ecke und als er sicher war, dass keiner mehr lauschte, erzählte er ihnen den Rest der Geschichte.

»Der Fluchttunnel endet am Hang, der zur Isar am nächsten liegt. Ich vermute, die Kriminellen suchen Kirchenschätze, die vor längerer Zeit hier deponiert wurden. Ich vermute auch, dass sie die nicht finden werden.«

Besener war verwirrt. Was wusste der schon wieder besser? Dieser Forscher-Fuzzi war ihm unheimlich.

»Wir müssen hier raus«, bemerkte Hinfaller, der Befreier. »Ich hab extra gewartet, bis eventuelle Bewacher weg sind. Ihr habt ja gehört, dass es eine sogenannte Ablenkung geben soll. Ich verwette meinen Bart, dass das ein paar feine Sprengungen sein werden. Und wir mittendrin! Nix da. Kommen wir durch Ihren Fluchttunnel hinaus?«

Eberhardt schaute mit großen Augen. »Der Gang ist hinter mir ein wenig eingefallen. Ich geh da nimmer rein! Ich wär fast für immer drinnen geblieben! Sie kommen da eh nicht durch.« Er deutete auf Hinfallers Wampe.

Alle nickten ernst. Keinem war jetzt zum Scherzen zumute.

»Da drüben wurde gesprengt und da haben sie gerade was entdeckt. Dann gehen wir den Tunnel in die andere Richtung«, beschloss Hinfaller.

»Aber die müssen doch mindestens zu fünft sein hier unten, so wie das aussieht. Bergeweise Ausrüstung und so weiter! Da haben wir doch nie eine Chance!«, warf Eberhardt ein und deutete auf herumstehende Boxen und Werkzeug.

»Ich gehe nicht davon aus, dass sehr viele davon wissen. Ich glaube, es sind nur ein paar der Obersten im Spiel. Die Gefahr einer undichten Stelle wäre viel zu groß! Stellt euch vor, die haben sogar den Schmalzner umgebracht! Das machen die wenigsten mit. Wir sind jetzt zu dritt und haben die Überraschung auf unserer Seite. Auf geht's!«, sagte Besener.

Das klang plausibel. Sie fanden sich schnell zurecht, weil der Schmutz auf dem Boden zunahm, je weiter sie dem Eingang zustrebten: dunkler Staub, Erdklumpen, zerknüllte Bonbonhüllen, Holzsplitter, weißer Lehm, der an verwitterten Putz oder Kalk erinnerte. Das allgegenwärtige Stromkabel ließ keine wirklichen Aussagen zu, wo vorne oder hinten war. Aus der Tunneldecke ragten viele feine, manchmal armdicke Wurzeln. Auch der schräg stehende Wurzelstock der großen, gekippten Pappel ragte einmal in den Gang und verengte ihn merklich. Besener deutete Hinfaller und tippte sich an die Stirn. »Ich hab's gewusst«, sollte das wohl heißen. Sie schlichen auf Zehenspitzen, die Nerven zum Zerreißen gespannt. Niemand begegnete ihnen. Da! Eine Treppe führte nach oben. Und dort sah man durch eine Türöffnung helleres Licht! Sie mussten es wagen!

Die beiden Kripobeamten voraus, krochen sie förmlich die Treppe hinauf. Es waren gut 50 Stufen. Ein bisserl glitschig an manchen Stellen.

Gerade als sie auf Augehöhe mit der letzten Stufe waren, trat ein schwarzer Overall in die Türöffnung und zuckte erschreckt zusammen. Augenblicklich nahm er seine Maschinenpistole in Anschlag und zischte: »Nicht bewegen!«

Besener kannte die Silhouette. Das war der junge Mann, der sich bei den Eingangskontrollen zum abgesperrten Bereich immer wichtiggemacht hatte. Besener riskierte einen Blick ins Licht: Sie befanden sich in der Kalvarienbergkirche, im Untergeschoss! In der Gruft!

Auf einmal raunte hinter dem SEKler eine Stimme in normaler Lautstärke, eindeutig weiblich: »Wenn du nicht gleich deine Waffe fallen lässt, Bürscherl, dann schieß ich dich über den Haufen! Die Herren sagen unter Eid aus, dass es Notwehr war! – *Und*?«

Das Bürscherl ging ins Hohlkreuz und zuckte zusammen. Die Maschinenpistole ließ er sinken und an einem Finger baumeln. Besener griff zu.

»Mensch, Gerda! Dich schickt der Himmel!« Er hätte sie am liebsten geküsst, aber der blöde SEK-Polizeihauptmeister stand im »Hände Hoch!« zwischen ihnen und hatte außerdem Schweißflecken unter den Achseln, die unangenehm rochen.

Die Wimmer lächelte und steckte ihre Waffe hinten in den Hosenbund. Wie üblich wechselte sie das Thema. »Habt ihr eine Ahnung, wie schlecht sich mit den modernen Hüfthosen eine Pistole im Bund transportieren lässt? Da hast du nachher einen Wolf an Stellen, für die es noch keinen Namen gibt! Die modernen Waffenholster sind ja so was von greislig. Da muss ich mich ja schämen, ein bissl muss man doch auf das Äußere achten, oder?«

Besener stellte sich die Wimmer im Bikini vor und dann schob sie mit derselben Bewegung die Waffe … nein! Pfeil und Bogen würde da eher passen. Wie zu der blauen Frau im Film »Avatar«. Nur dem Miezekatzen-Rest hatte er nicht recht was abgewinnen können. Andererseits: Auf einem Drachen zu reiten, das hätte schon was!

»Hä, aufwachen, Oida!« Hinfaller schnippte mit zwei Fingern neben seinem Ohr. »Wo fliagst'n grod umanand? Im siebten Himmel?«

»Ah, geh! Depp«, erwiderte Besener. Er hatte die Arme halb erhoben und segelte auf seinem virtuellen Drachen umher. Wie peinlich! Gerda war mit dem Bürscherl beschäftigt. Klausi kam angerannt mit ein paar Handschellen.

Sie stiegen aus der Gruft und waren im Kirchenschiff. Und kurz darauf an der frischen Luft. Ein Blick nach draußen ließ Besener heiß und kalt werden: Tausende Menschen, die sich hinter dem abgesperrten Bereich drängten. Die Wallfahrt konnte gerade so stattfinden, viel Platz blieb nicht für die Fuhrwerke. Man hatte die Strecke verkürzt und die Schleife um die Leonhardikapelle gestrichen. Auf der Wiese, wo immer Aufstellung war, war ein Altar aufgebaut. Die Fuhrwerke sollten auf der Straße unten stehen bleiben. Nicht auszudenken, wenn eine Sprengladung hochging und plötzlich die Tiere scheuten!

Der gesamte obere Teil der Wiese samt dem oberen Weg war abgesperrt. Die Zuschauer hingen trotzdem am Zaun und glotzten.

Ein paar Halbwüchsige machten sich einen Sport daraus und versuchten drüberzuklettern. Die damit Erfolg hatten, lernten fürs Leben: Handschellen, 200 Meter weiter in einen Mannschaftsbus – Arrest. Biermut hin oder her.

Während Besener das Treiben beobachtete, las Gerda den Namen auf dem Overall des Gefangenen: »Das ist Hauptmeister Abseiter. Den hab ich mir aber älter vorgestellt! Der steht auf der Liste mit den Polizeispezln vom Gastwirt Schmalzner. Du hattest recht, Manfred! Die alte Garde hat sich getroffen und sie suchen hier etwas. Wahrscheinlich hat der Ami-Jeep im Keller des Schmalz-Bräus ein Geheimnis geborgen, das sogar Morde rechtfertigt. Oder, Bürscherl?« Sie stieß ihm wieder ins Kreuz, dieses Mal mit dem Finger. »Um was geht's? Warum habt's ihr den Schmalzner umgelegt?«

Der Hauptmeister verlor jegliche Farbe im Gesicht. »Ich hab, hab, hab niemanden umgebracht! Der Hans-Jürgen sagte, dass …« Er verstummte.

Der Name! Gerda holte einen Zettel aus ihrer Tasche: Jürgen Verler. Wahrscheinlich ein Hans-Jürgen und einer der Drahtzieher!

»Aber warum bist du so jung? Ha?« Sie gab ihm einen Tritt.

»Jetzt machen Sie den Gefangenen nicht kaputt«, mischte sich Eberhardt ein.

»Was …?«

»Ich habe den wahren Abseiter getroffen. Er ist Kommissar und um die 50. Ich schätze, das ist sein Sohn oder Neffe … oder so.«

»Wo, da unten?«, wollte Gerda wissen.

»Ja, schon, aber wir müssen abhaun! Ein paar von denen müssen noch umeinander sein!«, bemerkte Hinfaller.

»Der Innenminister ist da und auch drei Cobra-Einheiten aus Innsbruck, die der Schwendner mobilisiert hat. Mit zwei Hubschraubern sind die gekommen, da war was los!«, sagte Gerda. »Unsere SEK-Teams sind erst einmal festgesetzt. Der Innenminister hat sie vor 15 Minuten antreten und die Waffen niederlegen lassen. Wir haben jeder ein Gewehr gehabt und aufgepasst, falls die Verbrecher sich outen. War aber nix.«

»Gott sei Dank«, merkte Klausi an. »Obwohl ich mit dem Gewehr besser treff als mit der Pistole.«

Gerda ignorierte den Einwurf und fuhr fort: »Wir haben durchgearbeitet. Der Schwendner, der Klaus und noch ein paar Leute. Und ich.« Das -i vom Klausi hatte sie absichtlich weggelassen. »Um's kurz zu machen: Wir haben die Liste der SEK-Leute hier und erst zwei auf der Liste eindeutig zuordnen können: Erwin Abseiter und Norbert Oberlechner. Beide noch nicht gefasst. Hier haben wir dann den dritten, einen jüngeren. Damit habe ich nicht gerechnet. Jürgen, wahrscheinlich Hans-Jürgen Verler, scheint der Vierte im Bund zu sein. Aber der Name Verler steht nicht auf meiner Liste dieser Einheit. Ich habe mir auch in München die Namensliste der hier im Einsatz befindlichen Männer nochmals geben lassen.

Die vom Ohm ist identisch. Nur nix dem Zufall überlassen! Komisch, dass der Abseiter junior auf keiner der beiden Listen steht. Das versteh ich nicht.« Sie wedelte mit einem DIN-A4-Blatt herum und las dann vor: »Sondereinsatzkommando Antiterror, Leiter: KHK Ohm. Namensliste: Erwin Abseiter, Benedikt Atzenhofer, Rudolf Delscher, Hans …«

»Ja, vorlesen hilft jetzt auch nix, oder? Ist ein Hans-Jürgen drauf?«, maulte Besener sie an. Er war genervt. Die Drahtzieher waren noch aktiv und sie standen hier blöd herum. »Also haben wir vier Hauptverdächtige, die für die Bombenanschläge und die Erpressung zuständig sind! Und nur einer ist bisher gefasst.« Er zeigte mit dem Daumen hinter sich, wo Abseiter junior gerade von zwei Leuten des österreichischen Sondereinsatzkommandos in ein Fahrzeug verladen wurde.

»Nein, da bin ich selber schon draufgekommen, nachzusehen. Ich bin ja nicht blöd«, maulte die Wimmer zurück.

»Blödheit stand nicht zur Debatte. Es pressiert, sonst hauen die ab. Vorher sprengen die noch den Kalvarienberg! Der Herr Eberhardt hat was von einem Ablenkungsmanöver gehört.« Besener war außer sich und plapperte gleich weiter. »Dass ihr Mädels immer so empfindlich sein müsst! Da schnappst du einen der Verbrecher und rettest uns womöglich das Leben und dann fangen wir da zum Streiten an! Das darf doch nicht wahr sein!«

Das kam Gerda gerade recht. »Ihr Männer seid doch überhaupt die Diven in Person! Ein falsches Wort und Mann ist beleidigt! Maul ich hier, maul ich da, schuld ist der oder die, und warum lässt man mich nicht machen? Du Diva!«

»Spinnst du jetzt? Die hauen ab, sage ich dir!«, konterte Besener. Mit der war schlecht zu streiten, merkte er. Die gab ja richtig Kontra! »Außerdem seid ihr Mädels froh, wenn der Mann den Retter spielt! Hol mir die Spinne vom Kopfkissen oder den Brotzn ausm Gartenklapperl! Gib's doch zu! Ihr seid's Weicheier!«

»Ich hab die Brotzn immer zum Nachbarn rübergeschmissen und die Spinnen mit einer Lupe zusammengeschmort«, grinste Gerda. »Bin ich keine Frau, oder was?« Dir werd ich's zeigen, du Macho-Depp, dachte sie und breitete die Arme aus.

Manfred Besener wurde heiß und kalt. Die meisten sekundären Geschlechtsmerkmale wurden ihm auf einmal präsentiert. Das weiße Shirt spannte sich an den richtigen Stellen. Er legte ja nicht viel Wert auf Äußerlichkeiten, aber bei der Gerda konnte man die nicht ignorieren. So eine Wahnsinnsfrau!

Wie üblich wurde er beim zu langen Glotzen ertappt. Der Busen von der Gerda war aber auch perfekt!

»Manfred, reiß dich los«, mischte sich Hinfaller ein. »Ein Plan ist des, was wir jetzt brauchen!« Irgendwie klang er heiser.

»Den hab ich dabei!« Schwendner war dazugetreten. »Johannes, du schaust aber schlecht aus!«

Alle schauten auf Hinfaller. Er stand ganz krumm da und hielt sich die Hand. Kreidebleich war er außerdem und ein wenig … schielte er?

Er sackte ohne Vorwarnung zusammen.

»Mensch, der hat sich die Hand gebrochen!«, fiel Besener ein. »Auf geht's, holt's einen Sani her!«

Sanis gab's reichlich, ein Durchkommen nicht. Drei Bergwachtler, die am wenigsten weit vom Zaun entfernt in Hörweite waren, seilten sich vom Würstelverkauf kurz ab und begannen, den Verletzten zu versorgen. »Gesundheit geht vor Geschäft«, sagte einer.

Nach diesen weiteren fünf Minuten Zeitvergeudung ergriff Besener das Wort: »Johannes' letzte Worte müssen wir beherzigen …«

»Gott hab ihn selig!«, schmiss Klausi dazwischen.

»Ja, is scho recht. So schlimm wird's schon nicht werden mit den letzten Worten. Also, halt die zuletzt gesagten Worte, äh, Sätze, nein, Satz …« Das konnte er jetzt nicht mehr retten. »Also, ich mein, wir brauchen einen Plan, wie wir die Bande da rausholen können, ohne dass die uns abhaun oder den Boden unter uns sprengen. Du hattest eine Idee, Herbert?«

»Wir gehen da runter und schießen die übern Haufen! Wir haben doch die Profis da!«, war Schwendners Vorschlag. Er deutete auf das Cobra-Team.

Das war ja klar! »Das ist mir ein bissl ein zu pragmatischer Ansatz«, bremste Besener ihn aus. »Andere gute Ideen?«

»Wieso ist kein Hans-Jürgen auf der Liste? Das gibt's doch nicht!« Gerda gab sich nachdenklich. Schon toll, wie professionell die Wimmer hier arbeitet, dachte Besener. Manch andere Kollegin hätte nach so einer Diskussion das Handtuch geworfen. Oder die Bluse. Oder … An was er schon wieder dachte!

»Was hast du zuletzt gesagt? Ich war grad in Gedanken, 'tschuldigung«, fragte er sie.

»In München beim Präsidium ruf ich noch mal an. Da ist was faul. An der Sache stimmt irgendwas nicht, da wette ich drauf! Wir müssen den Maulwurf entlarven. Wir haben herausgefunden, dass es einer von uns sein muss, der mit drinsteckt«, erklärte sie. »Außer uns fünfen kann's jeder sein.« Sie schaute den Eberhardt herausfordernd an. »Und zu den Spinnen trau ich mich eh nicht runter«, sagte sie im Gehen.

Alle klebten mit den Blicken an der Watte, die sich im Hosenbund hin und her bewegte.

»Du Glückpilz«, bemerkte Klausi.

»Wieso?«, fragte Besener.

»Na, die steht auf dich!«

»Was verstehst jetzt du davon, du junger Hupfer?«

»Ja, wenn du ihr wurscht wärst, würd sie doch nicht mit dir streiten.«

Das klang logisch. Sollte Klausi recht haben?

Ein Seitenblick auf den Eberhardt brachte auch nix. Anscheinend kein Thema, zu dem er was sagen wollte.

»Ich hab ja die Maulwürfe immer ausgeräuchert«, erhob der plötzlich doch das Wort. »Wenn schon von so einem die Rede ist.«

»Wie, a Gasbombn runterschmeißn? Des is a guade Idee! Und mir dann hinterher mit der Gasmaskn.« Schwendner war begeistert.

»Nein, natürlich nicht!« Eberhardt rollte die Augen. »Wie sind Sie eigentlich Polizist geworden? Ich würd ein Feuer machen, das schön raucht. Ein jedes Gangsystem hat eine Luftzirkulation. Man muss halt da das Feuer machen, wo es die Luft von draußen in den Tunnel saugt. Das treibt die dann schon raus.«

Besener war begeistert. »Das ist die Idee! Mensch, Sie san genial! So hätt ich's auch grad gedacht.« Warum hatte er das jetzt gesagt?

»Und wo is der Punkt, wo die Luft angesaugt wird?«, fragte Schwendner. Blöde Frage, irgendwie, dachte Besener. Obwohl er froh drum war; er wusste die Antwort auch nicht.

Aber Eberhardt bockte. »Fragen S' doch Ihren Vorgesetzten!«

Genau in dem Moment kam der Innenminister daher.

»Grüß Gott, beinand. Lassen Sie sich nicht stören!«, sagte der Brucker leichtfüßig.

Der hat leicht reden! Der hat sein Fußvolk!

Jetzt war Besener in Zugzwang. Er gestikulierte wieder unkontrolliert. »Ja, also, die Luft zirkuliert von – äh …« Er dachte an Physik, die letzten Folgen von Galileo im Fernsehen. »Also, von kalt nach warm, in unserm Fall von links nach rechts, weil links kälter ist. Des ist doch logisch!«

Alle schauten blöd, Eberhardt ein wenig, wie soll man's beschreiben – überheblich?

»Links, von Westen aus gesehen! Da, wo der Herr Eberhardt eingestiegen ist. Am Isarabhang!«

»Ein wenig umständlich, aber korrekt erklärt«, sagte Rudi trocken.

Gott sei Dank! Dieser Eberhardt war wie eine Zecke. Den möchte ich nicht zum Nachbarn haben, dachte Besener. Aber die Idee war spitze, zugegeben!

»Auf geht's!«, rief Schwendner. »Wohin genau?«

»Herbert, ich hab für dich einen anderen Spezialauftrag. Ich schlag vor, dass du da hinuntergehst.« Besener zeigte in Richtung Norden. »Schau, hier beginnt der Gang, und da vorne sind die Sprengtrichter. Irgendwo da muss ein Fluchtweg sein! Den Ausgang hier versperrt das Cobra-Team, könnten Sie das organisieren, Herr Innenminister?«

Der nickte wortlos und gab einem der schwarz gekleideten Polizisten ein Zeichen.

»Jetzt wird's aber Zeit, dass wir das ›Sie‹ mal lassen. Nach so vielen gemeinsamen Krisen! Du hast mir ja schließlich meine Corinna letztes Jahr wiedergebracht. Wir haben inzwischen geheiratet und sie is schwanger. Ich hab dir viel zu verdanken.«

»Äh?« Beseners Kopf war voller Watte.

»Hans-Jürgen heiß ich!« Er streckte ihm die Hand hin.

»Manfred«, stammelte Besener. Konnte das sein? Der Innenminister war vielleicht *der* Hans Jürgen? Der Drahtzieher der Terroristen?

Was sollte er jetzt tun? Nur nichts anmerken lassen war die einzige Lösung. Und nebenbei nachdenken.

Gerda war gerade rechtzeitig zu Bruckers Angebot zurückgekommen und hatte alles gehört. Klausi sagte leise zu ihr: »Alle san per Du auf einmal! Ihr habt's des fei oog'fangt!«

Sie war aber höchst angespannt und registrierte die Bemerkung kaum. Bei ihr war auch ein innerer Alarm losgegangen.

Eine von Beseners Stärken war, dass er zwei, drei Sachen

gleichzeitig machen konnte: zuhören und nebenbei etwas lesen oder reden und denken gleichzeitig. Welcher Mann konnte das schon? Also plapperte er einfach weiter. »Eberhardt, Sie zeigen uns bitte den Einstieg. Hat jemand Feuer dabei?«

Brucker zückte ein Benzinfeuerzeug und sagte: »Das müsste lang aushalten. Als Brennmaterial schlage ich die Sitzkissen in der Kirche vor.«

Während sie ein paar Kissen aufsammelten, redete Brucker weiter. »Wir haben die ganzen Teams vom SEK erst einmal festgesetzt. Das ist zwar ungerecht, aber wir waren uns einig, kein Risiko eingehen zu wollen. Stellt euch vor: Der leitende Beamte – der hochwichtige Ohm – ist zusammengebrochen! Einer seiner ältesten Mitstreiter, der Abseiter, ist ja offensichtlich einer der Drahtzieher. Und zwei weitere hohe Dienstgrade! Er wird gerade von den Sanis versorgt. Wahrscheinlich muss er umgehend nach München zurück, um sich bei seinen Vorgesetzten zu rechtfertigen. So eine arme Sau! Wenn ich mir vorstelle, einige meiner Staatssekretäre wären plötzlich Verbrecher. Das wäre schon heftig. Aber dass der gleich umkippt – das ist keine gute Werbung für die Truppe!«

Besener hatte eine Idee. »Komm doch mit, Hans-Jürgen! Gehen wir die Burschen ausräuchern.«

»Ich weiß nicht, all der Sprengstoff und so. Ich bleib lieber da.« Brucker gab sich feige!

»Da hinten am Hang droht am wenigsten Gefahr«, improvisierte der Kommissar.

»Da ist's völlig ungefährlich«, kam es von links. Sogar der Eberhardt hatte inzwischen kapiert, wo es langging. Sie mussten den Brucker im Auge behalten!

»Na gut, wenn ihr meint.« Brucker markierte den Geschlagenen.

»Gehst du voraus?« Besener versuchte es jetzt mit Bauernschläue.

Aber der Gegner war offensichtlich auf der Hut. »Ja, ich weiß doch nicht, wohin!«

Als sie bei Eberhardts Einstieg in das Gangsystem angekommen waren, packten sie die Kissen in das Loch und setzten sie in Brand. Es rauchte furchtbar. Zuerst rauchte die ganze Umgebung, sie husteten und keuchten. Es ging kein Lüftchen. Hoffentlich funktioniert das, dachte Besener und ließ den Innenminister nicht aus den tränenden Augen.

Plötzlich wurde die Sicht besser. Die Kissen brannten gut und der ganze Qualm wurde ins Loch gesaugt.

»Ja, wenn die Luft mal zirkuliert, dann geht's dahin! Die verschiedenen Luftschichten können oft wie ein Deckel funktionieren und die Zirkulation kommt nicht in Gang. Aber wenn's erst mal schön brennt … Bei meinem Ofen zu Hause ist das ähnlich.«

Eberhardt, der Oberlehrer! Hoffentlich hatten sie die Verbrecher bald und der Eberhardt durfte heimgeschickt werden.

»Klausi, du bleibst hier«, entschied Besener. »Wir schauen hinauf, wo der Qualm rauskommt.«

Sie beeilten sich, zum Rest der Einsatztruppe zu kommen. Besener und Eberhardt ließen den Innenminister Brucker nicht aus den Augen.

Was nicht so leicht war. Er keuchte demonstrativ und blieb immer wieder mal stehen, die Hände auf den Oberschenkeln abgestützt. Die beiden hatten zu tun, ihn nicht zu verlieren.

Aber wie konnte man ihn überführen? Besener zermarterte sich das Hirn. Er musste ihm eine Falle stellen.

Ganz außer Atem kamen sie an der Kirche oben an. Gerda kniete gerade auf dem Rücken eines SEK-Manns und legte ihm Handschellen an. Ein weiterer wurde von einem Cobra-Beamten bewacht, das Gewehr im Anschlag.

Aus der Kirche kam Rauch, es stank erbärmlich. Die beiden Gefangenen husteten und keuchten. Besener hatte kein Mitleid.

Gerda schnaufte. »Das sind der Oberlechner und der Leitner. Damit haben wir drei.«

»Rudi, du bist a Hund«, sagte Besener plötzlich und schlug dem Eberhardt kräftig auf die Schulter.

»Au! Danke.«

»Da hamma die Ratten aus den Löchern gelockt, ha?«

Rudi Eberhardt grinste: »Und der Maulwurf kommt auch noch.«

Der Maulwurf! Brucker musste überführt werden! Der redete gerade mit der Wimmer.

»Respekt, Frau Wimmer, Sie können zulangen! Da können sich die bösen Buben ja gar nicht mehr erwehren!«

»Die guten auch nicht, Herr Innenminister.« Sie grinste schelmisch über dessen Schulter und sah direkt Manfred Besener an.

Der nickte unmerklich und tat so, als hätte er nichts gehört. War zu sehen, dass ihm heiß wurde? Wurde er rot? Demonstrativ fing er zu husten an, um die Röte zu kaschieren. Er wedelte mit einer Hand, um den imaginären Rauch zu vertreiben. Dabei wurde ihm ein wenig schwummrig. Irgendwie war er nicht fit. Da fiel ihm ein, dass es bereits nach 8 Uhr war und er am Vortag zu Abend und heute zum Frühstück nichts gegessen hatte. Und vor allem nichts getrunken. Da war es kein Wunder, wenn da der Motor nicht mehr rundlief.

Irgendwo musste er sich etwas besorgen.

»Schaun S', Herr Oberkommissar!«, sagte Eberhardt plötzlich und wies in Richtung der Bohrlöcher. Aus den ersten beiden stiegen dünne, dichte Rauchsäulen auf. »Da drunter ist das Gangsystem! Und wenn Rauch aufsteigt, sind die Bohrlöcher offen und können nicht mit Sprengstoff gefüllt sein! Der Geologe hat Ihnen sicher die Ladungen gezeigt, oder?«

Besener erinnerte sich und nickte. Plötzlich gesellte sich eine weitere Rauchsäule dazu, aus einem weiteren Bohrloch ganz hinten.

»Zwischen den Ladungen und der Bohrlochwand ist nicht viel Luft. Das kann nie so rauchen! Da ist nix drin! Die Bohrlöcher sind leer!«, betonte Eberhardt noch einmal. Als ob alle schwer von Begriff wären! »Wenn, dann müssen größere Ladungen im Gang selber liegen. Verstehn S'?« Eberhardt war ganz aufgeregt.

»Ich bin ja nicht blöd. Das hab ich mir gleich schon denkt. Außerdem nick ich eh schon ständig«, brummelte Besener. Der lästige Eberhardt mit seiner Kombinationsgabe.

In logischen Reihen zu denken, war eigentlich Hinfallers Welt. Da war er unschlagbar. Manfred war eher intuitiv unterwegs. Er roch dafür den Braten eher als andere. Und Johannes wusste immer vorher schon, wann der Braten fertig war, um beim Bild zu bleiben. Aber wenn der Braten Entscheidungen erforderte, war Besener im Vorteil mit seiner Intuition. So ergänzten sie sich gegenseitig. Und beide schätzten das, auch wenn fast nie darüber geredet wurde.

Drei Cobra-Beamte kamen mit Atemschutz daher und machten sich im Laufschritt auf den Weg zur Gruft. Ganz hinten, wo sich die Reihe der abgesperrten Bohrlöcher zu den Bäumen fortsetzen ließ, war auf einmal, noch im abgesperrten Bereich, ebenfalls Rauch zu sehen. Viel Rauch!

»Schau!«, rief Gerda plötzlich. »Da muss der Notausgang der Truppe sein!«

Ein leiser Knall war zu hören – ein Schuss? Manfred und Gerda sahen sich an, den gleichen Gedanken in den Augen.

Besener wurde es heiß vor Schreck. »Da hinten ist der Schwendner!«

»Zwei Mann mitkommen!«, rief er den Cobra-Leuten zu und spurtete los. Im Vergleich zu Hinfaller war er recht fit. Der blieb immer gleich zurück. Na ja, der war ja auch eher vollschlank. Im Vergleich zu den Cobra-Leuten und der Gerda war Besener jedoch eher eine lahme Ente. Nach 30 Metern bereute er schon, so schnell losgesprintet zu sein. Es waren mindestens 300 Meter zum Waldrand! Die anderen überholten ihn spielend und hatten einen anständigen Vorsprung, als eine Person aus dem Wald trat. Es war Schwendner!

In Wildwest-Manier blies er in den Lauf seiner Pistole und steckte sie in den Hosenbund.

Als Besener bei ihm ankam, hatten schon die beiden Cobra-Beamten einen älteren Mann im SEK-Overall im Schwitzkasten. Der blutete aus einem Bein und jammerte und hustete.

»Den hob i derwischt!«, grinste Schwendner. »Den Grattler, den terroristischen! Der wollt auf mi schiaßn.«

»Respekt!«, keuchte Besener.

»Aber der Oberterrorist is des fei ned. Der hat, nachdem ich ihn angeschossen hab, irgendwas gemurmelt von ›der Hans-Jürgen wird mich eh wieder raushaun‹.«

Besener packte den Mann am Revers, um seinen Namen lesen zu können. Abseiter!

»Ihren Junior ham wir auch schon!«, sagte Gerda.

»Und Ihren Obergrattler derwischen wir auch noch!«, sagte Schwendner und packte Abseiter am Kragen. »Sag mir seinen Namen, du Wicht!« Er schüttelte ihn.

»Hör auf, Herbert. Nicht, dass er dich noch wegen Misshandlung drankriegt. Der sagt eh nix. Außerdem glaube ich, den Drahtzieher zu kennen.« Besener zerrte ihn von Abseiter weg.

Am Zaun etwa 50 Meter entfernt scharten sich die Leute. Da erst in einer Viertelstunde Pferdefuhrwerke erwartet wurden, war der Polizeieinsatz Attraktion Nummer eins. Natürlich wurden fleißig Handyvideos gemacht. Umso wichtiger, dass die Aktion korrekt ablief.

»Nehmen S' den mit«, sagte Besener zu den Cobra-Leuten. »Und schnellstens zum Sanitäter, aber nicht aus den Augen lassen!«

Besener, Schwendner und die Wimmer standen am rauchenden Loch. »Da ist keiner mehr drin, den dichten Rauch hält niemand aus«, meinte Schwendner und hustete.

»Das glaub ich auch. Atemmasken werden die nicht haben. Wir haben jetzt vier der Verbrecher dingfest gemacht. Der Drahtzieher fehlt noch. Es muss der Innenminister sein!« Besener wandte sich um und lief zurück.

»Bist du dir da sicher?«, fragte Schwendner, der neben ihm herrannte. »Der ist doch bloß so ein Politiker. Warum soll der bei so was mitmachen?«

»Das nachzuprüfen, wird zu lange dauern. Den schnappen wir uns jetzt. Nachdem wir seine Helfer alle erwischt haben, wird er auch abhauen wollen. Er heißt Hans-Jürgen, er hatte den nötigen Einfluss, er ist seit einer Woche in der Gegend. Ich habe ihn ständig informiert. Er wusste immer alles. Der Vorgesetzte ist der perfekte Maulwurf! Er muss einfach dahinterstecken!«

Inzwischen war es kurz vor 9 Uhr und am Kalvarienberg wimmelte es nur so vor Menschen. Als ob es etwas umsonst gäbe!

Im abgesperrten Bereich tauchten trotz der vorhandenen Eisengitterzäune von allen Seiten her Leute auf. Durch die Verhaftung der ganzen SEK-Beamten waren in der Überwachung hier und da Lücken entstanden. Die wurden zwar von den Österreichern besetzt, aber perfekt koordinert war das alles noch nicht. Gut, dass sowieso vermehrt Polizisten aus ganz Bayern für Leonhardi bestellt waren. Die halfen an einigen Stellen aus, undichte Stellen am Zaun zu stopfen. Gut auch inzwischen, dass eine größere Gefahr nicht mehr bestand. Trotzdem konnte jederzeit irgendwo noch ein Sprengsatz hochgehen.

Zwei junge Burschen in Lederhosen mit einer Wodkaflasche in der Hand torkelten den beiden Polizisten in den Weg. Die Bewegungsbahn der beiden war schwer vorhersehbar und so konnte Besener es nicht vermeiden, den einen ein wenig anzurempeln. Die Schimpftirade, wenn auch etwas undeutlich, hatte einen stark »frängischen« Akzent.

Schwendner schimpfte: »De Scheiß-Sauftouristen! De kemman aus ganz Bayern, bloß um sich bei uns wegzubeamen. De kean olle aufn Mond g'schossn! De soin dahoam saufn, de Orschlecher, de blädn!«

Ein eindeutig asiatisch aussehender Mann tauchte plötzlich vor ihnen auf, eine Bierflasche in der Hand.

»Griaß de. Schaug dass d' da wegkimmst, des is gefährlich«, hechelte Schwendner im Vorbeilaufen, außer Atem vom Schimpfen und Rennen. »Habediehre, Herbert!«, erwiderte der, »bin scho weg.« Er zwängte sich zwischen zwei verschobenen Zaunteilen hindurch.

»Kein japanischer Sauftourist?«, wollte Besener wissen.

»Naa, des is da Thomas. Sei Vatter is aus Korea. I bin sei Firmpate.«

An der Kirche angelangt, kamen gerade drei Männer vom Einsatzkommando Cobra mit Atemschutz aus dem Gebäude.

Der leitende Beamte hatte bereits die Maske abgenommen und berichtete Gerda und dem Innenminister: »… gelöscht, die vier Sprengladungen waren gleichmäßig verteilt und konnten entschärft werden. Es waren nur noch fünfeinhalb Minuten auf der Uhr! Da wollten de Manda ein schönes Feuerwerk abbrennen, um verschwinden zu können. Die wären genau jetzt um 9 Uhr explodiert! Wir hatten wahnsinniges Glück, dass durch das schnelle Eingreifen Ihrer Leute …«

Der Rest des Berichts verlor sich in plötzlich anschwellendem Lärm. Die Glocken der Kalvarienbergkirche hatten zu läuten begonnen! Auch an allen anderen Tölzer Kirchen läuteten die Glocken. Es war 9 Uhr.

»Jetz fahrn s' los!«, brüllte Schwendner. »Die Pferdegespanne!«

»Mach die Glockn aus, Herbert!«, brüllte Besener zurück.

Schwendner eilte davon.

Vor lauter Glockenlärm war keine Konversation möglich, ohne dass man laut schrie. Und wer wusste, was dann die Zaungäste alles mithörten. Er schaute deswegen, wie die Lage am Rand des Sperrbezirks war.

Eine Traube schaulustiger Eindringlinge war gerade eingefangen worden und wurde wieder hinter den Gitterzaun geführt, ein paar schauten etwas milchig. Die Polizeibeamten aus ganz Deutschland und die paar Leute von Cobra waren mittlerweile Herr der Lage. Sie standen in zwei Reihen hinter dem Zaun, wobei die hinteren jeweils die Personalien der Zaunkletterer aufnahmen und sie nach draußen brachten. Entsprechend uninteressant wurde allmählich das Eindringen in den abgesperrten Bereich.

Außerhalb des Zauns ging es zu wie auf einem Rockkonzert. Oder bei einer Belagerung. Besener kam sich vor wie eingesperrt. Derweil waren alle anderen ausgesperrt!

Drei Minuten später schwangen endlich die Glocken der Kalvarienbergkirche aus und es wurde wieder ruhiger.

Brucker sagte auf einmal: »Lieber Manfred, liebe Beamte und Kollegen, das habt ihr gut gemacht! Ich hab's doch gewusst, dass auf euch Verlass ist. Die Bedrohung ist definitiv abgewendet. Der Maulwurf kommt sicher nicht weit. Weitermachen! Ich darf mich jetzt verabschieden. Die Pflicht ruft. Ich muss schleunigst in die Marktstraße zum Winken. Um zehn hab ich einen Interviewtermin, da kimmt das Bayerische Fernsehen. Um meine Pflicht tun zu können, muss ich im Amt und im Hirn der Leute bleiben. Politikerpflichten, verstehn S'?«

Besener ging zum Angriff über und packte den Brucker am Arm: »Da wird nichts draus. Herr Innenminister, ich verhafte Sie wegen räuberischer Erpressung und Mord am Gastronomen Schmalzner!« Er fügte hinzu: »Ihre Nerven möchte ich haben, Respekt! So ruhig zuzuschaun, während wir Ihre Leute da hochgehn lassen.«

Brucker lachte kurz und versuchte, sich loszureißen. Dann erstarb ihm das Lachen und er sagte leise: »Du meinst des ernst, oder? Ich – der Maulwurf? Da bin ich aber gespannt.«

Ein Handy läutete. Es war Beseners. Seine Hosentasche vibrierte.

Gerda zog ihr Handy raus und telefonierte.

Seines läutete trotzdem weiter. Sie hatten beide denselben Klingelton!

Er übergab Brucker an Schwendner, der ihn gleich ordentlich in den Schwitzkasten nahm. »Du Grattler, du Hund, du oodrahter, du, ich mach …«

Besener fummelte sein Handy aus der Hosentasche und ging ran. Es war Hinfaller!

Bevor er sich erkundigen konnte, wie es ihm überhaupt ging, sprudelte der los. Er hatte einen der ehemaligen Polizeikollegen von Schmalzner ausfindig gemacht. »Es gab einen Jürgen in der Einheit vom Schmalzner! Den Verler! Einer, der nach der Heirat den Namen seiner Frau angenommen und dann Karriere gemacht hat. Die Frau heißt, halt dich fest …«

Gerda bekam große Augen während des Telefonats. »Der Ohm ist der Maulwurf!«, rief sie.

»Das sagt mir der Hinfaller auch grad«, antwortete Manfred Besener.

»Der Ohm hat gerade einen Audi der Polizei geklaut und ist davon! Sie konnten nicht schießen, weil so viele Menschen rumstehn. Er kommt aber auch nicht so schnell weg und steckt jetzt irgendwo zwischen hier und der Marktstraße. Es ist ja alles abgesperrt und voller Leut'. Der kommt fast nirgendwo raus, sagen die Kollegen! Und hinterher kommen sie auch nicht! Alles ist verstopft!«

Schwendner war der Mund offen geblieben. Er hatte inzwischen den Innenminister wieder aufgestellt und klopfte ihm das Gras von der Hose. »Nix für ungut, Herr Innenminister«, brummelte er. »Ich hoff, es tut nirgends viel weh.«

»Da blute ich fast«, jammerte Brucker und zeigte an seinen Adamsapfel.

Besener meinte, ein leichtes Grinsen zu erkennen. Der Innenminister sah zum Erbarmen schlecht aus. Die Frisur war total verwuschelt, ein Knopf vom Sakko abgerissen.

Schwendner wurde noch verzagter. Er kniete sich vor Brucker hin und versuchte, etwas zu erkennen.

»Da blutet's – fast!«, jammerte Brucker wieder.

Schwendner war käsebleich.

Dann streckte Brucker die Brust raus und, zu Besener gewandt, sagte er: »Gebe er mir ein Schwert und ich schlage dem aufsässigen Untertanen den Kopf von seinem Nacken! Dem dienstgeilen, dem. Hahaha!«

»Auch von mir nix für ungut«, lachte Besener. »Wir dachten …«

»Des is jetzt wurscht, Dienst ist Dienst, des versteh ich scho. Schwendner, weidermachen, aber bloß halb so grob, gell«, unterbrach der Innenminister, langte in seine Hosentasche und warf Besener etwas zu.

»Was …?«, stammelte Besener.

»Fang den Grattler – das Thema hatten wir doch schon mal! Das blaue da unten ist dein Streitross. Wie schaut's aus?«

Besener blickte in seine Hand und verstand sofort: schon wieder ein Audi! Er schlug Brucker dankend auf die Schulter und rannte los.

»Ich komm mit«, hörte er die Wimmer rufen und schaute sich kurz um.

Schwendner schüttelte Brucker gerade heftig die Hand und nickte mehrmals, Gerda war knapp hinter ihm.

Der Audi, ein Q5, stand innerhalb der Absperrung, neben den Fahrzeugen des Sonderkommandos. Überall waren Leute, die Glocken in Tölz läuteten Sturm und die Einsatzkräfte hatten alle Hände voll zu tun, die Lage um den abgesperrten Bereich einigermaßen zu kontrollieren.

Schwendner war froh, dass der Vorfall keine Konsequenzen zu haben schien. Er hatte sich noch mal förmlich entschuldigt. Brucker telefonierte schon wieder. Es ging um die Lösegeldübergabe in Irschenberg. »… erledigt … nicht notwendig … sofort Zugriff … wird eh nix sein … später dann persönlich …«, konnte Schwendner vestehen. Er selbst hatte auch eine Idee und zückte sein Smartphone.

Leonhardi, 6. November – vom Kalvarienberg zur Isarbrücke

Als die österreichischen Hubschrauber heranflogen und Hans-Jürgen mitbekam, was Sache war, nämlich, dass die SEK-Teams vom Dienst befreit werden würden, war er fuchsteufelswild. So kurz vor dem Ziel musste er aufgeben! Der Gang mit den wichtigen Papieren wurde gerade gestürmt, wie es aussah. Fast hätten sie das Dokument gehabt! Er hatte, kurz bevor Schwendner am Ausgang eintraf, das Tunnelsystem verlassen können. Das war knapp gewesen. Wenn der nicht von einem Betrunkenen kurz aufgehalten worden wäre, wäre er ihm direkt in die Arme gelaufen.

Die konnten was erleben! Er würde sich absetzen und aus dem Exil einen neuen Plan schmieden. Solange er lebte, würde er alles daransetzen, die Schmalzner-Brut auszumerzen. Das Erbe zerstreuen. Die Geißlein auffressen!

Er simulierte einen Schwächeanfall und wurde von ein paar Sanitätern in Richtung eines Zeltes vom Roten Kreuz begleitet. Was sollte er tun?

Erst einmal weg vom Ort des Geschehens, wo auch er seine Waffe hätte abgeben müssen. Die Sanitäter hatten bereits gut zu tun mit »vorgeglühten« jungen Leuten. Einige von denen waren eher schon ausgebrannt, was man so sah. Er schüttelte den Kopf. Lauter Verrückte!

Er schaffte es, unbemerkt zwei Verbindungsschlaufen der Zeltplanen zu öffnen und nach draußen zu gelangen. Er zog sein Oberteil aus und sah in seinem Shirt fast aus wie ein normaler Zuschauer. Gut, dass es so warm war! Die meisten Leute standen am Straßenrand aufgereiht, wo die Pferdegespanne in Kürze erwartet wurden. Auf der Fahrbahn waren auch noch Leute unterwegs, immer mal wieder waren zwei Polizeibeamte dazwischen oder ein paar Sanitäter. Alles wie immer, so wie es aussah. Keine Spur von Terror und Bomben.

Die Kirchenglocken hatten angefangen zu läuten. Das musste der Beginn des alljährlichen Spektakels sein! Die Zuschauer wurden deutlich nervöser, schauten die Straße hinunter, um vielleicht die ersten Pferde zu erspähen.

Stattdessen kam ein Polizeifahrzeug langsam den Berg heraufgefahren. Wahrscheinlich sollte so der Weg für die Gespanne frei gemacht werden.

Das war seine Chance, um wegzukommen! Unauffällig zog er seine Waffe und ging auf das Polizeiauto zu.

Die Beamten erkannten ihn und der Fahrer ließ die Scheibe herunter. Wie können ma helfa?«, fragte er in einem leicht fränkischen Akzent.

»Ihr könnt aussteigen, sonst ist was los«, sagte Hans-Jürgen und ließ kurz seine Pistole sehen.

Die beiden Beamten der Bundespolizei waren sprachlos und überrascht. Sie stiegen ohne zu murren aus, vorsichtig, lauernd.

»Und jetzt, weg mit euch!« Er deutete zur Kirche hinauf. »Und auf keinen Fall umsehen!«

Die zwei setzten sich in Bewegung, die Zuschauer hatten wenig mitbekommen. Keiner schien beunruhigt, mehr neugierig. In Richtung Kirche wimmelte es vor lauter Polizei, da konnte er auf keinen Fall vorbei. Er setzte sich in den Audi und wendete. Es war eng, aber die Hindernisse wichen zurück.

Froh gestimmt fuhr er den Berg hinunter, rechts und links war die Straße gesäumt von Menschen. Zur Isarbrücke war's nicht weit! Er konnte das schaffen! Er musste nur vor den Pferden unten sein, aber so ein Gaul hatte gegen sein Einsatzfahrzeug eh keine Chance. Notfalls würde er sich den Weg freischießen. Das wäre ja gelacht!

Plötzlich tauchten vor ihm drei einzelne Reiter auf, einer mit einer Fahne, dahinter noch mal drei, wobei der in der Mitte eindeutig der Herr Pfarrer war. Und das an der steilsten Stelle am Maierbräugasteig! Wieso waren die schon so weit? Er hätte vielleicht doch in die andere Richtung fahren sollen. Jetzt war es zu spät.

Leonhardi, 6. November – Maierbräugasteig

Der Bürgermeister und seine Stadträte hatten sich in Schale geworfen, in Frack und Zylinder saßen sie auf dem ersten Wagen, einem großen Tafelwagen, der von vier prächtigen Kaltblütern gezogen wurde. Er fuhr als vorderstes Gespann hinter den ersten drei Reitern, von denen der mittlere die städtische Standarte präsentierte. Direkt vor den Stadtherren ritt noch der Pfarrer auf einem braunen Pferd zwischen zwei Kirchendienern.

Hochwürden hatte es sich nicht nehmen lassen, selbst mitzureiten. Der Rest der Geistlichkeit saß auf dem Wagen mit der Nummer zwei. Sie hatten kurzfristig getauscht, weil bei den Geistlichen noch ein kleiner Defekt an der Bremse hatte behoben werden müssen.

Zwischen den Gespannen durften sich immer wieder einzelne, männliche Reiter einreihen. Frauen waren ja traditionell nicht erlaubt.

Trotz aller Andacht war die Stimmung sehr entspannt. Der Bürgermeister hatte gerade eine Kurznachricht auf dem Mobiltelefon erhalten, dass die Bedrohung abgewendet war. Besener und sein Team hatten es geschafft! Lohmüller, sein Münchner Kollege, versuchte dauernd, ihn anzurufen, aber ein Gespräch war jetzt natürlich unmöglich. Das Telefon leuchtete wie ein Christbaum, doch der Ton war abgestellt. Bürgermeister Fenser kannte Lohmüller gut genug, um zu wissen, dass er nur seine Erleichterung ausführlich mitteilen wollte.

Er und seine Stadträte kannten trotz der vielen auswärtigen Besucher immer wieder den ein oder anderen der Zuschauer und nickten mal hier und mal da. Hinter vorgehaltener Hand sprachen die Zuschauer gerne von den »Tölzer Zauberern« wegen der Zylinder. Aber das war natürlich kein Grund, nicht freundlich zu sein. Der »Michä«, der Grundmeier Michael, dem die Pferde gehörten, saß auf dem linken hinteren Ross und steuerte routiniert das Gespann. Mit den erwachsenen Männern auf dem Tafelwagen war es eines der schwersten dieser Wallfahrt. Ein paar wenige andere solcher »Brummer« gab es noch, mit kompletter Blasmusik zum Beispiel. Die Truhenwägen mit den paar Mädchen drin, die wogen ja nix. Schade, dass man die Pferde nicht fragen konnte, wen sie lieber zogen.

Sie hatten bereits den weniger steilen Weg bis etwa zur Mitte des Marktes zurückgelegt und bogen jetzt um eine enge Linkskurve. Mit einem »Hüah!« spornte der Michä die Pferde an, um den steilen Anstieg des Maierbräugasteigs zu bezwingen. Bürgermeister Fenser grüßte links und rechts in die Menge, sah nach vorn und erschrak: Ein Polizeiauto kam ihnen mitten auf dem Weg entgegen! Die Reiter mitsamt dem Pfarrer vor ihnen hatten zu kämpfen, die verunsicherten Pferde zu bändigen.

Der Michä schrie »Hoooo!« und zerrte an den Zügeln. Der Brettlhupfer sprang herunter und zog die Bremse an. Der Pfarrer war direkt vor ihnen von seinem Pferd, das gestiegen war, über den Hintern heruntergerutscht und hatte daraufhin einen Purzelbaum rückwärts gemacht. Die anderen Reiter hatten das Fahrzeug mit Mühe passiert, die Zuschauer waren ganz an die Häuser zurückgewichen, was etwa zwei Meter Platz schuf – trotzdem zu wenig für ein Auto neben einem Gespann.

Als gerade dem Pfarrer von ein paar Zuschauern aufgeholfen wurde, kam der Brettlhupfer zum Michä nach vorn, um zu sehen, was zu tun wäre. Der depperte Fahrer des Polizeiwagens rollte immer noch auf sie zu! Jetzt hatte er das Blaulicht eingeschaltet. Die sowieso schon angespannten Pferde wurden noch unruhiger. Michä hatte alle Hände voll zu tun und riss an den Zügeln. »Hooo! Is ja guad!« Einige Zuschauer suchten das Weite, in alle Richtungen. Es war ein Tumult sonderglechen. Die Menschenfracht auf dem Truhenwagen wurde nervös. Michä schrie seinem Brettlhupfer zu: »Mia miassn de fünf Meter z'ruck! Mach de Brems auf, des gibt sonst a Unglück! Der Volldepp da vorn, der bringt uns olle um!« Nach hinten in den Wagen schrie er: »Festhoidn, Leit! Es geht a Stückerl retour!«

Die Bremse war gelöst, die Pferde spürten das Gewicht des Wagens. Mit den Zügeln und einigen Kommandos versuchte Michä, das Gespann ein wenig nach hinten zu bewegen. Es funktionierte – ein, zwei Meter waren schon geschafft!

Zwei Polizisten waren aufgetaucht und versuchten, die Fahrertür des Streifenwagens zu öffnen. Plötzlich fiel ein Schuss und die beiden Beamten duckten sich. Das Seitenfenster war zerborsten und eine Hand mit einer Pistole fuchtelte heraus.

Der Knall war zu viel für die Pferde. Die ersten beiden stiegen in die Höhe und attackierten mit den Vorderläufen die Bedrohung von vorn. Die hinteren beiden Pferde zogen plötzlich an, sodass der Wagen mit den Stadträten einen Zwei-Meter-Satz nach vorn machte, dass die Zylinder nur so purzelten. Plötzlich war der Streifenwagen unter den Pferden. Die Frontscheibe zersplitterte, die Vorderhufe landeten auf der Motorhaube. Es krachte laut, die Zuschauer schrien auf.

Michä zerrte immer noch an den Zügeln und die Pferde wichen endlich zurück. Sie wollten ja lieber weg als angreifen. Zwei Einheimische hatten sich ein Herz gefasst und die Pferde am Zaumzeug gepackt. In kleinen Schritten ging es zurück. Bei der Kurve war endlich genug Platz und der Wahnsinnige im Streifenwagen konnte vorbei.

Die Gespanne dahinter waren schon gewarnt von dem ganzen Tohuwabohu und hatten in sicherer Entfernung angehalten. Bürgermeister Fenser sah das Auto aus dem Blickfeld verschwinden. Hinter ihnen war die Sraße breiter, Ohm passte gerade so durch – Fenser hatte den Fahrer genau erkannt.

Michä wischte sich den Schweiß von der Stirn und sagte zu seinen Helfern: »I dank eich, a herzlich's Vergelt's Gott! Mir bleim da jetzt steh und fahren dann als Letztes. De armen Viecher.« Er schüttelte den Kopf.

Leonhardi, 6. November – zwischen Bad Tölz und Königsdorf

Manfred war bereits beim Auto des Innenministers.

»Wart eine Sekunde!«, rief Gerda und entschwand zu einem der Cobra-Beamten bei den Autos.

»Scheiße, komm weiter. Der haut ab!« Besener war ganz zappelig.

Sie kehrte zurück, in der Hand ein Blaulicht mit Magnethaftung.

»Gute Idee!«, lobte er und sie stiegen ein. Ihr Handy läutete schon wieder.

»Wir ham übrigens denselben Klingelton«, sagte Besener.

»Des hab ich schon gemerkt«, entgegnete sie. Sie schenkte ihm einen Augenaufschlag, der ihn ein wenig aus der Fassung brachte. »Willst nicht losfahrn?«, fragte sie.

»Willst nicht hingehn?«, fragte er zurück und startete den Motor. Automatikgetriebe!

Zwei Beamte schafften gerade ein Stück Zaun beiseite, damit sie rauskonnten, die Zuschauer machten genau so viel

Platz, dass sie durchpassten. Das ist ja wie bei den Bergetappen der Tour de France!, dachte Besener.

Er fuhr langsam die 30 Meter zur Teerstraße hinunter und wollte, als die Leute wieder den Weg versperrten, kuppeln – aus alter Gewohnheit. Mangels Kupplung latschte er voll auf die Bremse. Gut, dass sie angeschnallt waren! Alles, was nicht gut verstaut war im Innenraum, flog nach vorne. »Scheiße!«, entfuhr es beiden. Peinlich war ihm das! Zu blöd zum Automatikfahren! Gerda sammelte ihr Handy wieder ein, das ebenfalls unter der Windschutzscheibe gelandet war. Professionell, wie sie war, verlor sie kein Wort darüber. Besener war froh.

Sie berichtete: »Der Ohm ist gerade über die Isarbrücke. Er hat sich mit einem Pferdegespann angelegt. Die Pferde sind gestiegen und haben ihm die Frontscheibe zertrümmert. Die Personen im Tafelwagen sind mit dem Schrecken davongekommen. Ein paar Schüsse sind angeblich auch gefallen. Die vielen Zuschauer und Absperrgitter haben ihn ordentlich aufgehalten. Er fährt Richtung Königsdorf. Da kommen wir ja nie durch.«

»Doch, tun wir.« Besener hatte eine Idee. »Halt dich fest!« Er setzte zurück und fuhr wieder den Kalvarienberg hinauf. Gerda klebte das Blaulicht aufs Dach und die dirndltragenden und lodengemantelten Leute glotzten links und rechts vom Weg. Sie wichen so weit wie möglich zurück. Besener bekam einen guten Eindruck, wie es den Pferden zumute sein mochte, wenn sie hier in wenigen Minuten hinaufstapften. Oder den Radprofis am Col du Tourmalet bei der Tour de France.

»Die Galgenleite ist nicht steil. Da bin ich als Kind mal ein Skirennen mitgefahren. Es hat uns fast die Schuh ausgezogen, so flach ist der Hang. Die fahrn wir hinunter! Mit dem Auto da geht des einwandfrei!«

Er hupte heftig und verscheuchte einen Teil der Leute nördlich des Wegs. Über die Wiese ging es weiter. Kauende Kinder deuteten mit Wiener Würstchen auf das Auto, während die Eltern sie davon wegzuziehen versuchten. Ein paar Rentner schüttelten den Kopf und machten eindeutige Gesten. Zwischen zwei Gruppen von jüngeren Leuten, die mit Bierbechern und allerei anderen Getränken auf der Wiese saßen, passten sie leicht durch.

»Wir werden gefilmt. Lass uns besonders professionell schauen!«, raunte Gerda.

Dann ging es doch ziemlich steil einen Wiesenhang bergab und tatsächlich waren sie in wenigen Minuten unten am Fuß des Hügels angekommen. Die erdige Fahrspur auf der Wiese war deutlich zu sehen. Hier waren nur noch einzelne Leute unterwegs. Besener mochte gar nicht an die Kommentare und Filme ihres Einsatzes in den sozialen Medien denken!

Es drohten ihnen ältere Fußgänger mit der Faust, als sie auf den schmalen Wanderweg einbogen. Besener war fasziniert. Wie eindeutig diese Leute mit einfachen Gesten ihren Ärger und richtigen Hass ausdrücken konnten! Wenn die alle eine Pistole bei sich hätten, würde es nicht mehr viele Radfahrer auf den Gehwegen geben. Oder jüngere Leute allgemein. Apropos Pistole …

Sie erreichten wieder eine geteerte Straße, die zum Restaurant »Altes Fährhaus« führte.

»Jetzt kommt der Schleichweg schlechthin!«, kündigte Besener an. Er bog schnurstracks auf den Fußgängerweg ein. Die beiden Pfosten, die die Autofahrer stoppen sollten, umkurvte er vorsichtig. Bei Gerda am Rand war kein Boden mehr zu sehen, als er sich auf ein bisschen Teer, bisschen Schotter und ein wenig mehr Wiese vorbeidrängelte. Der Pfosten war verdammt nah und der Platz daneben begrenzt. Der linke Radkasten hinten wurde ein Opfer der Eile. Er rammte gerade noch den Pfosten.

Es knirschte erbärmlich. Die hintere Kunststoff-Stoßstange wurde abgerissen. »Des kann man reparieren«, sagte Bensener zu sich selbst.

Jetzt sah Gerda, wo es hinging. Eine Fußgängerbrücke über die Isar! Aus Holz! Zumindest mit einem massiven Geländer beiderseits. Aber sauschmal!

»Spinnst du?«, rutschte es ihr heraus. Trotzdem war sie voller Adrenalin und gespannt. Wie beim Besteigen einer Achterbahn.

»Sirene an!«, rief Besener, als sie auf den Isarsteg hinauffuhren.

Mit der rechten Hand schaltete sie die Sirene ein, die linke krallte sich in Beseners Oberschenkel. Sie blickte starr nach vorne. »Do san a paar Fußgänger!«, rief sie.

Der Audi hatte gerade so Platz, die Außenspiegel klapperten abwechselnd rechts oder links am Geländer. Er schaffte es, sie mit dem richtigen Knöpfchen einzuklappen. Die Fußgänger auf dem Steg hatten die Wahl, entweder in die Isar zu hüpfen oder zu flüchten. Sie entschieden sich für Letzteres. Ein junger Mann schaffte es, sich auf der äußeren Seite des Geländers festzuhalten. Besener ließ das Fenster herunter und sagte »Danke dir« zu dem Burschen.

Der grinste und entgegnete: »Oida, ihr Cops seid's drauf! Nice, Oida, what the fuck!«

Sie fuhren gerade so schnell wie der langsamste Flüchtende. Die Sirene war wieder abgeschaltet, inzwischen wussten alle Beteiligten, was zu tun war. Ein Wahnsinnsritt im Schleichgang über den Isarsteg! Er war sicher nicht nur für ein paar Fußgänger konzipiert und hielt stand. Einwandfrei. Das Geländer griff nach dem Auto, aber außer ein paar schönen Kratzern über die ganze Länge passierte nichts.

Gerda grinste. »Wie in alten Zeiten, ha? Wie war das damals, als du den nagelneuen Audi geschrottet hast?«

Er antwortete nicht. Am Ende der Brücke befand sich ein weiterer Pfosten mitten im Weg. Die geflüchteten Fußgänger standen in ein paar Metern Entfernung und schauten neugierig. Um den Pfosten fand er keine Umgehung. Mit Gefühl fuhr er bis ganz hin und gab dann Gas. Es knirschte und rumpelte, aber der Pfosten gab nicht nach. Aus dem Augenwinkel sah er, dass sich ein etwa fünfjähriges Mädchen die Ohren demonstrativ zuhielt.

Da half nur ein wenig mehr Gewalt! Er setzte ein paar Zentimeter zurück und gab Gas. Es knirschte lauter, die Zuschauer wichen zurück. Der lästige Widersacher neigte sich endlich.

Plötzlich veränderte sich das Knirschen aber. Zwei Männer, die sich aus der Menge gelöst hatten, gestikulierten und fuchtelten ein deutliches »Stopp!«. Einer kam zur Fahrerseite und rief durchs offene Fenster: »Halt! Langsam zurücksetzen! Das herausgerissene Betonfundament ist größer, als Sie denken! Sie kommen da nicht drüber. Mir helfen Eahna! Auf geht's – retour!«

Besener schaltete den Ganghebel auf R und ließ die Bremse los. Mit einem grausigen Knirschen löste sich der Audi vom Pfosten und sie sahen das Problem: Unten am Pfosten war ein großer, unförmiger Betonklumpen aus dem Untergrund gedreht worden. Die beiden Männer hebelten am Pfosten herum, ein weiterer kam dazu und packte mit an. Eine ältere Frau mit Walkingstöcken versuchte, das Erdreich beim Beton zu lockern. Der Geländekraxler, der hinter dem Auto die Szene verfolgt hatte, stieg, weil der Wagen die ganze Breite blockierte, halb aufs Geländer, halb auf den Audi und kam schließlich über die Motorhaube herunter. Er rief ins Wageninnere: »Mehra zerkratzen macht's Kraut aa nimma fett, oder?«

Besener deutete mit dem Daumen nach oben. Jetzt waren die Männer zu viert und schafften es, den Betonbrocken mit dem Stempen zu lockern und zur Seite zu rollen. Besener deutete beide Daumen nach oben und wollte schon Gas geben, als einer der Helfer wieder »Stopp!« deutete. Er packte die vordere Stoßstange und riss sie scheinbar mühelos ab.

Dann ging er zur Seite und sagte grinsend: »Sie miassn der Besener sei. Guade Fahrt! De kaputte Stoßstange is bei uns in guten Händen.«

Besener grinste zurück, klappte die Spiegel aus und gab Gas. »Da hint liegt no oane«, rief der den Helfern noch zu.

Endlich freie Bahn! Sie fuhren auf die Straße Richtung Königsdorf. Trotz Ortsgebiet wagte sich Besener an die 70km/h. Gefahr im Verzug!

»Jetzt kannst mein Haxn wieder loslassen«, meinte er.

Gerda nahm erschrocken ihre Hand weg. »Tschuldigung«, murmelte sie.

Jetzt fiel Besener ihre Frage wieder ein. »Was du wissen wolltest: Das ist eine längere Geschichte. Außerdem red ich da ned gern drüber. Da ist mir damals mein Schatzl abgehauen. Weil ich plötzlich im Rampenlicht stand.« Die Sirene war wieder an, der Lärm und das Blaulicht ebneten weiter den Weg.

»Ich find Helden toll«, sagte sie.

Er schaute kurz verblüfft hinüber und sah, dass sie schon wieder telefonierte.

»Er ist links nach Fischbach abgebogen!«, rief sie.

»Woher weißt du das eigentlich alles? Wen hast du da dran?«

»Den Innenminister. Seinen Pressetermin hat er abgesagt. Ein guter Mann, hab ich den Eindruck. Die Polizeifahrzeuge können alle über GPS geortet werden. Die vom Team Cobra wissen genau, wo er gerade ist. Komisch, dass der Ohm scheinbar nicht weiß, dass wir ihm auf den Fersen sind.«

»Dann schalten wir die Sirene und das Blaulicht besser aus. Schau mal, ob du was zum Trinken findest hier herinnen. Ich hab einen furchtbaren Durscht. Mir ist ganz schlecht.«

Sie fuhren die kurvenreiche Bergstrecke nach Fischbach. Gerda durchsuchte alle Fächer in Reichweite und horchte nebenbei ins Handy. Nichts, was an Nahrung erinnerte. Als die Kirche in Sicht kam, rief sie plötzlich: »Stopp! Er hat angehalten. Das Signal bewegt sich nicht mehr. Er ist ... 300 Meter nordwestlich der Kirche.«

Besener fuhr vorsichtig bis zur Kirche und bog dann in den benachbarten Bauernhof ein, wo er im Schatten eines großen Kastanienbaums stehen blieb.

»Da drüben ist des!« Besener wusste genau, wo Norden war. Er war oft genug in Fischbach gewesen, wegen der Tanja damals. Ein Stadelfest war das gewesen! Das würde er nie vergessen. Sie hatten sich unterm Sternenhimmel irgendwo bei den Hügelgräbern geliebt. Ein Wahnsinns-Sommer. Aber wer konnte ahnen, dass Tanja eine militante Tierschützerin war? Es begann harmlos, als sie bei jedem überfahrenen Igel anhielt, um ihn zu beerdigen. Oder Kröten über die Straße trug. Als sie dann im November alleine vor dem Schlachthof demonstrierte und sich im Bikini mit Blut übergoss, hatten sie ein ernstes Gespräch. Aber die Sommernächte davor waren der Hammer gewesen.

»Nicht träumen!« Gerda schnippte mit den Fingern vor seinen Augen herum.

»Hör halt auf, des is deppert!« Bist ja wie meine Mutter, hätte er am liebsten gesagt. Was bildete sich die ein? Er hasste es, zurechtgewiesen zu werden. Er kam sich vor, als wäre er zehn Jahre alt. Schnell wechselte er das Thema. »Da, siehst den Stadel mit dem Hollerbuschn? Da muss er sein.«

»Also, anschleichen.«

Sie stiegen leise aus. Gerda begutachtete den zerkratzen Audi ohne Stoßstangen und schüttelte den Kopf.

Eine ausgewachsene Hecke diente ihnen super als Deckung, bis sie nur noch 20 Meter vom Stadel entfernt waren, genau auf der Rückseite. »Er muss drin sein, wenn man vorne und hinten nichts sieht«, flüsterte Besener.

»Kleiner Sherlock, ha?«, gab Gerda zurück. Sie verdrehte die Augen.

Irgendwie war sie eingeschnappt wegen seiner patzigen Reaktion von vorhin. Er hatte jetzt aber Wichtigeres zu tun.

Sie zog ihre Dienstwaffe. Er nicht. »Meine ist mir abhanden gekommen«, brummelte er entschuldigend.

»Männer!«, seufzte Gerda und schenkte ihm einen vernichtenden Blick.

»Und los!« Sie flitzte zum Stadel und machte kein Geräusch.

Er kam nach, wie damals in der Ausbildung. Einwandfrei. Bloß ohne Schießeisen.

Vom großen Holunderbusch lagen ein paar Äste herum. Er schnappte sich einen und wog ihn in der Hand. »Besser wia in d' Hosn g'schissn!«, grinste er.

»Als«, verbesserte Gerda und grinste auch mal wieder. »Hast was von einem Neandertaler.«

»Besser als wia«, beendete Manfred das Thema.

Sie lugten um die Ecke des Stadels. Das Tor stand offen! Nach einem kurzen Nicken stürmten sie laut »Polizei! Hände hoch« brüllend ins Innere. Lautes Gebrüll erschreckte den Gegner und verunsicherte, hatte man irgendwann gelernt.

Es war aber kein Gegner da. Nur zwei Landmaschinen, ziemlich rostig auch noch. Altes Glump, das seine Arbeit tat und für das es auch noch EU-Subventionen gab. Kein Polizeiwagen weit und breit.

Manfred wurde es heiß. »Wir haben den Grattler unterschätzt. Der hat den Peilsender entsorgt, sag ich dir!«

In der Tat lag in einer Ecke ein elektronischer Kasten, der aussah wie ein größeres Autoradio. Das Funkgerät!

Im selben Moment fuhr draußen ein Wagen los. Kies

knirschte. Sie sahen gerade noch den blauen Audi des Innenministers um die Ecke biegen.

»Unser Auto!«, rief Manfred.

»Oh nein! Der ist doch raffinierter als gedacht. Da geb ich dir recht. Sogar … kann man so einen Wagen überhaupt kurzschließen?«, fragte Gerda. »Oder hast du …?«

Er hatte! Es reichte bei den modernen Schließsystemen, wenn der Schlüssel im Auto war. Es gab nicht einmal ein Zündschloss. Er hatte ihn in die Mittelkonsole geworfen. Er zuckte die Achseln.

Sie schimpfte laut »Männer!« und lief zurück in Richtung Kirche.

»Ich weiß schon, warum ich allein leb. Du kannst dich auf keinen Mann verlassen. Große Reden und nix dahinter! Ich rette dich, meine Prinzessin! Und dann das Pferd und das Schwert vergessen. Lauter Arschlöcher! Und wenn man was sagt, wird man angemault.«

Manfred zog es vor, lieber nichts zu sagen und ihr zu folgen. Er schnappte sich noch ein paar Dolden mit reifen Holunderbeeren. Er brauchte Energie.

Aus ihrer jetzigen Position sahen sie plötzlich den Polizeiwagen, den Ohm entwendet hatte. Er lag seitlich in einem zwei Meter tiefen Straßengraben, im 45-Grad-Winkel auf der Beifahrerseite aufliegend. Die Fronscheibe war kaputt und zum größten Teil herausgefallen, die Motorhaube war eingedrückt und es dampfte leicht aus dem Motorraum. So taugte er zu nichts mehr! Die zwei Pferde hatten ganze Arbeit geleistet.

»Warum hat er denn sein Karrn da neipflanzt?«, fragte Besener. »Meinst, das war Absicht?«

Gerda war nicht in Stimmung für eine Antwort.

Sie kamen am Haus unterhalb der Kirche an. Besener keuchte. Ihm war schwindlig.

Er läutete an der nächstbesten Tür. Nebenbei aß er Holunderbeeren.

»Weißt schon, dass die giftig san?«, giftelte Gerda ihn an.

»Da wär i scho längst tot«, war seine Antwort.

Ein alter Mann öffnete nach einer Ewigkeit. Besener fragte höflich, ob er ein Auto hätte, das man sich ausleihen könnte.

»Was wolln Sie? Ein Auto? Was, Polizei? Ach so, das macht meine Enkelin, gell? An Moment.« Er ging wieder hinein und die Tür fiel ins Schloss.

»Wir ham echt keine Zeit für so was«, zischte Gerda.

»Mir fällt aber nix Besseres ein«, zischte er zurück.

Eine junge Frau öffnete, eine Kaffeetasse in der Hand.

»Ui, da Herr Besener! Da Audi steht hintn in der Remisn. I zoag'n Eahna.«

Bevor Manfred fragen konnte, plapperte sie weiter. »Eahna Buidl war doch in der Zeitung, wegen dem Schmalzner, den's da umbrochd ham. Und do hod mei Mami mir de G'schicht vom Audi erzählt.«

»Und die Mami ...?«

»... ist die Tanja Grubner, geborene Hausmeier. Die kennt Eahna fei. Ihr wart's mal zamm, oder?«

Die Tanja! »Wie alt bist du denn?«, fragte Manfred vorsichtig.

»16 werd ich nächste Wochn«, strahlte sie. »Fanny«, sagte sie und streckte ihm die Hand hin.

Das war ungefähr 20 Jahre her mit dem Stadelfest. Ihm fiel ein Stein vom Herzen. Er dachte schon, die Vergangenheit hole ihn ein.

Er gab ihr die Hand. »Manfred, freit mi. Ui, da Audi!«, entfuhr es ihm erleichtert.

Ein Audi 100 aus den 80ern! »Der Kaffee ist beschlagnahmt«, sagte er, nahm der Fanny die Tasse aus der Hand und trank sie in einem Zug aus. Dann drückte er ihr die Tasse wieder in die Hand. »Die Tasse nicht. Auf geht's, Gerda.«

Sie stiegen ein. Fanny schüttelte lachend den Kopf und meinte: »Da Besener is da!«

Er ließ den Motor an (er startete problemlos!) und rollte aus der Remise. Dann machte er einen Kavalierstart und sich dann reifenquietschend an die Verfolgung.

Gerda blickte stumm und missmutig.

»Man muss den jungen Leuten ja was bieten«, begann er ein Gespräch. »Vor lauter Internet und Virtualiät ham die doch keine Ahnung, wie es früher war. Man musste noch selber schalten und die Kupplung kommen lassen, bis der Dreck spritzt. Moanst, mit de neien Automatik-Fahrzeugen geht so was? Des glaab i neda!«

»Und wer ist die Tanja?«, fragte Gerda mürrisch.

»Eine Ex halt.«

»Und seitdem macht's ihr immer wieder mal rum oder wie?«

»Spinnst du jetzt? Erstens nein und zweitens ist das meine Sache … Frauen!«

Wer eifersüchtig ist, dem muss was am andern liegen, sagt der Klausi, dachte Manfred.

Nachdem ein paar Minuten kein Wort gefallen war und er auch höllisch auf der kurvenreichen Straße aufpassen musste, wurde die Situation unangenehm. Es war alles aus dem Ruder gelaufen. Wie konnte er das jetzt wieder hinbiegen?

Er legte auf einer längeren Gerade seinen rechten Arm um die Gerda und zog sie ein wenig zu sich. Gott sei Dank war der alte Wagen nicht besonders geräumig. Als sie verwundert herschaute, gab er ihr einen Kuss auf den Mund. »Friedensbussi«, sagte er noch, als Gerda aufschrie.

Mitten auf der Straße stand ein blauer Wagen! Die Vollbremsung kam fast zu spät. Sie trafen die Rückseite des schönen blauen Ministerfahrzeugs genau mittig, aber nur leicht. Besener sprang heraus und schaute sich den Schaden an. »Gott sei Dank! Die eiserne Stoßstange hat's ausgehalten! Mensch, des scheene historische Auto! Des wär ein großes Unglück gewesen!«

Vor dem blauen Audi des Innenministers lud ein Bauer gerade ein paar Baumstämme auf seinen Traktoranhänger und versperrte damit die Straße. Der Q5 stand davor, die Frontpartie war eingedrückt und es dampfte aus dem Motorraum.

Der Bauer kam zu ihnen und wetterte: »Lauter Bläde heit. Lauter Rennfahrer! Seid's ihr olle deppert? Du konnst do do ned Achz'ge fahrn!«

Neben ihm wuselte ein Mischlingshund und knurrte ein wenig, wich ihm aber nicht von der Seite.

Manfred verbiss sich eine Bemerkung und wollte ihm den Ausweis hinhalten. Aber der war ja auch weg! Gerda ahnte seine Gedanken und hielt dem Bauern ihren vor die Nase: »Kripo, Mordkommission. Und jetzt Mund halten! Jetz ren mia.«

Die Vorlage nutzte Manfred und fragte den Bauern direkt: »Was ist passiert? Wo ist der Mann hin, der in dem blauen Fahrzeug gekommen ist?«

»Der ist oog'schossen kemma wia Sie. Aber des Auto bremst ja vui besser wia des Ihrige da. Wos ham Sie do überhaupts für oan? Is des der Wong vom Gruabner Hias? Der wird eich lom. Mei Liawa!«

»Weiter, auf geht's!«, drängelte Manfred.

»Auf jeden Foi is er scho fast g'standn, do macht auf oamoi der Karrn einen Hupfara und rumpet voi in de große Fichtn do nei, de do auf der Straß' liegt. Des scheene Auto hot's glei hintn aufg'hom vor lauter G'woit. Dann is er nimmer oog'sprunga. Der konn ned Auto fahrn, sog i Eahna.«

»Ich glaub, der ist Opfer der modernen Technik geworden. Bremse und Kupplung verwechselt, dann erschrocken und wieder aufs Gas. Hurra. Des kenn ich.«

Gerda schaute ihn von der Seite an. Zumindest fühlte es sich so an.

»Da is er nauf!« Der Bauer zeigte in den Wald.

Gerda wollte schon wieder losrennen.

»Wart, ich hab eine Idee.« Besener hielt sie am Arm fest. »Was ich aber vorher noch wissen muss: Friedensbussi angekommen?«

»Depp«, sagte sie bloß. Anscheinend war das ein halbes Ja. Auf jeden Fall kein Nein und tausendmal besser als »alle Männer sind Arschlöcher«.

Er wandte sich an den Bauern: »Ist der Hund da Ihrer?«

»Des is der Bazi. Ein treuer Gefährte. Ein bisserl Schweißhund ist in eahm drin!«

»Jaja, des hab ich schon gesehn. Gehen Sie auf die Jagd auch?«

»Freilich. Mein Revier geht von da herüben bis zur Kirch von Fischbach und dann links rum und hinten beim Bacherl wieder z'ruck. Des is mei Leidenschaft.«

»Dann kann der Bazi gewiss den flüchtigen Terroristen erschnüffeln, wie schaut's aus?«

Gerda staunte. Darauf wäre sie nicht gekommen! Der Manfred hatte es echt drauf. Auch wenn er schusselig und ein Mann war.

»Der kann den sogar stellen. Und wenn er sich rührt, dann rinnt des Bluat, des sog i Eahna. Mir trainieren jede Wocha. I woit eahm eigentlich moi zum Polizeihund macha. Mei Sohn ist doch beim Grenzschutz. Aber er war ned so gelehrig, wie die verlangen. Der Hund, mein i. Schad.«

»Na dann«, sagte Besener.

Der Bauer verstand, worauf Besener hinauswollte. »Der

Bazi ist ein erstklassiger Jagdhund. Der taugt auch als Spurensucher. Einwandfrei.« Er grinste. »Das wollt ich schon lang mal ausprobiern. Und wenn er doch zu fest zupackt?«

»Des riskiern ma einfach. Der Flüchtige ist ein Mörder und Bombenleger. Um den ist's ned wirklich schad.«

»Also dann, pack ma's«, sagte der Bauer. »Ich bin übrigens der Veit.« Sie schüttelten sich die Hand. »Du hast aber eine fesche Kollegin. Geht da was?«

Besener wurde rot und schaute Gerda an. Die wiederum schaute herausfordernd zurück, nach dem Motto: Jetzt sag das Richtige!

»Mir san per Du«, sagte er und erntete dafür ein Stirnrunzeln vom Veit. Gerda verzog fast keine Miene. War das ein Lachfältchen?

Veit führte den Bazi zum Autositz des kaputten Audi Q5 (schon wieder war ein Fahrzeug Schrott!) und ließ ihn dort die Witterung aufnehmen. Er redete leise auf ihn ein.

Dann machte er ihn los und rief laut: »Such! Mann! Such!«

Bazi trabte los.

»Kommen S'!«, sagte Besener zu dem Bauern.

»Naa, naa. Ich mach mei Arwat. Der Bazi kimmt nacherd scho wieder. Aber du sollt'st dich schicken.«

Kurzerhand lief Gerda los, dem Hund hinterher.

Veit packte Manfred am Arm. »Schaug, dass do wos geht! Do waarst schee bläd! Soichane Madln gibt's ned vui!«

»Ja, ich woaß scho. Ham sie wos zum Dringa do?«

Veit verneinte. »Is grod aus. In meim Bullogg vielleicht, do kannt ...«

Besener winkte ab und rannte auch los.

»Was hat er noch wollen?«, fragte Gerda, die oben auf dem Hügel wartete.

»Du gefällst ihm.« Und mir auch, dachte er. Oder hätte er es sagen sollen?

»Ph! Der oide Depp. Der schaut mir auch bloß aufn Arsch und sagt dann – hurraa. Die Männer san alle gleich.«

Besener fühlte sich ertappt und wechselte das Thema. »Den Hund holen wir ja nie ein!«

Der war bereits am nächsten Waldrand angekommen.

»Wir müssen's aber probiern!«, antwortete Gerda und sie nahmen wieder die Verfolgung auf.

Als sie das Wäldchen erreichten, knallte ein Schuss. Sie schauten sich wortlos an. Beide machten sich um Bazi Sorgen.

Sie hörten entferntes Bellen.

»Er hat ihn!« Besener war ganz aufgeregt.

Sie kamen näher. Das Bellen wurde immer lauter.

Gerda hatte die Waffe gezogen, als sie den Hang hinunterschlichen, von Baum zu Baum.

Auf einmal sahen sie den Hund. Bazis Hinterlauf war blutverschmiert. Er bellte, winselte und knurrte abwechselnd.

Sie näherten sich vorsichtig. Von Ohm weit und breit keine Spur.

Als er sie sah, hörte Bazi zu bellen auf und wedelte ein wenig mit dem Schwanz.

»Der hat's echt drauf, der Bazi«, sagte Gerda. »Ein guter Jagdhund, wirklich. Schau, was er da bewacht!«

Besener sah eine Pistole zwischen den Vorderpfoten liegen. Als er sie vorsichtig an sich nahm, leckte ihm Bazi die Hand. Hunde waren ihm grundsätzlich suspekt, noch aus den Zeiten, als er als Jugendlicher immer joggte und die Vierbeiner ihn ansprangen und spielen wollten. Aber bei Bazi hatte er ein gutes Gefühl.

»Der Schuss hat ihn nur gestreift.« Gerda besah sich vorsichtig die Wunde. »Aber laufen wird er jetzt nimmer.«

»Scheiße, wir waren so nah dran!« Besener schimpfte. »Wir können den doch nicht auskommen lassen!« Ihm wurde wieder schwummrig und schwarz vor Augen. Er war nahe dran umzukippen. Unterzucker! Und einen ganz trockenen Mund. Seine Zunge war so dick, dass er fast nicht sprechen konnte.

Er setzte sich auf einen Stamm und fuhr sich durch die Haare. »Die ganze G'schicht macht mich echt fertig. Jetzt ist der Fall so gut wie gelöst und der Haupttäter kimmt womöglich aus! Der kann doch überall sein! Außerdem hab ich einen Durscht, dass alles aus is. Vor lauter Welt retten komm ich nicht zum Essen und Trinken. Entschuldigung, dass ich jetzt so einen Durchhänger hab. Hast du eine Idee?«

»Den kriegen wir scho.« Sie legte ihm den Arm von hinten um den Hals. Ein hilfloser Held war einfach irgendwie anziehend. Sie mahnte sich selbst zur Professionalität. »Da unten ist ein Bach, da trinkst a paar Schluck, dann geht's weiter ...« Sie zuckte zurück, ganz erschreckt. »Wie schaust du denn aus? Du hast lauter Blut am Kopf!«

Er sah auf seine Hände: Sie waren ganz blutverschmiert! Er schaute ratlos drein. Auf einmal dämmerte es ihm. »Ich hab nur die Pistole in der Hand gehabt.« Er zog sie aus der Jackentasche. In den Ritzen klebte Blut, noch ganz frisch.

»Ich glaub nicht, dass das Blut vom Bazi ist. Der Ohm ist verletzt!«

Er sprang auf. »Das ist unsere Chance. Jetzt holen wir ihn uns!«

»Wir können doch das verletzte Wautzi da nicht allein lassen.« Gerda machte große Kulleraugen.

»Ja, freilich können wir. Wir müssen. Entweder findet der zurück oder er wartet da. Der macht des scho! Die Wunde blutet eh nicht mehr viel. Schau, wie brav er sitzt. Der wird wieder!«

»Wennst meinst.« Gerda zeigte den Hang hinunter. »Wenn ich verletzt wär, würd ich da hinunterflüchten.«

Beseners Handy klingelte. »Besna! Was?« Er wurde laut. »Was? Lauter! Ach so. Okay. Alles klar. Servus.«

Er legte auf. »Es war Schwendner. Die orten mein Handy und kommen mit dem Hubschrauber. Stark, oder? Jetzt kimm endlich!«

Prompt hörten sie auch schon das Rotorengeräusch. Weit weg war der Hubschrauber nicht mehr. Sie liefen den Hang hinunter. Besener beobachtete, dass sich der Bazi hinlegte, nachdem ihn Gerda liebevoll mit ihrer Jacke zugedeckt hatte. Ihn hatte keiner zugedeckt, nach der Entführung und dem ganzen Schlamassel!

Unten lief ein kleiner Bach. Dichtes Buschwerk versperrte ihnen den Weg.

»Schau!« Gerda hatte ein schwarzes Päckchen in der Hand. »Der Rest eines Verbandspäckchens! Da drüben ist a bissl Bluat. Wir sind auf der richtigen Spur. Los, wir folgen dem Bach!«

Da Manfred nichts Besseres einfiel, war er dankbar um die weibliche Intuition und die resultierenden Befehle. Unten am Bach trank er ein paar Schlucke. Wird schon nix drin leben, dachte er sich.

Die Büsche nahmen zu. Sie waren in ein Gebiet gelangt, wo aus irgendeinem Grund die großen Bäume alle gefällt waren und nur Büsche und kleine Nadelbäume wuchsen. Da einige Wurzelteller hochkant standen, schloss Besener auf eine Windwurffläche. Sie hörten den Hubschrauber in der Nähe.

In das Bächlein mündete ein zweiter und die Strömung nahm zu. Sie mussten immer wieder eine kleine Böschung hinauf und wieder hinunter. Überall Brombeeren und Gestrüpp. Der Bacheinschnitt wurde steiler. Sie rutschten jetzt mehr, als sie gingen. Wenigstens ging es stetig abwärts. Das Wasser und der Dreck liefen in die Schuhe, sie ignorierten es. Bergauf wäre der Bach nicht begehbar gewesen. Die Böschung erschien mehr und mehr unbezwingbar. Gefangen wie in einer Bobbahn ging es den Hang hinunter. Der Hubschrauber war laut zu hören, aber nicht zu sehen.

Im Hubschrauber war eine Kommunikation nur über Kopfhörer möglich. Der Pilot, der Alois, hielt sich außer Reichweite eines eventuellen Pistolenschusses und steuerte routiniert seine Maschine, sodass sein Begleiter, der Herbert, eine gute Sicht nach unten hatte. Manfred und Gerda hatten sie schon gesichtet, der Flüchtende konnte nicht weit sein. »Da is er! Da, bei den drei großen Buchen! Ungefähr 100 Meter vor den Kollegen!«, rief Schwendner plötzlich.

»Schrei ned so, i muass mi do konzentriern«, kam es leise, aber bestimmt aus seinem Kopfhörer.

»Der Ohm steuert direkt auf die Straße zua. Dahinter is a große Wiesn, des is unser Chance, kimm, setz mich ab!«, sagte Schwendner bestimmt.

»Und wenn er plötzlich die Richtung ändert? Des is zu riskant, dass wir ihn verlieren. Wir warten, bis er auf der Straße is, dann geh i runter und blas ihn um. Der kommt dann nimmer weg von der Böschung!«

»Wann kann ich dann raushupfen? Des geht ja dann ned.«

»Doch, doch«, meinte der Pilot beruhigend. »I fliag dann a paar Meter vor und dann springst ab. Der Luftstrom von de Rotoren blast dich dann direkt in seine Arme. Muasst hoid a bisserl locker sei, wenn's dich grad umblasen sollt.« Er drehte sich um und grinste, eine Hand mit Daumen nach oben erschien.

Schwendner war einverstanden. Er machte dieselbe Geste. Hoffentlich ging das gut!

Sie kämpften sich weiter. Minute um Minute verging. Besener keuchte. Er hatte fast keine Energie mehr! Sie wateten teilweise in knietiefem Wasser. Die Seiten bestanden aus steilen Lehmwänden, die über den Kopf ragten. Ein-, zweimal hatten sie Spuren entdeckt. Und aus diesem Einschnitt kam keiner raus! Sie mussten Ohm genau auf der Spur sein. Der Hubschrauber schien ganz nah, der Lärm der Rotoren wurde immer lauter.

Auf einmal verschwand der Bach gurgelnd in einer recht großen, waagrechten Betonröhre. Sie schauten hinein und sahen auch das Ende. Es war niemand drin. Ein Wall erhob sich vor ihnen. Da oben musste eine Straße sein! Sie kämpften sich hinauf. Gerda musste Manfred sogar die Hand reichen, da er immer mehr Sternchen sah.

Oben angekommen wussten sie, wo sie waren: Die Straße nach Königsdorf lag vor ihnen. In 100 Meter Entfernung stand mitten auf der Straße der Hubschrauber, mit brüllendem Motor und laufenden Rotoren. Davor lag ein Mann ausgestreckt auf der Straße. War er k. o. oder tot?

Schwendner stand breitbeinig vor ihm und grinste. Als die beiden bei ihm ankamen, waren die Rotoren am Auslaufen und eine Konversation einigermaßen möglich.

Der Liegende war Ohm! Er wand sich vor Schmerzen. Der rechte Unterarm war notdürftig verbunden, Blut tränkte den Verband.

»Die Sau hamma derwischt! I hob fei in Notwehr zuag'haut. Aber wucki, hä«, schrie Schwendner.

Der Hubschrauberpilot, der herausgesprungen war, nickte. »I hob ois g'seng!«

»Des is übrigens mei Schwager, der Alois«, sagte Schwendner. »Der ist bei der Cobra in Innsbruck. Also aa irgendwie Polizei. Connections, woaßt!« Er grinste breit. Dann wurde er ernst. »Brauchst du an Arzt? Du schaust ja schlimm aus.«

Besener konnte nur mit dem Kopf schütteln und keuchen.

Aber er musste auch kurz schmunzeln: Ob heute noch jemand »aber wucki« sagte? Er kannte den Ausruf aus seiner Jugend. Was gestern »krass« war und heute »porno«, war früher halt »wucki«.

Schwendner sah selbst ein wenig lädiert aus: die Hose zerrissen, ein aufgeschürftes Knie und zerkratzte Arme. Er bemerkte Beseners Blicke und erklärte: »Ausm Hubrauber abspringen bin ich ned gewohnt. San bloß paar Kratzer.« Er grinste zufrieden und stupste Ohm mit dem Fuß in die Rippen, was dem ein Stöhnen entlockte.

Besener schwankte erst, setzte sich dann neben der Straße ins Gras und versuchte, sich zu sammeln.

War jetzt alles vorbei?

»Mir geht's aa guad. I konn bloß einfach nimmer«, sagte er zu Schwendner.

»Ich hab da was«, meinte der alles sehende Hubschrauber-Schwager.

Er zauberte aus seiner Kanzel eine 0,5-Liter-Bierdose einer großen österreichischen Brauerei hervor. Blau mit goldenem Schriftzug. Und eine Brotzeitbox aus Plastik.

»Genau richtig«, keuchte Manfred und ließ den Verschluss zischen. »Alkoholfrei is besser wia in d'Hosn g'schissn!« In der Box entdeckte er ein Kletzenbrot. Superfood!

Ein paar Leute, die aus den Autos ausgestiegen waren, die sich zwangsläufig stauten, standen inzwischen um den Hubschrauber herum. Ein völlig kurioses Bild auf der Straße! Die Zuschauer trauten sich nur zu flüstern. Nach dem Ersterben des brüllenden Lärms des Hubschraubers war wirklich Totenstille eingetreten. Die Rotoren liefen in einem leisen Surren aus. Besener mampfte, Schwendner und der Schwager saßen rechts und links von ihm und schauten der Gerda zu. Sie hatten gerade keine Lust, etwas zu machen nach der adrenalinproduzierenden Jagd. Die Aussicht genügte ihnen. Gerda kniete neben Ohm, der mit Handschellen aus dem Hubschrauber bereits fixiert war, und durchsuchte ihn. Die Pistole schaute keck aus ihrem Hosenbund heraus. Ein paar Vögel pfiffen ganz leise. Manfred Besener hatte so etwas schon mal erlebt bei einer totalen Sonnenfinsternis. Ein ehrfürchtiges Schweigen irgendwie. Er begann, sich die durchweichten Schuhe und Socken auszuziehen.

Dann aber kam Bewegung auf: Ein Rettungswagen war gerade eingetroffen und auch ein Fahrzeug mit mehreren Cobra-Leuten kam. Auf der Wiese standen ein paar Kinder mit einem Mann in sicherer Entfernung. Offenbar ein Vater, dem das Spektakel nicht geheuer war.

Gerda wies die Beamten ein; einer sperrte die Straße ab und redete mit den Leuten. Die Sanitäter kontrollierten die Lebensfunktionen des Bösewichts, während ein paar der österreichischen Kollegen ihn nicht aus den Augen ließen. Gerda selbst verschwand mit zwei Leuten in das Gebüsch, von wo sie gekommen waren, um den Bazi zu retten.

Alle wuselten, und Besener saß auf seiner Wiese und trank das alkoholfreie Bier. Die zweite Dose inzwischen. Er hatte noch nie was Besseres getrunken. Sofort machte sich der Hopfen bemerkbar, und obwohl kein Alkohol drin war, stieg es ihm irgendwie zu Kopf und er merkte, wie sich sein Bewusstsein ein wenig trübte. Das Kletzenbrot war verzehrt, der trotzdem immer noch vorhandene Hunger war nebensächlich. »Durst is schlimmer als Heimweh!«, hatte mal einer gesagt. Das stimmte! Würde er sofort unterschreiben.

Der Innenminister kam daher mit dem Bürgermeister von Tölz im Schlepp. Irgendein großes Trumm hatte er dabei.

Er grinste. »Da hast'n ja erwischt. Und? Brauch ich einen neuen Audi?« Er hielt die vordere Stoßstange in die Höhe, mit dem Münchner Kennzeichen noch dran.

»Der ist hin. Ja. Aber ich war's dieses Mal nicht alleine. Den hätte ma noch richten kenna!«

»Raus mit'm Geld!«, sagte Brucker zum Bürgermeister.

Der zückte seinen Geldbeutel und reichte ihm einen 20-Euro-Schein. »Ich hätt doch nicht wetten sollen«, brummte er.

Danach war zu viel zu regeln, als dass man noch Zeit gehabt hätte für weitere Ermittlungen. Besener konnte sich später an nicht mehr viel erinnern. Er war an der Straße nach Königsdorf ein wenig eingeschlafen, wurde dann aber von den Sanitätern aufgeweckt und erstversorgt. Das Blut wurde weggewischt, die Schnitte vom Unterholz desinfiziert.

Der Bürgermeister hatte dann noch einen großen Bottich mit Weißwürsten von der Bergwacht organisiert, die einfach stehend oder irgendwo sitzend verzehrt wurden. Auch richtiges Bier gab es dazu. Besener hatte es sich auf dem Beifahrersitz eines der Sanitätsfahrzeuge gemütlich gemacht. Der Verkehr wurde knapp am Hubschrauber, teilweise auf dem Bankett und ein bisschen auf dem Grünstreifen vorbeigeleitet. Im Hubschrauber hatten sich sogar noch ein paar Kunststofflatschen für Besener gefunden. Für Barfußlaufen im November war der Kommissar doch schon ein bisserl zu alt, hatte Alois ganz richtig angemerkt.

Zu guter Letzt kam noch ein geschmücktes Pferdegespann mit leerem Wagen, das nach Königsdorf zurückmusste. Der Führer des Gespanns und sein Brettlhupfer machten kurzerhand eine Rast in der Wiese, was die Pferde freute. Nur zehn Minuten später kam ein weiteres Gespann, das nach Fischbach wollte. Dann folgten noch ein paar der dazugehörigen Frauen und Mädchen in drei Pkws. Schnaps und Gebäck hatten sie auch noch dabei. Wenn ein österreichischer Hubschrauber auf einer oberbayerischen Straße und eine filmreife Verbrecherjagd kein Grund zum Anstoßen waren, was dann? Es sah aus wie auf einem Fest. Dazwischen rollte langsam der Verkehr durch.

Alle waren dermaßen froh, dass Tölz gerettet war, dass es keine Vorschriften mehr zu geben schien. Wie er genau ins Hotelzimmer kam, wusste Besener nicht mehr. Nur, mit wem.

KAPITEL 8

Sonntag, 7. November – Gasthof Schmalz-Bräu, Bad Tölz

Sie saßen beim – extra um 11 Uhr bereitgestellten – Frühstück im Gasthof Schmalzner. Alle Kripobeamten waren anwesend: Besener, Hinfaller, Schwendner, der Klausi und die Gerda. Hinfaller hatte einen Gips an der Hand und belegte umständlich seine Semmel mit Wurst und Käse. Alle aßen vor sich hin und keiner traute sich, zuerst etwas zu sagen. Alle dachten irgendwie dasselbe.

Schließlich ging Hinfaller einfach in die Offensive und wandte sich in Richtung Besener: »War's schön heut Nacht?«

Klausi verschluckte sich. Dermaßen! Schwendner war froh, dass er ihm auf den Rücken klopfen konnte. Das ersparte ihm ein peinliches Warten und er konnte schelmisch hinübergrinsen.

Besener sagte nur: »I war bloß no fertig. So guad hab i scho lang nimmer g'schlaffn!«

Wieder entstand eine peinliche Pause. Klausi fing sich allmählich wieder. Er keuchte und wischte sich die Tränen aus den Augen.

Plötzlich fügte Gerda hinzu: »I hob scho g'moant, der wacht gor nimmer auf.«

»Wie, möch'st dich beschwern?« Manfred schielte hinüber.

Sie schüttelte nur den Kopf und grinste.

Klausi hatte sich schon wieder verschluckt, der Depp.

Schwendner war froh drum.

Die Unbeschwertheit kehrte in die Runde zurück. Das Eis war gebrochen. Alle blickten von Besener zur Wimmer und zurück.

»Was macht die Uschi, ha?«, fragte Hinfaller den Schwendner schnippisch.

»Mia san inzwischen aa per Du«, antwortete der und zwinkerte. »Sie mag nicht nur Hunde.«

»Helden auch?«, fragte Gerda.

»Ja, scho.«

»I aa.« Sie grinste Besener an.

»Herbert, erzähl moi, wia des mit dem Hubrauber war«, bat Besener. »Bist du auf den Ohm draufgesprungen?«

»Naa. Wir ham gewartet, bis der aus der Straße war, dann hat ihn der Alois mit dem Wind von den Rotoren am Wall festgenagelt. Ich hupf raus und dann hat's mich auch dahin geblasen. Direkt gekugelt bin i. Na ja, bisserl schmerzhaft war des scho.« Er sah auf die Pflaster an seinen Armen. »Zum Ohm warn's dann bloß noch zwei Meter. Peng! Aus.«

»Respekt!« Besener grinste.

»Ja, Notwehr. Stell dir vor, der hätte eine Waffe gehabt!«

»Wir ham noch was zu erledigen, Leut«, begann Hinfaller jetzt. Er hatte das Gefühl, dass das Gespräch in die falsche Richtung ging.

Er hob an: »So kriminell der Ohm war, so ordentlich war er. Ich habe gestern noch alle seine Unterlagen bekommen und durchgearbeitet. Die hatte er doch tatsächlich im Hotel im Schließfach gelagert, in dem er unter falschem Namen eingecheckt hatte. Seine Mitstreiter waren am Ende der Verhöre sehr kooperativ und haben alle Fragen beantwortet. Mit Mord wollten sie nichts zu tun haben. Er hatte sie wegen eines misslungenen Einsatzes bei einer Demonstration vor zehn Jahren in Sachsen in der Hand. Dort haben sie trotz Bereitschaft am Vorabend bis weit in die Nacht hinein gesoffen und als dann der Einsatzbefehl kam, waren sie zu nicht viel zu gebrauchen. Bei einem löste sich während des Einsatzes ein Schuss und die Lage geriet außer Kontrolle. Es gab ein paar Tote und über 20 Verletzte. Ohm hat den Bericht gefälscht und die Sache unter den Tisch gekehrt. Wir haben einen USB-Stick mit zwei Videos bei Ohms Sachen gefunden, womit er sie quasi erpresst hat.« Er schaute in die Runde seiner Zuhörer, ob sie alles so weit verstanden hatten.

Einige nickten.

Dann fuhr er fort: »Ich fasse noch mal zusammen: 1945 verliebt sich Major Miller in die Frau des Gastronomen Alfons Schmalzner, dessen Bruder Mesner in der Stadtpfarrkirche ist. Miller entdeckt bei einer privaten Veranstaltung aufm Dachboden (Geräusper) zufällig ein Fotoalbum und darin eine alte Überschreibungsurkunde für ein paar Wälder ›südlich vom Grieze in Töllz‹ von 1750 vom Burgherrn von Tölz an einen der alten Schmalzner. Handschriftlich war notiert: ›Aus einem Stollen im Kalvarienberg Tölz‹. Miller fragte zuerst den Firmpaten seiner Liebsten, der wusste ein wenig über den Bergbau und kannte etliche Leute. Die hat er dann gesucht und auch zwei ausfindig machen können. Es hat sich herausgestellt, dass ein paar Bergleute um 1895 beim Kohleabbau nördlich von der Kalvarienbergkirche einen älteren Hohlraum mit hölzernen Kisten entdeckt hatten. Sie haben ihm erzählt, dass in den Kisten vor allem Dokumente waren, auch bestickte Altartücher und so allerlei, was auf Kirchengebrauch hindeutete. Wirklich Wertvolles konnten sie nur in der einen Kiste finden in Form von ein paar silbernen Gegenständen und einigen vergoldeten Messbechern. Dabei waren auch drei lederne Rollen mit ein paar Dokumenten. Die haben sie als Andenken mitgenommen. Da weitere Schätze eher unwahrscheinlich waren, hatte keiner Lust, seinen Arbeitsplatz aufs Spiel zu setzen und auf eigene Faust weiterzugraben. Sie haben die Wertsachen zu Geld gemacht und Stillschweigen vereinbart. Viel war das eh nicht. Wer hätte das in der schlechten Zeit nicht gemacht, ha?«

Hinfaller blickte wieder herum. Jeder lauschte gebannt. »Fragen so weit?«

Kopfschütteln von den anderen.

»Miller konnte von den beiden ehemaligen Bergleuten noch vier weitere Schriftstücke zusammensammeln. Sie waren ihnen nicht wirklich viel wert und er hat ein paar Naturalien dafür rausgerückt. Die Uniform wird sie zusätzlich eingeschüchtert haben. Daraufhin wurde er so richtig aktiv und fand heraus, dass im 17. Jahrhundert zwischen der Familie Schmalzner und den ehemaligen Tölzer Burgherren, den sogenannten Pflegern, enge Verbindungen bestanden. Die Schmalz-Brauerei lieferte damals Bier gegen Grundbesitz und besaß irgendwann quasi alle Felder rund um Tölz. Heute liegt der Grund natürlich mitten im Stadtgebiet. Auch das gesamte Kasernenareal liegt darauf, bis weit in Richtung Gaißach und Reichersbeuern. In Eintragungen in Kirchenbüchern fand Miller dann heraus, dass wichtige Urkunden zuerst in die Kirchen ausgelagert wurden, während des Napoleonischen Feldzugs im 19. Jahrhundert aber dann verschwunden waren. Man nahm an, dass sie verloren gingen.«

»Ging's Miller also ums Geld? War dieser Grundbesitz überhaupt einzufordern?«, fragte jetzt Gerda.

»Alle Dokumente, die Immobilien der Schmalzners betreffen, sind ab 1850 im Stadtarchiv lückenlos vorhanden. Sie beziehen sich aber auf eine zusammenfassende, notariell beglaubigte Besitzurkunde von 1789, von der es nur ein Exemplar gibt, ein sogenanntes Authenticum. Und das gilt seit etwa 1810 als verloren. Seitdem hatten die Tölzer mehr und mehr den Schmalznern die Hölle heißgemacht, weil die natürlich die Besitzansprüche der Siedler abwehrten, aber ihre eigenen nicht beweisen konnten. Selbst haben die Schmalzners keine Abschriften, weil es mal einen Brand gab und seitdem alles lieber den Kirchen anvertraut wurde. Damals war es öfter zu Bränden gekommen bei den ganzen Gewerben hier. Vom Köhler, Brauer bis zum Gerber waren alle am Werkeln mit offenem Feuer. Die Stadt wuchs rapide und Siedlungsflächen waren begehrt! Es gab mal über 30 Brauereien in Tölz, stellt euch vor!«

Schwendner murmelte: »Paradiesisch, Wahnsinn!«

Hinfaller ließ sich davon nicht bremsen: »1890 schlossen die Schmalzners dann zähneknirschend mit der Stadt Tölz einen neuen beglaubigten Vertrag ab, um die strittigen Grundstücksfragen endlich zu bereinigen. Dieser Vertrag wäre aber ungültig, würde die alte Urkunde, das Authenticum, auftauchen. Diese Klausel haben die Schmalzners durchgesetzt. Miller wollte die Urkunde finden und seine Geliebte freikaufen, dann auch noch dem Patton und seinem geliebten Amerika offiziell ein großzügiges Kasernenareal zukommen lassen. Der Gewinn für den Schmalzner wäre immer noch immens hoch gewesen. Miller vermutete die Dokumente in dem Bergwerk bei der Mühlfeldkirche. In seinen Notizen, die bei den Dokumenten im Jeep waren, nennt Miller die Namen der drei Bergleute, die den Gang entdeckt hatten. Auch, dass sie ihm eine Karte der Stollen gezeichnet hatten. Die Karte selbst war aber nicht zu finden. Dafür ein paar ältere Quellen, in denen von besagtem Gang die Rede ist, in denen aber nicht erwähnt wird, an welcher Stelle er beginnt. Irgendwo in der Nähe der Kalvarienbergkirche musste er in Richtung Norden führen, eventuell auch von der Leonhardikapelle aus. Und natürlich waren die historischen Dokumente dabei, die sie ihm gegeben hatten. Ohm konnte sich dann gut zusammenreimen, um was es ging. Zusammenfassend hat Miller alles in seinem letzten Brief an Patton geschrieben, der aber nie in Tölz ankam. Miller hatte ihn verfasst, weil er kurzfristig nach Nürnberg weiterreisen musste und erst ein paar Tage später als erwartet wieder nach Tölz kam.«

»Und dann war's irgendwie zu spät, so wie das klingt?« Besener war ungeduldig. Wie ging diese Geschichte aus?

Hinfaller runzelte die Stirn: »Pass auf! Patton sollte diverse Vorbereitungen treffen, unter anderem mit den Tölzer Stadtvätern und der Militärobrigkeit einen Termin finden. Sein Brief an Patton landete zwar in Tölz, aber Patton war da schon nicht mehr im Amt. Man hatte ihn vom Oberkommando wegen seiner wohlwollenden Bemerkungen zum deutschen Soldatentum abgesetzt. Die ganze Korrespondenz zwischen den beiden wurde damals nach Berlin geschafft und erst kürzlich nach Tölz überstellt, mit anderen Briefen und Telegrammen, die den Standort betreffen. Es waren erstaunlich wenige persönliche Briefe, das ist schon ungewöhnlich. Und genau die hat der Abseiter junior im Stadtarchiv entwendet. Schätze, die meisten haben die Empfänger vernichtet. Wörtlich schrieb Miller in seinem letzten Brief, frei übersetzt: ›Alle wichtigen Teile des ganzen Bildes habe ich gefunden, es fehlen nur noch Kleinigkeiten. Die werde ich innerhalb kürzester Zeit in einem Tunnel, der von der Krypta der Kalvarienbergkirche nach Norden führt, bergen. Endlich habe ich den entscheidenden Hinweis gefunden! Vom Bergwerk aus bin ich nicht zur Kirche durchgekommen. Während meiner Arbeiten dort ist alles endgültig eingestürzt. Nach meiner Rückkehr können wir goldenen Zeiten entgegenblicken, mein General! Lang lebe Amerika.‹ Und so weiter halt. Patton wird auf keinen Fall gewusst haben, um was es bei der Sache geht.«

»Das klingt aber, als ob er die Urkunde bereits gefunden hätte?«, bemerkte Klausi.

»Ja, das stimmt, aber sie war nicht bei seinen Unterlagen im Jeep. Sie muss im Tunnel liegen«, entgegnete Hinfaller. »Die

SEKler sichten gerade alles. Wir haben heute Nacht noch alle Beamten, die von den gefassten Terroristen nicht belastet wurden, aus dem improvisierten Arrest rausgeholt und sofort mit neuen Aufgaben losgeschickt. Die einen bergen, die anderen sichern den Bereich und so weiter. Die Österreicher reisen heute wieder ab. Respekt, Herbert, gute Connections hast du!« Er nickte Schwendner zu.

Der strahlte und reckte den Daumen hoch. »So an Heli konn ma immer braucha. Der Alois kimmt jederzeit, wenn's mal wieder brennt.«

Hinfaller fuhr fort: »Wir müssen davon ausgehen, dass Miller kurz nach seiner Ankunft in Tölz vom Alfons Schmalzner oder dessen Vater aus Eifersucht erschossen wurde. Und zwar bevor ihnen der mit seinem Freund, dem Onkel der alten Schmalznerin, den Handel vorschlagen konnte. Womöglich haben Vater und Sohn dem Miller aufgelauert. Der Onkel konnte als Zeuge wahrscheinlich nicht am Leben bleiben. Oder er war den Schmalznern eh ein lästiger Konkurrent. Womöglich beides. Das kann man jetzt wirklich nicht mehr rekonstruieren. Von Alfons, der ja auch Mesner war, wurde dann der Jeep mitsamt den Leichen im Keller eingemauert. Die Dokumente haben die Täter damals nicht interessiert. Einer von Ohms Leuten hat uns zum Grab der Gebeine geführt. Sie hatten sie immerhin notdürftig bestattet. Es ist alles da, auch die Kleidungsreste der Toten und das Medaillon vom Miller.« Er legte es auf den Tisch. »Sogar die Fahrzeugteile gibt es noch, in einem Stadel in Wackersberg. Ein Sammler aus Gaißach hat sich schon bei Klausi gemeldet.«

»10.000 Euro hat er mir angeboten für alles, ungesehen! Haslinger heißt der. Oder so ähnlich«, warf Klausi ein.

Soso, aus Gaißach, dachte Besener. Die Maurer hatten anscheinend gute Ohren gehabt.

»Vielleicht redet ihr noch mal mit der Schmalzner-Oma. Irgendwie hat sie ja ein Recht auf die Wahrheit, oder?« Hinfaller schaute in die Runde.

Gerda nickte. »Des mach ma dann glei morgen früh! Und das Medaillon nehmen wir mit. Das ist das wenigste, was wir tun können.«

»Der Herr Pfarrer hat auch schon Leute am Hals, die sich für seinen neuen Keller interessieren. Einer wollte sogar bei ihm einbrechen. Unglaublich, wie sich so was rumspricht!« Klausi schüttelte den Kopf. »So Sammler können ganz schön besessen sein, hab ich das Gefühl.«

Dann ging der Bericht von Hinfaller weiter. »Ohm hat wie gesagt die Hinweise auf den Gang und die versteckten Schätze beim Toten-Jeep gefunden. Alles ist da, was Miller entdeckt hatte, mit eindeutigen Hinweisen, dass die letzten fehlenden Dokumente, die es zu seinem geplanten Deal brauchte, in dem Gang lagern. Wo der Gang beginnt, war aber nirgends vermerkt. Hinweise darauf haben die Herren um Ohm dann gesucht. Im Stadtarchiv fanden sie den besagten Brief. Schließlich suchten sie am Kalvarienberg. Der bei der Polizei vermerkte Einbruchsversuch war eine Ablenkung, während zwei Leute in die Krypta gelangten. Der Gang war schnell entdeckt, es sind ja Spezialisten mit ihrer Ausbildung! Der Gang war aber nach etwa 30 Metern eingefallen. Sie mussten erst prüfen, ob und wo der Gang begehbar war. Da kam dann das Bohrgerät ins Spiel. Die ganze Erpressungsgeschichte ist erst gestartet, als klar war, dass die Aktion nicht zu verheimlichen ist. Der Gang war zu sehr eingestürzt, der Eberhardt mit seiner Anzeige … Es hätte die Zeit nicht gereicht. Die Animation wurde auf polizeieigener Software erstellt. Um weiter in den Gang vorstoßen zu können, brauchten sie einen offiziellen Einsatz zwecks Terrorgefahr. Das ist schon dreist, ha?«

»Wieso hat sich der Ohm da eigentlich so engagiert? Was hatte der davon? Das Risiko aufzufliegen, war doch enorm«, wollte jetzt Schwendner wissen.

Hinfaller hatte natürlich die Antwort: »Der Ohm hieß ja Verler vor seiner Hochzeit und …«

Besener unterbrach: »… er ist mit den Schmalzners verwandt!«

Alle schauten ihn an.

»Die Verlers in München erben doch den ganzen Laden, hat Klausi gesagt! Jetzt erinner ich mich. Ich werd halt auch nicht jünger und kann mal was vergessen.«

Die Wimmer tätschelte ihm den Oberschenkel unter dem Tisch, dass ihm ganz heiß wurde und er wieder verstummte.

»Das dürfte nicht mal Schmalzner gewusst haben, dass er mit Ohm verwandt ist. Dass das Material ausgerechnet einem der nächsten lebenden Verwandten in die Hände fiel, war natürlich Zufall. Ihre Väter waren Halbbrüder! Seinen Mitverschwörern erzählte Ohm was von Reichtum und Kirchenschätzen, er selbst strebte nach Großgrundbesitz. Ihm hätte dann theoretisch fast ganz Bad Tölz östlich der Isar gehört. Inwieweit er das hätte durchsetzen können, weiß ich nicht. Aber ein paar gerichtliche Vergleiche und er wäre Millionär gewesen! Er ist tatsächlich der nächste direkte Erbe nach dem Ermordeten.«

Hinfaller machte eine kurze Pause, trank einen Schluck aus seiner Kaffeetasse und fuhr fort: »Die Terroristen wollten ursprünglich unerkannt entkommen. Dazu sollte der unterirdische Gang zur Ablenkung gesprengt werden. Das war gleichzeitig Plan B für die überstürzte Flucht. Uns wäre tatsächlich nichts passiert in unserem Gefängnisraum. Dem Ohm seine Truppe wollte mit Mord nichts zu tun haben. Sie haben die Sprengladungen noch verkleinert und die eine in unserer Nähe entschärft. Dass ihr die Wühlmäuse ausräuchert, das hätten die nicht gedacht, hihi. Die Ermordung vom Schmalzner geht allerdings ausschließlich auf Ohms Konto. Die anderen wussten davon erst mal nichts. Er hat es ihnen quasi nachträglich schmackhaft gemacht. Dann ist er aber mehr und mehr durchgedreht. Er hat sich in dieses Projekt hineingesteigert und, als es schon gar keine Aussicht mehr auf Erfolg gab, trotzdem weitergemacht. Spätestens mit unserer Entführung ist ihm die Professionalität abhandengekommen. Bei den wenigen Sätzen, die er bisher gesagt hat, wird deutlich, dass er ein Fall für die Geschlossene ist. Dem hat's den Vogel so richtig nausg'haut! ›Die Schmalzner-Brut‹ wolle er endgültig ›vernichten‹, ›Vergeltung für die Sünden‹, der ›Böse Wolf‹ und so einen Scheiß verzapft der jetzt. Tatsächlich waren seine Leute aber alle sehr gewaltbereit. Die waren teilweise ganz schön frustriert von ihren Einsätzen. Für Gerechtigkeit auf der Welt sorgen und gleichzeitig das Recht einhalten, ist nicht immer leicht. Stell dir vor, du fängst mit allen Mitteln und unter größtem Risiko einen radikalen Terroristen oder Mörder, und dann musst du zusehen, wie er zuerst verurteilt wird und dann nach ein paar Jahren wieder freikommt. Oder du wirst von äußerst gewalttätigen Randalierern bedroht. Der alte Abseiter hat direkt geweint. Also wenn einen das ankotzt, kann man das verstehen. Sie haben sich gehen lassen, was in dem Job völlig inakzeptabel ist. Das ist doch unsere größte Errungenschaft: der Rechtsstaat und seine Gesetze!«

Hinfaller lächelte wie der Pfarrer nach einer gelungenen Predigt. Nach einem weiteren Schluck Kaffee fuhr er fort: »Selbstbewusst war die Truppe, da gibt's keinen Radi. Aber als gestern klar war, dass sie belogen worden waren, haben sie ausgepackt. Und zwar alle. Das Gute ist, dass sie voll im Zeitplan waren und mit der letzten Sprengung, die wir ja live miterlebt haben, zu der Kammer mit den historischen Dokumenten vordringen konnten. Vorher waren schon allerlei Kirchenschätze gefunden worden, die dort versteckt und dann in Vergessenheit geraten waren. Frau Obermeier ist ganz aus dem Häusl. Das ist Archiv-Arbeit für eine Generation. Alles ist natürlich von den Verbrechern durcheinandergebracht und teilweise beschädigt worden. Alle hatten speziell nach der Schmalznerischen Besitzurkunde gesucht, aber – sie nicht gefunden. Als der Rauch kam, mussten sie abbrechen. Die Obermeier findet das Dokument gewiss, wenn es da ist!«

»Bei mir hat sie sich schon beklagt, dass alles nach Rauch stinkt«, sagte Klausi. »Aber die checkt doch eh nix, Oida! Soll froh sei, dass ned alles gesmashed is!«

Besener registrierte die moderne Ausdrucksweise des jungen Kollegen und fühlte sich plötzlich recht alt.

»Kann man aus dem Damm des Sylvenstein-Stausees wirklich ein Loch raussprengen?«, fragte Schwendner besorgt.

»Der Innenminister hat mir im Vertrauen mitgeteilt, dass der Damm schon vor einiger Zeit terroristensicher gemacht wurde«, wusste Besener zu berichten. »Aber nix G'wiss woaß ma ja nia, oder?«

»De hamma derwischt, de Grattler!«, seufzte Schwendner erleichtert.

Besener hatte andere Gedanken, die den Klausi hätten erröten lassen. Aber der Abschlussbericht musste zuerst getippt werden. Gerda war dabei eine große Hilfe an diesem Nachmittag, der naht- und hüllenlos in den Abend überging …

SCHLUSS

Montag, 8. November – Josefistift, Bad Tölz

Die Schmalzner-Oma saß in ihrem Ohrensessel und lächelte, als Besener und die Wimmer hereinkamen. »Mei, ihr seid's a scheen's Paar. So a Freid!« Sie strahlte. »I g'frei mi scho auf morgen. Da gibt's a Rahmgulasch. Mei, des mog i gern!«

Besener war schon wieder ratlos, trotz aller guten Einleitungen, die er sich ausgedacht hatte.

Gerda dagegen ging gleich in medias res: »Du, Oma, mir ham den Onkel Hans g'funden. Der is derschossen worn, stell dir vor.«

Seltsamerweise verstand sie sofort, um was es ging.

»Des konn bloß mei Vatter g'wen sei, der grausame Hund, der! Guad, dass der in der Isar dersuffn is 1951. Um den is' ned schad g'wen. Der Onkel Hans und der Stanley, die ham mir g'hoifn, immer! Und mei Oida hot eahna imma droht, er daschiaßt's! Hoffentlich kimmt der Stanley boid und hoid mi ob. Mir woin doch noch Amerika.« Sie seufzte.

Besener zog die Kette mit dem silbernen Medaillon aus der Tasche und hielt sie der Oma hin. In dem Medaillon zum Aufklappen waren zwei verblichene Bilder befestigt – eines mit einem jungen Paar und eines mit einem jungen Soldaten.

»Der Stanley kimmt bald, hat er mir gesagt. Derweil soll ich dir das geben.« Ihm brach die Stimme.

Die Gerda hatte bereits Tränen in den Augen.

»Mei Ketterl!«, flüsterte die alte Schmalznerin.

Die beiden Beamten bekamen eine Gänsehaut.

»Er hat es immer noch! Er mag mi immer noch! Er is ned abg'haut? Jetz kann i endlich wieder ruhig schlaffn.«

Eine Minute herrschte Schweigen und sowohl Gerda als auch Manfred drückte es ein paar Tränchen vor lauter Rührung heraus.

Plötzlich sprang die Oma erstaunlich behände auf und streifte sich die Kette über den Kopf. »Da muass i mei Taschn packen, wenn er grod kimmt.« Sie machte einen kleinen Schrank auf, holte ihre Wäsche heraus und fing an, sie aufs Bett zu stapeln. Plötzlich hielt sie ein Büchlein in Händen, das wie ein altes Poesiealbum aussah. Sie sah es nachdenklich an. Dann fingerte sie ein Blatt Papier heraus, das schon deutlich vergilbt war. Sie schlurfte damit zu Gerda und flüsterte: »Des is der letzte Briaf von eahm. Den hob i vor am Jahr oder so griagt. Seitdem hat er nix mehr hörn lassen. I hob g'wusst, es dauert nimmer lang! Schau, Madl: Do steht …« Sie suchte die Stelle. »›We will move to Oak Ridge, Tennessee in five days.‹ Und do: ›I will meet you within the next days together with Onkel Hans and promise, you will be surprised what I have managed to find out! Really surprised!‹ Woaßt, wos des hoaßt? Da letzte Briaf! Und a Überraschung bringt er mit! So a scheens Papier hot er do herg'nomma! Schau moi, wia dick des is!«

Gerda nahm das Blatt in die Hände. Der Brief war datiert: Oct. 3rd 1945! Sie erschauderte und drehte ihn um.

Die Rückseite war auch beschrieben. Und zwar mit einer alten, verschnörkelten Handschrift. Viele Wappen waren drauf und am Ende ein Siegel. Sie beugten sich darüber. Ein Datum. 1789!

»Gäh, do schaut's? Mir ham nix oobrenna lossn! Den Briaf hob i no koam zoagt! Nur eich zwoa. Weils aa so valiabt seid's wia i domois. Und weilt's den Stanley troffn habt's. Den Briaf brauche jetz nimma, wenn er boid kimmt.« Sie nickte vor sich hin und lächelte.

»Ja, mia ham eahm g'seng.« Manfred rollten die Tränen immer noch über die Wangen. »Des host guad g'macht, Oma, dass du den Briaf geheim g'hoidn host!«

»Des is die Besitzurkunde für den ganzen Grund, siegst du des?«, zischte die Gerda. »Die hat der Ohm g'suacht. Die ganze Zeit war die Urkunde als Briaf do bei der alten Schmalznerin! So ein Wahnsinn, oder?«

»Puh. Was mach ma jetz?«, fragte Besener völlig konsterniert und etwas zu laut. »Stell dir vor, so gierige Verwandte kriegen des mit und fordern den Grund ein. Der Bürgermoaster derschiaßt uns doch!«

»Do werd ned nomoi wer daschossn! I geh mitm Stanley noch Amerika. Dann is endlich a End mit dem ganzen Kriag! Immer gibt's Streit wega da Liab.« Sie packte Gerdas Arme, dass das Papier in ihren Händen raschelte. »Den Briaf scheng i dir, Madl.« Sie drückte Gerda die Unterame, ganz fest und warm fühlte sich das an. »I kenn eahm auswendig und du konnst wos lerna. Deat's zammhoitn, ihr zwoa! Losst's eich von koam wos dreiredn!«, sagte die alte Schmalznerin. Sie ließ sich in ihren Sessel plumpsen und schlief ein.

Das Medaillon hing ihr um den Hals. Es war halb aufgeklappt. Ein fescher Soldat in Uniform lächelte heraus.

GLOSSAR

anweigen: gelüsten, anmachen. Den Ausdruck kann man nicht nur für Essbares verwenden.

Biaschal: Bürscherl

Brotz: ein mehr oder weniger großer Frosch, eine Kröte.

Bullogg: Bulldog = Traktor

Grattler: Eigentlich bezeichnet dieser herablassende Ausdruck finanziell schlecht gestellte Leute und deren Gewerbe; Menschen also, die der Gesellschaft quasi auf der Tasche liegen. Schwendner interpretiert das etwas freier als Universalschimpfwort. Die Herkunft liegt wohl in dem Wort »Kratten«, einem Karren also, mit dem Waren transportiert wurden. Man kann auch zu einem Auto heute Kratten sagen, wenn es nicht mehr so tiptop aussieht.

id: nicht (Gaißacher Dialekt). Heid id = heute nicht

Kletzenbrot: Gebäck mit hohem Gehalt an getrockneten Früchten und Nüssen. Kletzen sind ursprünglich getrocknete Birnen.

Da gibt's keinen Radi: ohne Zweifel; darüber muss man nicht weiter diskutieren.

schick di: Beeil dich

speim: erbrechen

Trutschn: Dieser sehr abwertende Ausdruck beschreibt eine plumpe, ungeschickte und schwerfällige weibliche Person. Den sollte man am besten gar nicht verwenden.

aber wucki, hä: Kennt der Autor aus seiner Kindheit als bestärkenden Ausdruck wie »aber wirklich«. »Wucki« bedeutet »spinnert« oder »verrückt« in einigen Gebieten Österreichs. Die Bedeutung ist also wahrscheinlich dieselbe.

DANK

Ein großer Dank gebührt meinem Spezi Manfred, der mich auf die Idee des Romans überhaupt erst gebracht hat. Die Aussage »des konst du aa« hat mich zugegebenermaßen angespornt.

Trotzdem ist bis zur Fertigstellung dieses Projekts dann viel zu viel Zeit vergangen, weil es immer wieder geruht hat. Besonderer Dank gilt deswegen dem Gmeiner Verlag, der mich zu guter Letzt unter seine Fittiche genommen hat.

Als alter Tölzer habe ich versucht, möglichst viele Orte und Details unverändert wiederzugeben. Wo es allerdings der Handlung guttat, wurde das ein oder andere Detail angepasst. Zum Beispiel habe ich den Isarsteg nie ausgemessen. Ich bitte also eingefleischte Tölzer um Verständnis und danke der Heimatstadt für ihr Dasein.

Den wenigen Eingeweihten, die von diesem Roman wussten, danke ich für ihr Stillschweigen.

Vielleicht ermittelt Besener demnächst weiter in Tölz und Umgebung.